ANNE MICHAELS

A câmara de inverno

Tradução
José Rubens Siqueira

Companhia Das Letras

Grafia atualizada segundo o Acordo Ortográfico da Língua Portuguesa de 1990, que entrou em vigor no Brasil em 2009.

Canada Council for the Arts · Conseil des Arts du Canada

A Companhia das Letras agradece o apoio do Canada Council for the Arts

Título original
The winter vault

Capa
Flavia Castanheira

Foto de capa
Nino Andrés

Preparação
Leny Cordeiro

Revisão
Vaquíria Della Pozza
Erika Nakahata

Dados Internacionais de Catalogação na Publicação (CIP)
(Câmara Brasileira do Livro, SP, Brasil)

Michaels, Anne
A câmara de inverno / Anne Michaels ; tradução de José Rubens Siqueira. — São Paulo : Companhia das Letras, 2010.

Título original : The winter vault
ISBN 978-85-359-1691-1

1. Ficção canadense (Inglês) I. Título.

10-05441 CDD-813

Índice para catálogo sistemático:
1. Ficção : Literatura canadense em inglês 813

[2010]

EDITORA SCHWARCZ LTDA.
Rua Bandeira Paulista 702 cj. 32
04532-002 — São Paulo — SP
Telefone (11) 3707-3500
Fax (11) 3707-3501
www.companhiadasletras.com.br

Para R e E

Talvez pintássemos nossa pele, com ocre e carvão, muito antes de pintarmos em pedra. De qualquer forma, há quarenta mil anos, deixamos impressões de mãos nas paredes das cavernas de Lascaux, Ardenas, Chauvet.

O pigmento preto usado para pintar os animais em Lascaux era feito de dióxido de manganês e quartzo moído; e quase metade da mistura era fosfato de cálcio. Fosfato de cálcio é produzido esquentando osso a quatrocentos graus Celsius, e moendo depois.

Fazíamos nossas tintas com os ossos dos animais que pintávamos.

Nenhuma imagem esquece a sua origem.

O futuro lança sua sombra no passado. Dessa forma, os primeiros gestos contêm tudo; são uma espécie de mapa. Os primeiros dias de ocupação militar; a concepção de uma criança; sementes e solo.

Tristeza é desejo em sua mais pura destilação. Com o primeiro túmulo, primeira vez que um nome era semeado na terra, a invenção da memória.

Nenhuma palavra esquece a sua origem.

I. LEITO DE RIO

Geradores inundam de luz o templo. Um cenário de horrenda devastação. Corpos foram expostos, membros espalhados em ângulos hediondos. Cada rei foi decapitado, cada pescoço privilegiado cortado com serras manuais de lâmina de diamante, os torsos orgulhosos desmembrados por serras de cadeia, perfurações em linha e corte de arame. As amplas testas de pedra reforçadas por barras de aço e uma argamassa de resina epóxi. Avery via homens desaparecerem na dobra de uma orelha régia, perderem um sapato na narina real, adormecerem à sombra de um beiço imperial.

Os operários trabalhavam oito horas, dividindo o dia em três turnos. À noite, Avery sentava no convés da casa-barco e recalculava a tensão sempre crescente sobre a pedra que restava, reavaliando o critério de cada corte, as zonas de fraqueza e as novas forças de estresse à medida que, tonelada a tonelada, o templo desaparecia.

Mesmo em sua cama no rio, ele via as cabeças decapitadas, os súditos sem membros, empilhados e aplicadamente numerados à luz dos refletores, esperando transporte. Mil e quarenta e dois blocos de arenito, os menores pesando vinte toneladas. O assombroso teto de pedra, onde pássaros voavam entre as estrelas, jazia desmontado, ao ar livre, debaixo das estrelas de verdade, o negrume real além dos refletores tão intenso que parecia se rasgar, como papel molhado. Os operários tinham atacado primeiro a rocha circundante, cem mil metros cúbicos cuidadosamente mapeados, rotulados e removidos por máquinas de ar comprimido. E logo, a construção de colinas artificiais.

Para se livrar do ruído da maquinaria, Avery ouvia o rio correndo junto à cama deles, a cabeça encostada ao casco. Ele imaginava, preso no vento escuro, o hálito constante dos sopradores de vidro na cidade quinhentos quilômetros ao norte, o pregão dos aguadeiros e dos vendedores de refrescos, o guincho do martim-pescador em meio ao farfalhar das palmeiras antigas, cada som evaporando no ar do deserto onde nunca se apagava totalmente.

O Nilo já tinha sido estrangulado em Sadd el Aali e sua magnífica corrente redirecionada antes dali, para aumentar o tráfego de algodão do Delta, para incrementar a produtividade dos moinhos da inimaginavelmente distante Lancashire.

Avery sabia que um rio que foi barrado não é mais o mesmo rio. Nem a mesma margem, tampouco a mesma água.

E, embora o ângulo do nascer do sol dentro do Grande Templo fosse manter-se o mesmo e o mesmo sol fosse entrar no santuário ao amanhecer, Avery sabia que, uma vez que a última pedra do templo fosse cortada e içada para sessenta metros acima, cada bloco recolocado, cada emenda preenchida com areia para que não restasse um só grão de espaço entre os blocos a revelar onde tinham sido cortados, cada rosto real encaixado no lugar, que a perfeição da ilusão, a perfeição em si, seria a traição.

Se fosse possível enganar alguém para acreditar que estava no sítio original, então submerso nas águas da represa, tudo a respeito do templo teria se tornado uma fraude.

E quando, afinal, depois de quatro anos e meio de excesso de trabalho, de doenças causadas pelos extremos de calor e de frio, ou pelo constante terror do erro de cálculo, quando ele finalmente se visse ao lado dos ministros da Cultura, dos cinquenta embaixadores, de seus colegas engenheiros e de dezessete mil operários boquiabertos diante de sua obra, ele temia que pudesse ter um colapso, não de triunfo nem de exaustão, mas de vergonha.

Só sua esposa compreendia: que de alguma forma o sagrado estava escapando sob as furadeiras, bombeado pela contínua remoção da água do solo, logo estaria esmagado debaixo das imensas abóbadas de cimento; que, quando Abu Simbel estivesse finalmente reerguido, não seria mais um templo.

O rio corria, lento e vivo, pela areia, uma veia azul ao longo de um antebraço pálido, fluindo do pulso para o cotovelo. A mesa de Avery ficava no convés; quando ele trabalhava até tarde, Jean acordava e vinha até ele. Avery se levantava e ela não soltava, pendurada em seu próprio abraço.

— Me calcule — ela dizia.

Ao anoitecer, a luz era uma poeira fina, um pó dourado assentando na superfície do Nilo. Quando Avery tirou suas tintas da caixa de madeira, grossos pedaços de aquarela sólida, sua esposa se deitou no convés ainda quente. Cerimoniosamente, ele afastou dos ombros dela a camisa de algodão, notando a cada momento o aprofundamento da cor: arenito, terracota, ocre. Um relance das faixas brancas sob as alças, os ovais pálidos como umidade sob pedras, intocados pelo sol. A palidez secreta que ele depois tocaria no escuro. Então Jean despiu as mangas dos braços e virou de lado, de costas para ele, na luz veludosa. A luminosidade da escuridão, mais noite que dia.

Avery debruçou-se na beirada, mergulhou a xícara no rio, depois colocou o círculo de água a seu lado. Escolheu uma cor e deixou que penetrasse no pelo macio do pincel, dissolvida na água do rio. Delicadamente depositou a tinta toda nas costas fortes de Jean. Às vezes ele pintava a cena diante deles, a margem do rio, o trabalho nas ruínas que não parava nunca, a pilha cada vez mais alta de fisiognomonia em pedra. Às vezes pintava de memória, os montes Chiltern, até sentir o cheiro do sabonete de lavanda de sua mãe no calor que se apagava. Pintava, a começar da infância, até ser de novo homem grande. Então, quase no momento de terminar, mergulhava de novo a xícara no rio e com água limpa passava o pincel pelos campos, pelas árvores, até a cena se dissolver, lavada da pele dela. Alguma tinta ficava em seus poros, até ela tomar banho, o rio egípcio recebendo a última terra de Buckinghamshire na dissolução de seu abraço. Claro que Jean nunca via sua paisagem e, cega, tinha a liberdade de imaginar a cena que quisesse. Ele viria a pensar no langor de sua mulher durante essa hora de crepúsculo, de cada crepúsculo daqueles meses de 1964, como uma espécie de presente de casamento para ele; e ela, por sua vez, sentia-se aberta sob o pincel, como se ele estivesse traçando um fluxo sob sua pele. Naquela hora do crepúsculo, cada um dava ao outro uma paisagem secreta. Em cada uma, abria-se uma nova privacidade. Em cada anoitecer daquele primeiro ano de seu casamento, Avery contemplou Buckinghamshire, o cheiro de sua mãe, a distância de tempo entre a úmida floresta de faias e aquele deserto, pontos de forças, fissuras e elasticidade, o mapa de pressão das cúpulas de concreto a serem construídas logo, e a pesada beleza mortal de sua esposa, cujo corpo ele estava apenas começando a conhecer. Ele pensou no faraó Ramsés, cujo corpo acima dos joelhos tinha recentemente desaparecido e jazia agora espalhado na areia, armazenado numa área separada dos membros de sua esposa e filhas. Passariam muitos meses antes que pudessem ser reunidos, uma família que não se separara durante mais de três mil e duzentos anos.

Ele achava que só o amor ensina a morte a um homem, que é na solidão do amor que aprendemos a nos afogar.

Quando Avery deitava ao lado da esposa, à espera do sono, ouvindo o rio, era como se todo o longo Nilo fosse sua cama. Toda noite ele flutuava para Alexandria, através do delta de tamareiras, passando por *dahabiyahs* isoladas, com as velas soltas, atracadas às margens. Toda noite, antes de dormir, para dissipar as equações e gráficos do dia, ele fazia essa jornada na mente. Às vezes, se Jean estava acordada, ele narrava a viagem até sentir que ela deslizava para aquele estado próximo do sono em que a gente acha que está acordado e não ouve nada. Mas Avery continuava a sussurrar para ela mesmo assim, elaborando a viagem com centenas de detalhes, em gratidão pelo peso da coxa dela em cima da dele. O rio, ele sentia, escutava cada palavra, absorvia cada suspiro em si mesmo, até estar cheio de sonho, inchado com o último alento de reis, com a respiração pesada dos operários de três mil anos antes até aquele exato momento. Ele falava do rio e ouvia o rio, a mão em cima de sua mulher no lugar que o filho deles um dia a abriria, onde a boca dele já falara tantas vezes com ela, como se ele pudesse passar o nome da criança de sua boca para o corpo dela. Rebeca, Cleópatra, Sara, e todas as mulheres do deserto que sabiam o valor da água.

Enquanto ele pintava suas costas, Jean se lembrou da primeira vez, num cinema em Morrisburg, que sentaram juntos no escuro. Avery a tocara apenas no pulso, onde as veiazinhas se encontram. Ela sentiu a pressão subir pelo braço, os dedos dele tocando apenas um centímetro dela, e decidiu. Depois, no saguão iluminado ela se viu exposta, num desnorteamento invisível; ele havia estendido um lento estopim sob suas roupas. E ela entendeu pela primeira vez que alguém pode eletrificar nossa pele numa única noite, e que o amor não chega até um momento por acumulação, como uma gota de água concentrada na ponta de um ramo — não se trata do momento de entregar sua vida inteira a outra pessoa —, mas sim de tudo aquilo que se deixa para trás. Naquele momento.

Mesmo nessa noite, a noite em que ele tocou um centímetro dela no escuro, com que simplicidade Avery parecia aceitar o fato de que os dois estavam no limiar de uma felicidade de vida inteira e, portanto, de inescapável tristeza. Era como se, muito tempo atrás, uma parte dele tivesse se rompido por dentro e agora, finalmente, ele reconhecesse o perigoso fragmento que estivera flutuando em seu organismo, provocando-lhe dor intermitente ao longo dos anos. Como se ele agora pudesse dizer daquela dor: "Ah. Era você".

Avery sempre se perdia, destrinçando a matemática com a qual um templo define seu espaço tentando circundar nada menos que o sagrado. Na construção de um plano em que o céu encontra a terra. Jean dizia que esse encontro ocorre melhor ao ar livre, e que o verdadeiro plano em que o divino vertical penetra esse mundo é simplesmente a postura ereta do homem. Mas, para Avery, o corpo era uma coisa e dar forma ao espaço, o cálculo humano de espaço para receber espíritos, outra coisa bem diferente.

— Mas nós moldamos nosso espaço interior também — disse Jean. — Estamos tomando decisões e mudando de ideia o tempo todo. E, se acreditamos, acho que é porque escolhemos isso.

— Claro — disse Avery —, mas o corpo nos é dado. Nós chegamos... pré-fabricados. Um templo foi a primeira central de energia. Pense nas fórmulas inventadas, na realização física de milhares de homens deslocando uma montanha, cortando e arrastando pedras tonelada a tonelada, muitas vezes por centenas de quilômetros, até um local de coordenadas precisas, tudo na tentativa de captar espíritos.

— Para definir o espaço — Avery continuou e interrompeu-se. — Não. Não para dar forma ao espaço, mas para dar forma ao... vazio.

Diante disso, Jean sentiu ternura e pegou a mão do marido. Do convés da casa-barco, ficaram olhando os operários desaparecerem na galeria de aço recém-instalada que ia dos pés de Ramsés para as salas internas do Grande Templo. A galeria penetrava através de cinco mil cargas de caminhão de areia, trazidas do deserto para proteger a fachada e fornecer suporte lateral para a encosta. Um século antes, Giovanni Belzoni, o descobridor de Abu Simbel, levara muitos dias cavando as dunas errantes até o templo; agora Avery e seus homens o tinham enterrado de novo.

— Você é como um homem que se vê de longe — disse Jean —, um homem que a gente acha que abaixou para amarrar o cadarço dos sapatos, mas que na verdade está ajoelhado rezando.

— Nossos cadarços se desamarraram — disse Avery — muito antes que a gente pensasse em ajoelhar.

Ao norte de Bujumbura, no Burundi, um pequeno regato, o Kasumo, borbulha do chão. Essa fonte se junta a outras: a Mukasenyi, a Ruvironza, a Ruvubu, no Kagera, que por sua vez deságua no lago Victoria. Esse braço do Kagera é uma fonte do Nilo. Outra fonte é o rio Rwindi, que leva a água de degelo da grande cadeia Ruwenzori, as montanhas da Lua. Da floresta tropical abaixo, pensavam que os picos nevados eram de sal, de luar represado, de névoa. Ninguém imaginava neve na floresta tropical, um lugar tão verdejante que exsuda um encanto de gigantismo.

Minhocas de um metro remexem o solo, urzes brancas oscilam dez metros acima da cabeça de uma mulher. Flores com mais de três metros de altura adoçam o sol, seu perfume se fundindo à fragrância de cravos do mar de Zanzibar. O capim é da altura de um homem, o musgo, da grossura de um tronco de árvore. Bambus se lançam contra o céu como a imagem de um filme acelerado, ao ritmo de cinquenta centímetros diários.

É o habitat do gorila-das-montanhas, um animal que com um só braço é capaz de arrancar a cabeça de um homem, mas que tem medo da água e não atravessa o rio.

A neve equatorial (esse luar congelado, esse sal, essa névoa) dissolve-se e jorra com a força da gravidade ao longo de sessenta e quatro quilômetros de selva, pântano e deserto; enche o Nilo e mancha de verde brilhante suas encostas escaldantes. Neve a fluir por uma paisagem tão quente que espreme os sonhos da cabeça de um homem, a miragem tremulando no ar; tão quente que um homem não se alivia nunca de sua própria sombra ou de seu próprio suor; tão quente que a areia sonha se transformar em vidro; tão quente que homens morrem disso. Uma paisagem tão árida que a precipitação de chuva anual mal enche quatro colheres de chá.

O deserto abandona qualquer pessoa que se deite. Desde o momento em que um corpo é coberto de areia, o vento, como a memória, começa a exumá-lo. E por isso os beduínos e outras tribos do deserto cavam covas mais fundas para suas mulheres, uma precaução.

Talvez essa seja outra razão para a infinidade das tumbas do deserto, o simples peso e a massa de pedras arrastadas e empilhadas, engenhosamente empilhadas, mas mesmo assim empilhadas, nos túmulos dos reis.

No deserto ficamos imóveis e a terra se move debaixo de nós.

Toda noite a temperatura caía a ponto de congelar e os operários começavam seu dia em torno do fogo. De manhã cedinho, pagava-se um preço pelo menor esforço. Não se via ninguém suando porque qualquer umidade evaporava instantaneamente. Os homens enfiavam a cabeça em qualquer sombra que encontrassem, espremiam-se nas sombras de caixotes de madeira e caminhões. Olhavam com desejo o Nilo ao longe à sombra das palmeiras tebaicas e tamareiras, das acácias, tamariscos e sicômoros. Seus rostos buscavam o vento norte.

Toda manhã, na casa-barco, Jean via Avery desaparecer num batalhão de homens. Em torno dele, rostos da cor de terra molhada; Avery pálido como areia. Logo ela subia ao platô onde haviam começado um jardim, irrigado pelas mesmas mangueiras que proviam água para a piscina do acampamento e onde começara suas aulas de frutas do deserto com a esposa de um dos engenheiros do Cairo, uma grata fonte de informação (de receitas, remédios e cosméticos de plantas) que usava no jardim um elegante vestido-camisa, com sandálias brancas, o cabelo elaboradamente esculpido e preso sob um chapéu de palha branco. Ela orientava Jean, que ficava feliz de afundar joelhos e mãos no trabalho.

O dia inteiro a pedra do templo absorvia a luz solar; qualquer espaço entre os blocos aprisionava calor como um forno de barro. Então, toda noite, a pedra lentamente esfriava. Os visitantes vinham vivenciar Abu Simbel ao amanhecer. Mas Jean sabia que o verdadeiro milagre do templo só se revelava ao entardecer quando, durante uma breve hora de lusco-fusco, os grandes colossos ganhavam vida, lábios e membros de pedras esfriando exatamente à temperatura da pele.

Um dia, há trezentos mil anos, um dos nossos ancestrais hominídeos em Berekhat Ram aprendeu a escolher um tufo de pedra vulcânica cuja forma, por acaso, parecia a de uma mulher. Depois outra pedra foi usada para aprofundar a linha formada naturalmente entre a "cabeça" e o "pescoço" e entre o "braço" e o "tronco". Esse é o exemplo mais antigo de pedra transformada em carne.

Na Grã-Bretanha do Paleolítico, um caçador lascava um machado de pederneira, tomando cuidado para não danificar a perfeita concha fóssil de um molusco bivalve incrustada na pedra. Do caçador lascando suas primeiras ferramentas (a primeira ideia consciente de que a matéria podia ser lascada para formar uma borda cortante) à divisão do átomo: um período de tempo minúsculo em termos evolutivos, cerca de dois milhões e meio de anos. Mas talvez tempo suficiente para considerar a importância de preservar o belo molusco na pedra.

A história das nações, Avery sabia, era não apenas a história da terra, mas a história da água. Fluindo com o Nilo através da fronteira com o Egito até o Sudão, a Núbia era um país sem fronteiras, moeda ou governo, mas de qualquer forma um país antigo. A oeste e a leste, o Saara. Ao sul, a partir da cidade de Wadi Halfa, o desolado deserto de Atmur. Durante séculos, exércitos viajaram pelo rio em busca do ouro, do incenso e do marfim da Núbia. Eles vieram e construíram suas fortalezas e tumbas, suas mesquitas e igrejas, nas coxas luxuriantes do Nilo. Quando a pedra é escassa, é um sinal claro de conquista, assim como uma árvore é sinal de água. Os primeiros cristãos viveram nas ruínas dos faraós e construíram suas igrejas nos templos dos faraós. Então, no século VIII, o islã subiu o rio até a Núbia e apareceram mesquitas onde antes estavam igrejas. No entanto, a conquista nunca foi fácil, nem por rio. As infames Segunda, Terceira e Quarta Cataratas (e as cataratas dentro das cataratas: Kagbar, Dal, Tangur, Semna e Batn el Hajar, "a barriga de pedras") desestimulavam invasores. De Dara a Assuã, caravanas de cem camelos atravessavam a areia, rangendo e sacudindo pesados sacos de borracha das florestas de Bahr el Ghazal, com marfim, plumas de avestruz e caça silvestre. Atravessavam os vales e montanhas secos, parando enfim no oásis de Salima antes de atingir o Nilo ao sul de Wadi Halfa, seguindo depois para o norte pela margem ocidental do rio até o Egito. Alguns acreditam que os núbios são originários da Somália ou que atravessaram o mar Vermelho vindos da Ásia, via porto de Kosseir. Ao longo dos séculos, ocupantes árabes e turcos casaram com mulheres núbias, e tribos de vinte e oito linhagens diferentes conviviam nas aldeias espalhadas ao longo do Nilo.

Como a faixa de solo rico em lodo naturalmente fértil ao longo da margem tem apenas alguns metros de largura, durante milhares de anos os núbios elaboraram seus *eskalays*. O *eskalay*, Avery dissera a Jean, suspendendo o lampião sobre uma ilustração em seu diário, aberto ao lado deles na cama sobre o rio, é a grande máquina do deserto. Seu motor é uma junta de bois. Incontáveis gerações de gado pisaram nítidos círculos na areia para puxar a água do rio, tigela por tigela, para os campos de grão-de-bico e cevada.

A terra arável era tão limitada que as cotas eram passadas

adiante, *feddans* individuais divididos e subdivididos ao longo de gerações tantas vezes que, quando se foi pagar a desapropriação pela represa, funcionários exasperados se viram lidando com cotas tão pequenas quanto meio metro quadrado. As divisões eram tão minúsculas e as escrituras de posse tão complicadas, tendo cada proprietário oficial morrido muitos séculos antes, que qualquer esperança de pagamentos diretos foi abandonada. Em vez disso, o jeito núbio teve de ser respeitado: a copropriedade numa economia comunal.

Na Núbia, as famílias distribuem o fruto da palmeira entre si, repartindo a responsabilidade pelo cuidado com a árvore. Vacas são propriedade de um grupo de quatro, cada um dono de uma pata, e essas cotas podem ser vendidas e trocadas. Um animal pode ser alugado. Quem alimenta e abriga a vaca tem direito a seu leite e filhotes. Cada proprietário tem de prover comida e abrigo quando o animal trabalha em seu *eskalay*. Divisão mas não divisionismo, porque isso iria praticamente matar a empresa.

Antes da construção da Alta Represa de Assuã nos anos 60, foi construída uma pequena represa, e sua altura foi aumentada duas vezes: dez e depois vinte anos mais tarde, as aldeias da baixa Núbia, suas terras férteis e a floresta de tamareiras foram inundadas. A cada vez, os aldeões se mudaram para terras mais altas e reconstruíram suas casas. E assim começou a migração de mão de obra de homens núbios para Cairo, Cartum, Londres. As mulheres, com suas *gargaras* compridas, de trama larga, arrastando pela areia, apagando suas pegadas, assumiram a colheita e o comércio da produção. Elas polinizavam as tamareiras, cuidavam da propriedade da família e atendiam ao gado. Os homens voltavam da cidade para comparecer a funerais, reclamar sua parte na colheita. E alguns retornaram em 1964 para se juntar a suas famílias quando, com centenas de milhares de toneladas de cimento e aço, e milhões de rebites, se construiu um lago no deserto. A Núbia em sua totalidade, cento e vinte mil aldeões, suas casas, terras, pomares meticulosamente cuidados, e muitas centenas de sítios arqueológicos, desapareceu. Até um rio pode se afogar; desaparecido também sob as águas do lago Nasser estava o rio dos núbios, o seu Nilo, que correra em todos os rituais de sua vida diária, que orientara seu pensamento filosófico, que abençoara o nascimento de cada criança núbia durante mais de cinco mil anos.

Nas semanas que antecederam a migração forçada, homens que voltaram do exílio de trabalho atravessaram suas aldeias rumo a casas que não viam havia vinte, quarenta, cinquenta anos. Uma mulher, subitamente jovem e depois também subitamente velha de novo, olhava o rosto de um marido que mal vira desde que era menina, e filhos, agora na meia-idade, olhavam para seus pais pela primeira vez. Ao longo de mais de trezentos quilômetros o rio absorveu esses gritos e silêncios, o choque não da morte, mas da vida, quando homens, fantasmas vivos, voltaram para olhar seu local de nascimento pela última vez.

Os operários de Abu Simbel se reuniam em pequenas colônias: os cortadores de pedra italianos — os *marmisti* —, que conseguiam farejar falhas nas pedras a vinte passos de distância; os engenheiros egípcios e europeus; os cozinheiros e técnicos; os operários egípcios e núbios; e todas as esposas e filhos. Avery percorria o sítio e via centenas de problemas e centenas de soluções singulares. Via as inteligentes adaptações feitas por operários que não podiam ficar três meses esperando por peças de reposição vindas da Europa. Sentia um imenso prazer, o prazer de seu pai, em notar arame e mola emprestados de outra máquina transplantados com a fraternidade de um doador de órgãos.

Quando Avery viu pela primeira vez as máquinas Bucyrus paradas no deserto em Abu Simbel — as bombas, refrigeradores e geradores —, foi quase uma dor que sentiu, porque aquelas eram as máquinas de que seu pai mais gostava. William Escher tinha investido na confiabilidade da Ruston-Bucyrus: em suas famosas escavadeiras e seus máquinas para comprimir, ventilar, bombear, suspender, aquecer, refrigerar, iluminar... Ele tinha um amor de menino por maquinaria pesada, nascido da Segunda Guerra Mundial: submarinos anões, locomotivas à prova de fogo, detectores de minas, barcaças de tropas, barcos de patrulha, os tanques Mathilda 400 e Cavalier 220, os cargueiros 600 Bren Gun e a máquina de túneis encomendada por Winston Churchill e construída segundo suas especificações pessoais, uma caixa com uma charrua de aço de quase dois metros na frente e um sistema de esteiras atrás, projetada para cavar trincheiras à base de cinco quilômetros por hora.

— Quando meu pai trabalhava para sir Halcrow and Co. — Avery disse a Jean —, a companhia estava construindo as grandes represas escocesas. E durante a guerra foi consultada sobre as missões das "bombas quicadoras", fez túneis debaixo de Londres para o correio e expandiu Whitehall para Churchill. Meu pai foi mandado ao norte de Gales para avaliar a mina de ardósia Manod e certificar-se de que era segura o suficiente para abrigar as pinturas da National Gallery. Foi lá que ele aprendeu as dimensões da ardósia de Gales: damas largas e estreitas, duquesas e pequenas duquesas, imperatrizes, marquesas e amplas condessas. Ele adorava os nomes das coisas: traves, tesouras, placas de sola, pinos, estribos, vergas, lintéis e longarinas.

— Podiam ser nomes de plantas — disse Jean. — O lintel florido, a urtiga longarina, as traves de olho preto...

— O primeiro trabalho de meu pai, quando tinha quinze anos — disse Avery —, foi na Lamson Pneumatic Tubes. Desde que eu me lembro, nós dois sempre tivemos carinho por tubos pneumáticos: engenhosos, práticos, inexplicavelmente engraçados. Adorávamos a ideia de um bilhete manuscrito, elegante, talvez uma carta de amor, ser enfiado dentro de um cilindro e depois lançado através de um tubo de ar comprimido a cinquenta e cinco quilômetros por hora ou sugado por vácuo na outra ponta como um líquido por um canudinho. Meu pai acreditava que essa era a tecnologia mais injustamente negligenciada do século e estávamos sempre pensando em novos usos para os sistemas de tubos pneumáticos: foi um jogo que ele começou comigo em suas cartas durante a guerra e nunca mais paramos de jogar. Ele desenhava mapas de Londres com um zigue-zague de centenas de quilômetros de pneumáticos no subsolo, pequenos trens-cápsula para transporte público; mantimentos despachados direto das lojas para residências particulares, esguichando direto na geladeira da cozinha; flores lançadas direto do florista para o vaso em cima do piano; entrega de remédios para hospitais e lares de convalescentes; ônibus escolares pneumáticos, passeios de lazer pneumáticos, bandas operadas pneumaticamente...

Meu pai era um esplêndido projetista — Avery continuou. — Jamais conheci alguém que conseguisse desenhar máquinas como ele. Ele afastava o prato na mesa do jantar e eu ficava olhando ele esboçar suas ideias em linhas nítidas, claras. De repente, o papel ganhava vida e cada parte assumia seu lugar num mecanismo que se movia, funcionando.

Foi por causa de um desenho de projeto que meus pais se conheceram. Minha mãe estava sentada na frente dele em um trem. Ele estava com uma prancheta de desenho em cima dos joelhos ossudos e ela elogiou seu trabalho — Avery sentou-se na cama dentro do barco, muito ereto, e caiu em cima de Jean como se estivesse no compartimento de um vagão de trem. ... "Obrigado", meu pai disse, "acho que devo esclarecer para você que não se trata do sistema circulatório humano, é um motor a vácuo de alta pressão. Se bem", acrescentou, educado, "que pareça um coração quando se olha de cabeça para baixo." Ele virou o desenho e olhou. "É, estou vendo", disse ele. "E agora eu também", minha mãe falou. "É bonito", ela acrescentou. "É", meu pai disse, "um motor bem desenhado é uma coisa de beleza excepcional." Minha mãe conta que ele então a examinou mais de perto, observou seu rosto. "Bom, claro", disse minha mãe, "mas o que eu quero dizer é que o desenho em si, a pressão e o movimento do lápis." "Ah", meu pai disse, e ficou vermelho. "Obrigado."

— Espere! — disse Jean, para quem um dos grandes prazeres inesperados do casamento era essa conversa relaxada antes de dormir. — Seu pai ficou vermelho mesmo?

— Ah, ficou — disse Avery. — Meu pai era uma máquina de ficar vermelho.

A palmeira, Jean descobriu, dá dois frutos: não apenas tâmaras, mas também sombra. Por toda a Núbia elas são cultivadas, mas, em Argin e Dibeira, em Ashkeit e Degheim, as tamareiras crescem tão cerradas ao longo das margens do rio que o Nilo desaparece. A sombra ali é verde e o vento faz da árvore toda um leque. Até mesmo o vento sul se acumula ali para se refrescar entre as folhas da coroa.

A palmeira bartamuda dá o fruto mais doce, bolsas explodindo de licor marrom, carne farta com caroço pequeno, que a língua encontra como uma joia feminina quando a doçura enche a boca. A tâmara *gondeila*, de longe a maior, mas menos doce, perfeita para xarope. A *barakawi*, quase nada doce e, portanto, de alguma forma, mais satisfatória para se comer aos punhados. E a *gaw*, carne escassa cobrindo o caroço bulboso, perfeita para vinagre e gim *araki*.

Mais da metade das palmeiras do distrito de Wadi Halfa é de *gaw*, *buras* imensas, antigos pomares que crescem em torno de uma única mãe, reproduzindo-se há gerações. Na época da polinização, os núbios subiam com as pernas em torno do tronco gracioso e cortavam a flor macho em botão. Os botões eram então moídos até virar pó e pequenas porções embrulhadas numa trouxinha de papel. Quando cada flor feminina se abria, o escalador subia de novo, o boné cheio de trouxinhas de papel com o pólen que seriam rasgadas sobre as flores abertas. Alguma flor que não ficasse polinizada dava uma tâmara minúscula, um peixinho, *sis*, que era dado aos animais.

Quando Jean e Avery chegaram ao Egito, as tâmaras ainda estavam verdes, mas logo os frutos pendiam em pesados cachos amarelos e carmesins. Em agosto, a produção ficava escura e enrugada de tão madura e depois escurecia ainda mais. Quando por fim os frutos estavam encarquilhados nos ramos, eram colhidos rapidamente, a doçura atingindo a máxima concentração. Homens subiam, giravam suas foices, e os cachos caíam no chão, onde mulheres e crianças recolhiam os frutos em sacos e cestos. Cacho após cacho despencava, saco após saco era levado para a aldeia e estendido para secar.

Cotas de tamareiras eram vendidas, hipotecadas, dadas como presentes de casamento e dotes. Não só a fruta, mas o cerne de troncos caídos, o *golgol*, era comido. O fruto era vendido no mercado, usado para geleia e bebida alcoólica, para bolos, e num mingau especial para mulheres em trabalho de parto. As folhas eram trançadas numa corda para a roda de água, a *sagiya*, para tapetes e cestos; eram usadas como esponjas de banho, como forragem para o gado e como combustível. Os caules se transformavam em vassouras. Os ramos, usados para telhados e lintéis, para mobília e engradados, para caixões e lápides. E, quando o trem que levava os últimos habitantes da Núbia partiu de Wadi Halfa pouco antes da inundação, a locomotiva estava decorada com folhas e ramos das tamareiras que logo seriam afogadas. Dava quase para acreditar que a floresta tinha se erguido do chão e estava cruzando o deserto se não fosse o gemido do apito do trem, um som inconfundivelmente humano.

Quanto desta terra é carne?

Não se trata de uma metáfora. Quantos seres humanos foram "entregues à terra"? A partir de quando começamos a contar os mortos: a partir do surgimento do *Homo erectus*, ou do *Homo habilis*, ou do *Homo sapiens*? A partir dos túmulos comprovadamente mais antigos, o complexo túmulo de Sangir ou o lugar de repouso do Homem Mungo, em Nova Gales do Sul, enterrado há quarenta mil anos? Uma resposta exige antropólogos, paleopatologistas, paleontólogos, biólogos, epidemiologistas, geógrafos... Quantos constituíam as primeiras populações e quando exatamente começaram as gerações? Devemos começar a calcular antes da última era do gelo (embora existam poucos registros humanos) ou devemos começar a calcular com o homem de Cro-Magnon, um período do qual herdamos um tesouro de provas arqueológicas, mas evidentemente nenhum dado estatístico? Ou, em função exclusivamente da "certeza" estatística, devemos contar os mortos a partir de dois séculos atrás, quando os primeiros recenseamentos foram feitos?

Apresentado como pergunta, o problema é muito evasivo; talvez deva ficar como uma afirmação: quanto desta terra é carne.

* * *

Durante dias os homens do grande faraó Ramsés seguiram rio acima, passaram pela espumante garganta da Segunda Catarata, onde todo marinheiro dá graças pela passagem. Então, na paz em que tão poucos antes deles tinham viajado, navegaram cortando o céu como a lâmina de um relógio de sol, de repente viram os altos rochedos de Abu Simbel que fizeram que se voltassem para a margem. Ali esperaram até o amanhecer, quando, acompanhando o ângulo da luz do sol pela íngreme rocha acima, marcaram o local da incisão com uma linha de tinta branca, o lugar onde abririam a pedra para dar caminho ao sol.

Esses homens construíram dois templos, o imenso templo de Ramsés e o templo menor em honra de Nefertari, sua esposa. Eles conceberam as proporções épicas do templo, seus santuários pintados e corredores de estatuária, e os quatro colossos da fachada, cada Ramsés pesando mais de mil e duzentas toneladas e, sentados com as mãos nos joelhos, com mais de vinte metros de altura. Escavaram a câmara interna do templo sessenta metros rocha adentro. Em meados de outubro e meados de fevereiro, eles orientaram a luz do sol para penetrar nessa câmara mais íntima e iluminar o rosto dos deuses.

Assim como os engenheiros de Ramsés mais de trinta séculos antes, os engenheiros do presidente Nasser desenharam uma linha branca nas margens do Nilo para marcar onde seu monumento, a Alta Represa de Assuã, seria construído. Conselheiros egípcios se opuseram fortemente ao projeto, em favor de canais para ligar os lagos africanos e um reservatório em Wadi Rajan, já uma bacia natural. Mas Nasser não se deixou dissuadir. Em outubro de 1958, depois que a Inglaterra negou apoio à represa em retaliação pelo conflito do canal de Suez, Nasser assinou um acordo com a União Soviética para fornecer projetos, trabalho e máquinas.

A partir do momento em que os soviéticos trouxeram suas escavadeiras ao deserto em Assuã, a própria terra se rebelou. O afiado granito do deserto cortava em tiras os pneus soviéticos, as perfuratrizes e os dentes de suas escavadeiras se consumiam e perdiam o fio, as marchas de seus caminhões não suportavam as encostas íngremes e em um único dia no rio os pneus soviéticos, forrados de algodão, apodreceram e se desmancharam. Até mesmo a máquina de deslocamento de terra, a grande Ulanchev, orgulho dos engenheiros soviéticos, capaz de colher seis toneladas em sua caçamba e encher um caminhão de vinte e cinco toneladas em dois minutos, quebrava continuamente, e a cada vez tinham de esperar as peças chegarem da União Soviética; até que afinal, derrotados pelo rio que havia sido seu aliado durante tanto tempo, os egípcios encomendaram máquinas Bucyrus e pneus Dunlop na Grã-Bretanha.

Toda tarde uma banana de dinamite de vinte toneladas era enfiada em cada um dos vinte buracos e explodia às quinze horas. O tremor reverberava por milhares de quilômetros. E todo entardecer, no instante em que o deplorável sol afundava atrás do morro, um exército de homens (dezoito mil soviéticos e trinta e quatro mil operários egípcios) se lançava ao pátio de obras para recomeçar a cortar o canal de desvio. As margens do rio transbordavam de homens aos gritos, máquinas batendo, furadeiras guinchando e escavadeiras rasgando o chão. Só o Nilo ficava mudo.

Na cerimônia que marcou o primeiro desvio do Nilo, Nasser ficara parado no limiar do espaço aberto, o capitão do navio, e ao lado dele Khruschov, o almirante. Com o apertar de um botão, a inundação começou. Operários se agarravam ao penhasco íngreme, fabricado pelo homem, formigas subindo a bordo de um cruzador escorregavam e caíam no rio.

A represa faria uma brecha tão profunda e longa que a terra nunca se recuperaria. A água se acumularia, uma bolha sangrenta de lago. A ferida ia infeccionar — esquistossomose, malária —, e, nas cidades novas, a solidão moderna e a decadência de todo tipo. Mais cedo do que qualquer um podia esperar, os peixes começariam a morrer de sede.

Milhares de anos antes de Nasser mandar construir a Alta Represa, ou antes de Ramsés encomendar seu retrato esculpido em Abu Simbel, aqueles rochedos sobre o Nilo, no coração da Núbia, eram considerados sagrados. No pico de pedra muito acima do rio, um outro retrato havia sido esculpido: uma única pegada humana pré-histórica. O lago Nasser ia dissolver esse solo sagrado.

Ao anoitecer, naqueles primeiros meses no Egito, Avery e Jean costumavam sentar juntos nos montes sobre o acampamento, observando o que ainda era, para Jean, um cenário de indecifrável atividade. Ela sentia que, se o deserto mergulhasse em escuridão, toda presença humana também desapareceria na mesma hora, como se o movimento incessante do pátio de obras fosse ativado pelos próprios geradores, os homens a serviço deles, e não o contrário.

Muitos esquemas haviam sido propostos para resgatar os templos de Abu Simbel das águas da Alta Represa de Assuã que subiam. Entendia-se, especialmente na realidade arruinada do pós-guerra, que Abu Simbel tinha de ser salvo.

Os franceses sugeriram construir outra represa, de rocha e areia, para proteger os templos do reservatório que se formaria em torno dele, mas uma estrutura dessas exigiria constante bombeamento e sempre haveria perigo de vazamentos. Os italianos recomendaram que os templos fossem extraídos do rochedo e erguidos em seu conjunto por gigantescos guindastes capazes de levantar trezentas mil toneladas. Os americanos aconselharam fazer os templos flutuarem em duas jangadas até solo mais alto. Os britânicos e os poloneses pensavam que era melhor deixar os templos onde estavam e construir uma vasta sala de visitas em torno deles, feita de concreto e dotada de elevadores.

Por fim, sem mais tempo para prevaricar, o desmanche de Abu Simbel, bloco a bloco, e sua reconstrução sessenta metros acima, foi escolhido como "saída desesperada". Acreditava-se que de cada três blocos um se desmancharia.

Lançou-se uma campanha internacional. No mundo inteiro, crianças assaltaram seus cofrinhos e escolas coletaram sacos de moedas para salvar Abu Simbel e outros monumentos da Núbia. Quando foram abertos os envelopes em cima das mesas da Unesco, moedas do mundo inteiro rolaram pelo chão. Uma mulher de Bordeaux ficou sem jantar durante um ano na esperança de que seus netos pudessem um dia ver os templos resgatados, um homem vendeu sua coleção de selos, estudantes doaram seus ganhos com entrega de jornal, lavagem de cachorros e remoção de neve. Universidades organizaram expedições e mandaram centenas de arqueólogos, engenheiros e fotógrafos ao deserto.

Quando Jean e Avery chegaram a Abu Simbel em 1964 para o teste do medidor de vibração que iria determinar mais discriminadamente a fragilidade da pedra e os métodos de corte, a primeira tarefa já estava em andamento: a construção da imensa câmara subaquática e seu complexo sistema de drenagem: trezentos e oitenta mil metros cúbicos de rocha e areia, e uma muralha de duas mil e oitocentas toneladas métricas de revestimento de aço, para manter secos os pés de Ramsés. Túneis de desvio e fendas profundas baixavam o corpo de água, de forma que o rio não chegasse ao arenito macio dos templos. A câmara foi concebida e construída rapidamente, bem a tempo. Em novembro, Avery viu a água ameaçando a borda da barreira. Era fácil imaginar os colossos se dissolvendo, artelho por artelho, a água desmanchando devagar cada panturrilha e coxa musculosas, e a coragem impassível do faraó à medida que o Nilo, o seu Nilo, o levava para ela.

Não havia cidade então, e, na pressa para construir a câmara, os operários viviam em tendas e casas-barco, milhares de homens em um acampamento vulnerável e transitório. Embora os núbios tivessem habitado aquele deserto com graça e engenho durante muitos milhares de anos, os estrangeiros em Abu Simbel viviam com restos de equipamento europeu e suas condições podiam ser descritas como primitivas. Mas, quando a câmara ficou pronta, o assentamento cresceu depressa; habitação para três mil pessoas, escritórios, mesqüita, delegacia, duas lojas, quadra de tênis, piscina. Uma colônia de empreiteiros, uma colônia de chefes, uma aldeia de operários. Foram construídos dois portos para as barcaças do rio carregadas de suprimentos, e uma pista de pouso para entrega de correspondência e para os engenheiros. Máquinas e alimentação eram trazidas de barco em longas viagens Nilo acima desde Assuã, ou de jipe, ou em caravanas de camelos através do deserto. Apareceram fossas de cascalho e de areia, e dez quilômetros de estrada, de uso exclusivo para o transporte das pedras do templo, única superfície pavimentada em centenas de quilômetros.

O acampamento era um ser vivo, nascido de extremos: rio e deserto, tempo humano e tempo geológico. Abrigava uma tal babel de línguas que não foi feita nenhuma tentativa de fornecer escola para as quarenta e seis crianças, uma vez que poucas falavam o mesmo idioma.

* * *

Cada corte, cada um dos milhares necessários para extrair o tempo do rochedo, tinha de ser predeterminado e planejado com o plano mestre em andamento, uma rede fluida de forças em contínua mudança à medida que o rochedo desaparecia. Os rostos esculpidos deviam ser mantidos inteiros quando possível e nenhum friso separado de um lugar particularmente frágil. As vibrações produzidas pelo equipamento de corte e pelos caminhões eram avaliadas com muito cuidado. Os tetos do santuário, mantidos coesos há gerações de acordo com o princípio básico do arco, seriam lentamente fatiados e armazenados, levando com eles o efeito do arco. E, à medida que o estresse da pressão horizontal aumentasse, andaimes de aço com escoras seriam essenciais para assumir o peso. Avery trabalhava com Daub Arbab, um engenheiro do Cairo que saía todo dia de sua casa-barco com uma camisa de manga curta azul-clara impecavelmente passada e cujas mãos, com unhas brilhantes e cutículas aparadas, pareciam também muito bem tratadas. Avery sentia-se à vontade com Daub e ficava impressionado tanto com as camisas elegantes de Daub como com o entusiasmo com que ele as sujava. Daub era sempre o primeiro a sujar as mãos, sempre disposto a ajoelhar, escalar, carregar, engatinhar por passagens para fazer medições. Juntos todo dia, para estarem à frente das consequências cambiantes, eles monitoravam os testes de força e os cortes para alívio de tensão da rocha superior; qualquer omissão ou erro de cálculo de uma força alterada era um desastre.

Avery observava enquanto os homens cortavam a pedra. Mais perto, mais perto, até uma distância de 0,8 milímetro do cabelo da cabeça de Ramsés. Os operários cerravam os dentes para deter o movimento da própria respiração. Com andaimes sustentando as câmaras, as paredes dos templos foram cortadas em blocos de vinte toneladas. Colunas portentosas, como árvores de pedra, foram fatiadas por lenhadores do deserto em anéis pesando trinta toneladas.

Com a proibição de que o equipamento de levantamento tocasse a fachada esculpida, perfuraram buracos no alto dos blocos do templo e aros de içamento foram vedados ali dentro. Bastões de aço eram inseridos e epóxi (modificado para suportar as altas temperaturas) preenchia as fraturas no arenito amarelo granuloso. Gruas erguiam lentamente os blocos para os leitos de areia de caminhões de carga e eles eram levados para o platô acima. Na área de armazenamento, os blocos recebiam reforço de barras de aço e sua superfície era isolada com resina à prova de água. Enquanto isso, o novo local era preparado. O alicerce foi escavado, construíram-se molduras para as fachadas que seriam colocadas em posição e montadas em concreto. E então seriam erguidas as abóbadas de concreto, uma em cima de cada templo, para suportar o peso do rochedo a ser construído acima deles.

O trabalho mais delicado, dentro das próprias câmaras, foi deixado para os *marmisti*, cuja intimidade com a pedra era inigualável. Só eles eram confiáveis para cortar o teto pintado; era essencial que os blocos se encaixassem a seis milímetros, máxima tolerância de inexatidão. Os cortadores de pedra italianos tinham uma segurança tão audaciosa, puro *scavezzacollo*, um instinto tão afiado que a possibilidade de erro era calculada com precisão e depois descartada. Com lenços amarrados na cabeça para evitar qualquer possibilidade de suor nos olhos, eles alisavam a superfície da pedra, lendo como um amante cada reentrância com os dedos, depois mordiam a pedra com os dentes da serra.

Giovanni Belzoni contemplou o topo da cabeça de Ramsés: alguns centímetros esculpidos expostos debaixo do peso da areia acumulada. Viu que abrir uma passagem seria como tentar "fazer um furo na água".

Giovanni Battista Belzoni nasceu em Pádua em 1778, filho de um barbeiro. Como sua altura era de um metro e noventa e cinco e conseguia carregar vinte e dois homens nas costas, quando jovem se juntou a um circo como "o Sansão da Patagônia". Mas era também engenheiro hidráulico, arqueólogo amador e um viajante incorrigível; durante vinte anos, ele e sua esposa, Sarah, vagaram em busca de tesouros no deserto.

Às três da tarde de 16 de julho de 1817, Belzoni subiu a duna de Abu Simbel, tirou a camisa e começou a cavar com as mãos nuas. Antes do amanhecer, à luz de lampião, até as nove da manhã, quando o sol já era assassino, depois descansando durante seis horas e continuando de novo noite adentro. Durante dezesseis dias, Belzoni cavou. O frio da noite o estimulava a continuar. O frescor persistente da areia, o vento, o escuro; a ambição, o fracasso, a renúncia.

Então, finalmente, no limite da luz do lampião, sua mão caiu no espaço, numa pequena fenda, que mal dava para um homem passar engatinhando, aberta na cornija do templo.

Por um momento, Belzoni ficou absolutamente imóvel, quase acreditando que sua mão não estava mais ligada ao corpo. Então, alguma coisa na noite mudou, o deserto mudou, ele sentiu, ele ouviu: o ar antigo de dentro do templo gemendo por sua nova boca. Belzoni sabia que devia esperar a luz da manhã, mas não conseguiu. Lentamente tirou a mão do buraco (como o menino no dique) e sentiu liberar-se uma intensa força, como se uma grande fornalha de sagrado se abrisse e o calor da crença estivesse vertendo para fora. Uma intensidade de todo desconhecida, assustadora. Ele depois se lembrou do que o explorador

Johann Burckhardt lhe tinha dito: "Há tanto tempo esquecemos como ser íntimos da imensidão". Ele sentiu que o calor negro queimava através dele, uma ferida por onde o vento agora gelado do deserto soprava e, de fato, quando se recuperou um pouco, deu-se conta de que o ar que vinha de dentro do templo era insuportavelmente quente, mais quente que um banho de vapor, tão quente que mais tarde o suor escorreria por seu braço e através dos dedos até o caderno e Belzoni teria de parar de desenhar. Mas agora ele sabia que precisava esperar pela manhã. Quando retirou de dentro a parte superior do corpo, o vento noturno o inundou; instantaneamente, assustadoramente, o calor congelou em sua pele.

Ele se acocorou na areia e olhou o rio que estava quase visível, o sol começando a surgir na barra dos montes. Era o amanhecer de 1º de agosto de 1817.

Logo o sol penetraria no grande salão pintado de Abu Simbel pela primeira vez em mais de mil anos.

Do buraquinho atrás dele, o imenso rugir do silêncio.

Um dia, um cego apareceu no deserto. Sua pele escura era lisa sobre os ossos, e, por mais velho que se achasse que era, ele com certeza devia ser ainda mais velho. Usava calça europeia e camiseta, mas não falava nenhuma língua europeia, apenas árabe sussurrado, como se tivesse medo de despertar com a própria voz.

A pedido do cego, os operários o guiaram com cuidado pelos contornos das fortes panturrilhas de Ramsés até os joelhos grossos do rei, cada um do tamanho de um rochedo. O velho não queria ser carregado e levou tempo memorizando o caminho. Depois de várias subidas e descidas, ele conhecia perfeitamente sua rota e deixaram que subisse sem ajuda para sentar no ombro de Ramsés.

Tão firme e interessado era seu olhar cego que um estranho poderia achar que o velho estava procurando alguma coisa no rio, ou fazendo uma vigília. Todos os engenheiros importados ficavam nervosos de ver um cego naquela altitude, mas depois do primeiro dia os operários não prestavam mais atenção.

O cego fascinava os cortadores de pedra. Os *marmisti* observavam os dedos dele acompanhando os recados da pedra com apreciação profissional. Viram que ele não hesitava nunca, que se movia com intensa lentidão e precisão. Se ele se movia, era porque tinha certeza. Quando Jean o viu pela primeira vez no colo de Ramsés, ficou de boca aberta. Com que calma sentava, como seu rosto era esculpido; parecia um Hórus vivo, o deus com cabeça de pássaro. Uma noite ela o viu, a camiseta brilhando, branca, e ele estava cantando. O ruído das máquinas era alto; não dava para ouvir a voz dele, sua boca aberta em silêncio. Mas Jean sabia que o velho estava cantando porque ele tinha fechado os olhos.

Cada rio tem sua própria receita de água, suas próprias intimidades químicas. Lodo, restos animais, tinta dos cascos dos barcos, solo transportado na pele, nas roupas, nas penas, saliva humana, cabelo humano... Olhando o rio, que de início deixara Avery perplexo pela estreiteza, o grande Nilo lhe parecera esguio como um braço de mulher, incontestavelmente feminino; Avery ficou pesaroso ao imaginar a força com que ele logo seria domado, sua submissão. Todo ano, há milhares de anos, inchado pelas águas da Etiópia, o Nilo oferecia sua intensa fertilidade ao deserto. Mas agora esse antigo ciclo terminaria de modo abrupto. E terminariam também as centenárias celebrações dessa inundação, inseparável dos deuses, da civilização, do renascimento, uma abundância que dava sentido a cada rotação da Terra.

Em vez disso, haveria um imenso reservatório transformando o solo, um lago "tão grande como a Inglaterra", tão grande que a taxa de evaporação estimada se mostraria seriamente equivocada. No ar desapareceria água suficiente para tornar aráveis mais de dois milhões de acres. O lodo precioso, saturado de nutrientes que dera ao solo da planície inundável tamanha riqueza, seria inteiramente perdido, aprisionado, inútil por trás da represa. Em seu lugar, as companhias internacionais introduziriam os fertilizantes químicos, e o custo desses fertilizantes, desprovidos de todos os traços elementares do lodo, logo atingiria bilhões de dólares anuais. Sem o sedimento das enchentes, as terras aráveis rio abaixo logo erodiriam. Os campos de arroz do delta no norte ficariam crestados pela água salgada. Em toda a bacia do Mediterrâneo, populações de peixes, dependentes dos silicatos e fosfatos das enchentes anuais, diminuiriam de número, depois se extinguiriam por completo. A explosão da população de insetos resultaria numa explosão da população de escorpiões. A nova ecologia atrairia micro-organismos destrutivos que iriam vicejar no novo ambiente úmido e introduzir novas pragas, como a lagarta da folha de algodão, a mariposa grande, a broca-do-colo, que devastariam as próprias colheitas que a represa devia favorecer. Insetos propagariam doenças infecciosas (e dolorosas) em proporções epidêmicas, como a esquistossomose, doença causada por um parasita que põe seus ovos em praticamente qualquer órgão do corpo humano, inclusive fígado, pulmões e cérebro.

O lodo, assim como a água do rio, tem as suas próprias intimidades específicas, uma sabedoria química que foi se aprimorando ao longo de milênios. Para Jean, o lodo do Nilo era como carne, continha não só uma história, mas uma hereditariedade. Como uma espécie, ele nunca mais seria conhecido nesta terra.

No novo local do templo, sem a ecologia da margem original, haveria consequências também: uma espécie de vingança. O deserto e o rio tinham sempre salvaguardado os templos, mas agora essa proteção divina terminaria. Na nova altitude, haveria severa erosão por tempestades de areia, e seria preciso plantar gramados para substituir a areia, gramados que por sua vez atrairiam a praga bíblica dos sapos, que por sua vez atrairia a praga das cobras, que por sua vez não atrairia os turistas...

Mais de quinhentos convidados especiais assistiriam à inauguração dos templos reerguidos. Haveria discursos arrebatados. "Nenhum governo civilizado pode deixar de dar prioridade ao bem-estar de seu povo [...] A Alta Represa tinha de ser construída, a despeito dos efeitos que possa causar." "Não é o momento de voltar às ações e reações que a campanha internacional suscitou."

Simulação é um disfarce perfeito. A réplica, que tem a intenção de comemorar, produz efeito oposto: permite que o original seja esquecido. Do meio da multidão, a provocação de um jornalista: "Está igualzinho ao que era! O que vocês fizeram com os quarenta milhões de dólares?".

Nenhuma palavra seria dita aos núbios que foram forçados a deixar o antigo lar e seu rio, nem às vinte e sete cidades e aldeias que desapareceram debaixo do novo lago: Abri, Kosh Dakki, Ukma, Semna, Saras Shoboka, Gemaü, Wadi Halfa, Ashkeit, Dabarosa, Qatta, Kalobsha, Dabud, Faras...

... Farran's Point, pensou Avery, Aultsville, Maple Grove, Dickinson's Landing, metade de Morrisburg, Wales, Milles Roches, Moulinette, Woodlands, a ilha Sheek...

Na margem do rio São Lourenço, perto de Aultsville, Canadá, Avery esperava a chegada da Bucyrus Erie 45 — O Cavalheiro —, um imenso reboque que fora transportado de uma mina de carvão no Kentucky até o local da futura represa de São Lourenço. Em volta dele uma amostragem que deixaria satisfeito até o mais ardente amante de máquinas: nove dragas, oitenta e cinco raspadeiras, cento e quarenta escavadeiras e reboques, mil e quinhentos tratores e caminhões.

Esse era o momento de que seu pai mais gostava, supervisionando a reunião da infantaria mecânica; aprontando-se não para capturar uma colina, mas para eliminá-la, ou criá-la, conforme exigissem as circunstâncias. William Escher sabia que não se tratava de uma simples batalha de força bruta entre tecnologia e natureza, mas de um teste de vontade, duas inteligências contrapostas, exigindo tanto probidade como perspicácia.

Avery contemplou o barro do São Lourenço a seus pés. Logo entendeu que ficaria duro como rocha no inverno e no verão atolaria e imobilizaria até as rodas maiores. Embora complacente no momento, esse começo de tarde de março de 1957, ele adivinhou corretamente que a construção do canal poderia se tornar uma das escavações mais traiçoeiras do continente. Avery havia sido contratado por seus próprios méritos e sob a supervisão do pai. Mas William Escher morreu antes mesmo que a primeira árvore fosse derrubada. Desde que deixara a escola, Avery sempre trabalhara com o pai. Agora se via observando os últimos momentos de uma paisagem, memória sempre comum aos dois, sem a mão do pai no ombro.

Ao longo dessas margens arborizadas do São Lourenço, cidades e povoados surgiram, fundados pelos legalistas do Império Unido, colonizadores que tinham sido soldados nos batalhões dos "Royal Yorkers". Depois vieram os alemães, os holandeses, os colonos escoceses. Em seguida um turista chamado Charles

Dickens, viajando de vapor e diligência, que descreveu que o rio "fervia e borbulhava" perto de Dickinson's Landing e a estonteante visão dos troncos flutuantes. "Um jangada absolutamente gigantesca, com umas trinta ou quarenta casas em cima, e pelo menos outros tantos mastros de troncos de forma que parecia uma rua náutica."

Antes disso vieram os caçadores do mar, os baleeiros bascos, bretões e ingleses. E, em 1534, Jacques Cartier, o caçador que ganhou o maior dos prêmios, um continente inteiro, ao reconhecer depressa que, numa canoa de casca de árvore, podia seguir o rio e penetrar até o coração da terra.

Os grandes barões do comércio resmungavam, incapazes de partir dos portos atlânticos e conquistar os Grandes Lagos com seus imensos navios, rangendo de produtos à venda. Havia dois detalhes maçantes no caminho: a segunda maior catarata do mundo, Niágara, e as corredeiras da Long Sault.

O som da Long Sault era ensurdecedor. Ela devorava palavras no ar e tudo levava com sua força. Ao longo de quase cinco quilômetros, uma pesada névoa pairava sobre o rio e mesmo quem ficava longe acabava encharcado com os respingos. A água branca descia agitada por uma estreita garganta, um declive gradual de quase dez metros.

Em meados do século XIX, cortaram canais para contornar as corredeiras, mas eram rasos demais para os grandes cargueiros. Assim eram as coisas; Avery não conseguia se lembrar de nenhum exemplo significativo em que isso não fosse verdade, aqueles primeiros canais provaram ser o primeiro corte para uma futura represa, a despeito de quantas gerações existissem entre uma coisa e outra. Construir um canal, com uma represa abarcando as margens canadense e americana do rio, foi um tópico discutido muitas vezes, ao longo de muitas décadas, até que, em 1954, nasceu o Projeto Canal e Gerador São Lourenço. A energia hidrelétrica seria gerada por ambos os países; um lago, de cento e sessenta quilômetros de comprimento, seria formado entre eles.

Para conseguir esses objetivos, a selvagem Long Sault seria drenada para o seu leito. Durante um ano, enquanto os canais eram ampliados, arqueólogos vasculharam o cemitério de navios onde, durante séculos, a força da água havia fundido por impacto na rocha do "porão" as balas de canhão, mastros e placas de aço. Nada menos que uma explosão seria necessária para soltá-los.

Durante algum tempo, Avery ficou sentado na margem do rio, olhando as máquinas pesadas e pensando na potência daquela água, na força daquele ímpeto. Isso ele já conhecia agora, essa sensação no começo, na qual conscienciosamente registrava haver um elemento de autopiedade; os primeiros sinais de uma tristeza lenta, autocoagulante.

Na inundação da margem, Aultsville, Farran's Point, Milles Roches, Maple Grove, Wales, Moulinette, Dickinson's Landing, Santa Cruz e Woodlands ficariam "perdidas". Avery antes tivera desprezo por esse termo que agora apreciava, pelo toque de verdade não intencional; milhares ficariam sem teto como se por algum ato de negligência. Os antigos habitantes seriam aglomerados e realocados, distribuídos entre duas cidades recém-construídas, a Cidade Nº 1 e a Cidade Nº 2, que acabariam batizadas de Long Sault e Ingleside. Como a cidade dos iroqueses seria reconstruída um quilômetro e meio além da margem e manteria seu nome, oficialmente não era considerada "perdida", embora fosse perder tudo, exceto o nome. Seriam inundadas também as ilhas Croil's, Barnhart e Sheek. A construção começaria logo no lado norte da cidade de Morrisburg para compensar a metade dela que desapareceria. As Primeiras Nações, descendentes dos caçadores siberianos que atravessaram a ponte de terra da Ásia vinte mil anos antes e que tinham feito dessas margens o seu lar desde o derretimento da grande geleira, ficariam desprovidas de margem e ilhas, e os metais pesados das novas indústrias do canal envenenariam seu fornecimento de peixes e seu gado na ilha Cornwall. Áreas de desova seriam destruídas. O salmão lutaria rio acima, cheio de determinação, e encontraria seu caminho interrompido pelo concreto.

A Comissão de Energia Hidrelétrica de Ontário havia proposto a transferência das casas das aldeias para a Cidade Nº 1 ou a Cidade Nº 2. Elas foram erguidas de seus alicerces pelo ciclópico Transportador de Casas Hartshorne. Com seu gigantesco garfo de aço, a máquina era capaz de levantar uma edificação de cento e cinquenta toneladas como se fosse um pedaço de bolo sem deixar cair nenhuma migalha. Dois homens, um em cima dos ombros do outro, cabiam no diâmetro de um de seus pneus, e a máquina podia rodar a nove quilômetros por hora com uma carga completa. O inventor e fabricante do Transportador de Casas Hartshorne, o próprio William J. Hartshorne, presidia as operações do canal; Avery assistira quando dois braços de aço abraçaram a casa, a estrutura foi presa por baixo e levantada hidraulicamente. Quinhentas e trinta e uma casas estavam sendo transferidas desse jeito, duas por dia.

"Podem deixar os pratos dentro do armário", gabava-se o sr. Hartshorne. "Nada lá dentro vai mexer nem um centímetro!" Até mesmo a colher que ele havia equilibrado teatralmente na beira de uma tigela ainda balançava ali quando pousaram a primeira casa e abriram a porta. Nessa mesma noite, a dona de casa que era dona da colher em questão ficou tão enervada de estar na própria cozinha, muitos quilômetros distante de onde havia tomado seu desjejum nessa mesma manhã, que, no curto trajeto entre o balcão e a mesa, derrubou e estilhaçou o bule de chá da mãe com o qual estava tão preocupada — de louça Wedgewood, pertencente à família havia quatro gerações.

Em 1921, o presidente da comissão hidrelétrica, Sir Adam Beck, tinha se referido à futura submersão das cidades ao longo do São Lourenço e à evacuação de seus habitantes como o "fator sentimental". Então, a fábrica de papel foi tomada pela comissão para ser seu quartel-general e os oficiais regionais se acomodaram na fábrica de meias de Morrisburg. A pouca distância de onde Avery estava seriam levantados telescópios públicos, dando para o pátio de obras, e seriam organizadas excursões de ônibus para milhões de visitantes. Empregariam um historiador para "coletar e preservar dados históricos" nos lugares a ser destruídos. O número de beneficiados da seguridade social nos condados aumentaria em cem por cento. Já corria um boato, Avery sabia, de que se podia ganhar dez dólares por hora transferindo túmulos.

Quando Jean era criança, todo sábado seu pai, John Shaw, professor de francês em uma escola particular inglesa em Montréal, pegava o trem, o *Moccasin*, para dar aulas aos filhos do rico proprietário do armazém de grãos em Aultsville. Quando Jean descia aos domingos de manhã, um saco de papel com pães doces estava à sua espera na mesa da cozinha, as misteriosas palavras "Markell's Bakery" em letras cursivas, acetinadas e escuras por causa da manteiga. Depois que sua mãe morreu, uma Jean silenciosa acompanhava o pai. Iam de mãos dadas no trem, o percurso inteiro, e o pai de Jean aprendeu a tirar o livro do bolso e virar as páginas com uma só mão enquanto Jean dormia em seu ombro. Depois da morte da mulher, John Shaw deu para ler os livros que ela adorava, os livros do lado dela da cama. Memorizava as frases que ela sublinhara, os versos de John Masefield que ela declamava quando Jean era um bebê risonho em seus braços, marchando pelo linóleo da cozinha:

Sujo costeiro britânico com crostas de sal na chaminé,
Cruzando o canal nos loucos dias de março,
Com uma carga de carvão de Tyne,
Trilhos de trem, lingotes de chumbo,
Lenha, ferro e bandejas baratas de metal.

Ou Edna St. Vincent Millay quando Jean passava a noite acordada e sua mãe a carregava ao peito embrulhada num cobertor:

Ó mundo, de abraçá-lo não me canso...
Da glória que há em tudo já sei tanto,
Mas disto eu não sabia, não:
Existe aqui tanta paixão
Que me expande e dilacera — Eu temo, Senhor,
Que este ano fizeste o mundo mais belo que o ano anterior;
Minha alma quase escapa de mim...

As cidades em torno do São Lourenço ganharam vida tanto pela ferrovia como pelo rio. Criaram um vigor que Jean não conseguia explicar totalmente, embora o reconhecesse de alguma forma; duas histórias se encontrando no meio. A Jean de nove anos agora sabia o que era fome de amor e, em sua fome, era afetada pelo que via: a velha junto ao rio que tirava da bolsa e folheava as mesmas poucas páginas, certificando-se de que não as tinha perdido, o fecho da bolsa fazendo o mesmo som estalado do estojo dourado de pó compacto da mãe de Jean; o garotinho que tentava pegar o pingente do casaco da mãe que balançava para fora de seu alcance a cada passo. Uma vez, no armazém geral, ela viu uma mulher dar umas batatas para Frank Jarvis, o quitandeiro, pesar na balança; depois a mulher lhe passou o bebê para pesar. Ela viu Jean olhando. "Isso mesmo." Ela sorriu. "Jarvis and Shaver vendem bebês. Por quilo."

Jean começou a esperar essas excursões com o pai, e no verão eles desembarcavam em outras paradas depois do trabalho matinal dele; às vezes, em Farran's Point, onde John Shaw gostava de visitar a serraria e o moinho, a cardagem e a marmoraria. O chefe da marmoraria era um ex-nova-iorquino e mestre em cantaria. Enquanto John Shaw examinava as cornijas e os arcos espalhados pelo pátio, Jean caçava pequenos animais, com suas complexas pelagens de pedra, escondidos na relva alta e espiando atrás de arbustos. Eles admiravam os jardins floridos da Comporta 22, cuidados pelos zeladores da comporta. Observavam o calor líquido subindo acima da mina de calcário e tampavam o nariz diante do fedor da fábrica de papel em Milles Roches. Onde quer que o trem parasse, Aultsville, Farran's Point, Moulinette, viam uma pequena multidão esperando que a carga fosse descarregada nas plataformas: grandes carretéis de arame farpado, peças de automóvel, gado. Logo aprenderam a esperar pelo baque das sacolas de correspondência antes da partida do trem e a procurar pelos grandes volumes de lona atirados à plataforma. Viam os ferroviários andarem pelo trilho enchendo de óleo os lampiões de sinalização. Viam estudantes voltando da semana na faculdade em Cornwall, e lojistas das cidades que tinham passado o dia em Montréal, desajeitados embrulhos de papel nos braços ou empilhados a seus pés enquanto esperavam que alguém os encontrasse na estação. Jean começou a entender que podia haver mistério para alguns viajantes em ambas as direções, embora a tristeza sempre baixasse sobre ela quando o trem se aproximava da cidade, e quando chegavam em casa, na avenida Hampton, Jean, sem mãe, estava esvaziada de qualquer desejo de olhar em torno dela.

* * *

Em datas particulares, ou quando mudam as estações, trazendo lembranças, barcos são remados resolutamente para coordenadas que parecem sem sentido no canal de São Lourenço, onde de repente os remadores recolhem os remos e fazem uma parada. Às vezes deixam flores flutuando no lugar, deslizando em silêncio.

Na vazante de outubro, dá para andar de novo a pé na fazenda de gado leiteiro de Aultsville. Dá para passear com água pelos tornozelos na avenida de árvores da rua principal, agora tocos encharcados. Nos primeiros anos, até os jardins continuavam a crescer na vazante, como peregrinos que ainda não receberam a notícia do desastre.

Quando o canal foi construído, até os mortos foram desalojados, exumados para cemitérios ao norte do rio. Porém nem todos os moradores estavam dispostos a aceitar o convite da hidrelétrica para mexer com seus ancestrais, e, em vez disso, seis mil lápides foram transferidas e os túmulos sem nome permaneceram.

Por muitos anos depois, os moradores dos condados de Stormont, Glengarry e Dundas tinham medo de nadar; o rio agora pertencia aos mortos e muitos temiam que os corpos pudessem se soltar e flutuar para a superfície. Outros simplesmente não conseguiam entrar na água onde tantos e tanta coisa havia desaparecido, como se eles também pudessem não mais voltar.

Jean e seu pai desembarcaram em Dickinson's Landing. Assim que saíram da estação ferroviária, sentiram: a histeria sussurrada, a falta de objetivo. Da rua podiam ver que todas as casas tinham sido saqueadas, estripadas de seus interiores, paredes parcialmente derrubadas. Nos gramados, gânglios de fios pendurados de rudes cérebros de cimento. Dentro e fora se fundiam, uma papa fibrosa de madeira e reboco, como sementes removidas de uma abóbora. Desenhos conhecidos de tapetes e papéis de parede expostos ao ar livre. Lustres e encanamentos, tábuas de assoalho, lareiras vitorianas ornamentadas, tudo com uma palpável intimidade, espalhado nos gramados, para ser levado embora em caminhões. No meio dos escombros, acenderam-se fogueiras.

Era um dia frio de outono, a possibilidade de neve. As folhas contra o céu escuro brilhavam com as cores intensas de frutos maduros. Jean e o pai se juntaram à confusa procissão que atravessava a cidade até o jardim de Georgiana Foyle, a Vovó. Só os homens que iam com autoridade para lá e para cá no gramado e se punham na varanda larga que circundava toda a casa falavam em voz normal. Ninguém lembraria depois como tinha sido, tanta coisa havia para compreender; alguns disseram que começou aos poucos e levou um bom tempo para pegar, outros diziam que a muralha de fogo subiu instantaneamente, produzindo um calor que afastou todos os observadores para a rua. Havia uma enorme multidão; Georgiana Foyle talvez tenha sido a única pessoa no condado que não viu sua casa pegando fogo.

Depois, Jean e seu pai foram até o rio. Mesmo lá, onde o ar era refrescado pela água, dava para sentir o cheiro da fumaça.

O São Lourenço corria como sempre. Mas já era impossível olhar o rio do mesmo jeito.

Permaneceram ali, olhando as ilhas. Começou a nevar. Ou pelo menos parecia estar nevando, mas logo eles se deram conta de que o que havia no ar era cinza.

Os flocos brancos brilhavam contra o céu escuro. Caíam mais depressa do que John Shaw conseguia limpá-los do casaco. Ele apertou os olhos com os dedos. Jean enfiou a mão no bolso do casaco do pai e com a outra mão afundou bem o gorro na cabeça. Jean, aos dezoito anos, sabia que a emoção dele era não apenas por causa de Georgiana Foyle. A casa dela está no ar, disse John Shaw. Mas não se mexeram, continuaram parados à beira da água.

As cristas das ondas de vento na água e os tons de azul e preto eram tão vivos com a intensidade do frio que Jean quase não suportava a beleza daquilo, e de alguma forma ela não conseguia separar essa visão da tristeza de seu pai, nem da sensação da mão dele.

Depois, voltando para a estação ferroviária, começou de fato a nevar, uma nevasca pesada e úmida que desaparecia antes de chegar ao chão.

Georgiana Foyle, que até aquele exato momento se orgulhara de uma vida inteira de boas maneiras, bateu com a mão aberta na lateral da Falcon de Avery. Começou a falar antes mesmo de ele baixar a janela.

— Mas eles podem transferir o corpo do seu marido — disse Avery. — A companhia vai pagar as despesas.

Ela olhou para ele com perplexidade. A ideia pareceu silenciá-la. Então ela disse:

— Se transferirem o corpo dele vão ter de transferir o morro. Vão ter de transferir os campos em volta dele. Vão ter de transferir a vista do alto do morro e as árvores que ele plantou, uma para cada um dos nossos seis filhos. Vão ter de transferir o sol porque ele se põe no meio dessas árvores. E transferir a mãe dele, e o pai, e a irmã mais nova; ela era a moça mais admirada do condado, mas todos os homens morreram na Primeira Guerra, então ela nunca se casou e foi sepultada ao lado da mãe. Eles todos fazem companhia um para o outro e esses túmulos são velhos, então vão ter de transferir a terra junto com eles para ter certeza de que nada de ninguém ficou para trás. Podem me prometer isso? Sabe o que é sentir saudade de um homem durante vinte anos? Você pensa na morte do jeito que um moço pensa na morte. Vão ter de transferir minha promessa de que eu iria sempre ao túmulo dele para descrever esse mesmo lugar como eu fazia quando nos casamos e ele machucou as costas, teve de ficar três meses de cama: toda noite eu descrevia a vista do morro atrás da fazenda, e isso sempre foi um pouco de doçura entre nós, por quarenta anos. Dá para transferir essa promessa? Podem transferir o que foi consagrado? Podem transferir esse exato espaço vazio na terra onde eu ia deitar ao lado dele por toda a eternidade? É de solidão da eternidade que eu estou falando! Podem transferir isso tudo?

Georgiana Foyle olhou para Avery com repulsa e desespero. A pele dela, como papel que foi amassado e alisado outra vez, estava lavada de lágrimas na trama de rugas, todo seu rosto brilhava, molhado. Ela era tão magra e esguia, o vestido de algodão pesado parecia pairar sem tocar sua pele.

Avery queria estender a mão, mas teve medo; não tinha o direito de consolá-la.

A velha encostou-se no carro e chorou sem constrangimento sobre os braços, os ossos longos, finos, aparecendo agora por baixo das mangas.

Depois que todo o material de construção foi saqueado das casas e fazendas dos condados de Stormont, Glengarry e Dundas, e os resquícios erradicados pelo fogo e por retroescavadeiras, os políticos se reuniram a oeste de Cornwall, na cidade de Maple Grove, para fincar sua pá dourada no chão. Havia cinco anos de construção e destruição pela frente. Três grandes represas seriam construídas, e câmaras subaquáticas para permitir o prosseguimento do trabalho, desviando primeiro uma metade do rio, depois a outra, deixando cada metade por sua vez drenada para construção. Ver o leito do rio assim exposto, o íntimo leito, privado, vulnerável, com um emaranhado de vegetação, musgos, vida aquática, tremulando ao sol, deixou Jean nauseada, e ela não conseguia resolver o que fazer: olhar ou não olhar.

Era enervante, apocalíptico, andar pelo leito exposto do rio, como se o fantasma do rio estivesse se enroscando em torno das pernas de Avery. Ele ficava olhando para baixo e para trás, sentindo que, a qualquer momento, o São Lourenço podia começar a correr de novo, uma corrente poderosa que o derrubaria. Mas em vez disso havia um novo silêncio. Rochas esvaziadas de propósito; era como se o próprio tempo tivesse parado de correr.

Lá longe, na margem, viu alguma coisa se mexer. Discerniu a forma de uma mulher. Observou-a andar e se abaixar, andar e se abaixar, como um pássaro que abaixa a cabeça aqui e ali pegando comida. Ela usava short azul e uma camisa de manga curta de algodão estampado. Tinha uma bolsa de lona às costas. Observou-a embrulhar coisas cuidadosamente em jornal, escrever algo e enfiar na bolsa. Devia ter sentido o olhar dele porque de repente parou, virou e olhou para ele. Depois, tendo obviamente tomado uma decisão, continuou andando, para longe de onde ele estava.

Naquele segundo, quando Avery a viu se afastando, uma inexplicável tristeza baixou sobre ele e um doloroso desejo de ir atrás dela. Subiu para a margem e, quando estava bem perto, viu que ela estava coletando plantas.

— Por favor, não se incomode comigo — disse Avery. — Só queria saber o que estava fazendo.

Ela olhou para ele, surpresa com seu sotaque inglês.

— Você veio da Inglaterra até aqui só para ficar olhando o leito seco do nosso rio?

— Estou trabalhando na represa — disse Avery.

Ao ouvir isso, ela enfiou outro pacote de jornal da sacola e começou a se afastar.

— Se não se importa que eu pergunte, o que está recolhendo?

Ela continuou andando. Ele viu os pelos finos queimados de sol em seus braços e na parte de trás das coxas.

— Tudo o que ainda cresce aqui — disse ela, com um encolher de ombros. — Tudo o que logo vai desaparecer.

— Mas por que apanhar isso? São plantas comuns — disse Avery. — Tanaceto e lisimáquia crescem por toda parte.

— Você sabe um pouquinho de botânica, só um pouquinho. Isto não é lisimáquia, é erva-de-incêndio.

Ela parou. Ele olhou seu rosto determinado, queimado de sol.

— Estou fazendo um relatório — ela disse, amarga. — Vou transplantar estes exemplares, esta geração específica. Se bem que elas nunca vão crescer e se reproduzir exatamente como fariam se fossem deixadas em paz.

— Ah — disse Avery. — Entendi.

Ela ia se abaixar, mas endireitou o corpo, não conseguia continuar com ele olhando.

— Meu pai era engenheiro — disse Avery. — Eu ia com ele aonde estivesse trabalhando e a primeira coisa que eu sempre aprendia sobre o novo lugar eram as árvores e as flores... Devia ser muito bonito aqui...

Ela olhou para ele.

— Falei a coisa errada...

— Não. Era muito bonito aqui... um mês atrás.

Ela olhou para o chão.

— Eu vinha sempre aqui — disse ela — com meu pai.

Ela hesitou, depois desceu para o leito do rio e apoiou as costas inteiras contra uma pedra. Ele a seguiu e sentou-se, alguns metros "rio acima".

— Há um mês não estaríamos sentados aqui — disse Avery.

— Não — disse Jean.

Jean nunca esqueceria o que Avery falou em sua primeira tarde no rio abandonado: das Hébridas, onde mar e céu ficavam enlouquecidos com o aroma da terra; dos montes Chiltern, com suas pétreas florestas de faias úmidas; e de seu pai, William Escher, que, meses antes de morrer, tinha arranjado para Avery aquele trabalho no canal, como seu assistente. Agora, ele trabalhava com outro engenheiro, um amigo de seu pai. Jean sentiu a saudade que Avery tinha dele, mesmo nesse breve relato. Observou como Avery enrolava e desenrolava nervoso a correia dos binóculos em torno da alça da mochila. Agora era a sua vez de sentir uma perda inexplicavelmente profunda, temendo que a qualquer momento ele parasse de falar e se afastasse dela.

— Tem um cinema em Morrisburg — Avery disse, afinal. — Quer se encontrar comigo lá um dia?

Jean olhou o rosto de Avery. Nunca tinha ido ao cinema com homem nenhum além do pai. Então ela desviou os olhos, na direção do rio abaixo, sentindo a pobreza de sua experiência na infindável extensão de barro exposto.

— Tudo bem — disse Jean.

Saíram do cinema para uma longa noite de verão, não inteiramente escura.

— Pode me levar para casa de carro? — Jean perguntou.

— Claro que sim — disse Avery, sentindo um pontada de desânimo pelo fato de ela querer ir embora tão cedo. — Onde você mora?

— A umas quatro horas daqui...

Passava da meia-noite quando chegaram a Toronto. A avenida Clarendon ladeada de árvores, vazia. As folhas dos bordos se juntavam ao vento quente. Jean abriu a porta de ferro batido de um velho prédio de apartamentos de pedra, lanternas de vidro pendentes brilhando na entrada.

— Entre aqui — disse Jean, segurando a porta aberta para Avery entrar.

Dentro, o teto do salão rebrilhava em estrelas.

— Era aqui que minha mãe e meu pai moravam quando se casaram — disse Jean. — O pintor J. E. H. MacDonald desenhou isto tudo: os signos do zodíaco, os padrões nas vigas, e o aprendiz dele, um moço chamado Carl Schaefer, subia na escada e pintava. Schaefer trabalhava de noite, com a porta do pátio aberta. Como deve ter sido emocionante pintar o céu da noite com folha de ouro com a noite verdadeira a seu redor... Depois, meus pais mudaram para Montréal e minha mãe sempre dizia que havia começado a fazer o jardim porque não tinha mais as estrelas. Quase imediatamente depois que eles se mudaram, o irmão dela morreu no ar, voando à noite. Ele era da Real Força Aérea Canadense. Meu pai disse que minha mãe sempre ligou os dois eventos, só que achava isso bobagem e não confessava. No momento em que ela parou de vigiar o céu noturno, ele foi embora. Eram só os dois, minha mãe e o irmão, e ela morreu três anos depois dele.

Avery e Jean caminharam sob as estrelas. O piso do saguão

era de mármore e ladrilho cerâmico; arcos de pedra entalhada em galões levavam ao elevador.

— Este é o primeiro teto do Canadá feito de concreto armado — disse Jean, orgulhosa. — A tinta é à prova de ácido, com verniz Spar; esse céu não vai rachar nunca, nem desbotar!

— Ninguém jamais adivinharia que aqui tem o céu inteiro — disse Avery, dentro do prédio de pedra.

— É — disse Jean —, é como um segredo.

Tinham rodado horas juntos, mas os campos noturnos estavam todos em torno deles e, entre eles, através das janelas abertas do carro, o fresco vento do verão. Agora no elevador minúsculo, ficaram apertados e sem jeito.

No andar de cima, Jean abriu a porta para o luar e a luz da rua; tinha deixado as cortinas abertas, e o piso da sala, inteiramente coberto de plantas, rebrilhou, a luz cintilando nas bordas de centenas de vasos cheios de mudas e flores.

— Aqui tem alguns bons exemplos de espécies nativas — disse Jean. E pensou: "Aqui estou eu".

Deixaram o carro de Avery no limiar da floresta. A trilha estava com mato crescido, não muito mais larga que os ombros de uma pessoa; como a floresta nos esquece depressa. Havia pouca coisa para carregar, um saco de papel com mantimentos, a mochila de Jean. O toldo de folhas, baixo, ressoava com o som da corredeira. A névoa ficava presa entre as árvores, como se a terra estivesse respirando. A cabana estava ainda a certa distância da Long Sault, mas mesmo ali o rugido explodia. Antigamente havia ali um punhado de cabanas onde agora só restava uma. Dentro, uma mesa de madeira, três cadeiras, uma cama velha demais para alguém se dar ao trabalho de removê-la. Um fogão a lenha. A sombra da floresta e a profundidade do rio tinham penetrado na cabana durante tantos anos que haveria sempre umidade e a lembrança da umidade. No mesmo dia em que Avery encontrou a cabana, durante uma avaliação do local da corredeira, ele levou para lá todos os seus pertences do hotel de Morrisburg, comprou roupas de cama, uma lanterna, um suprimento de agasalhos.

Ao entrar, Jean mal podia acreditar na intensidade do ruído da corredeira — parecia uma miragem acústica —, como se fosse amplificado pelo espaço pequeno e nu. Ao mesmo tempo a umidade da cabana e o cheiro de carvalho e fumaça de lenha se tornaram inseparáveis do rugir do rio. Ela sentiu que teria de falar com a boca junto ao ouvido de Avery ou gritar, ou simplesmente pronunciar as palavras sem som. Quando Jean se inclinou para falar com Avery, o cabelo dela tocando o rosto dele parecia insuportavelmente vivo.

— Depois de algum tempo — disse Avery — o som passa a fazer parte de você, como o correr do próprio sangue quando a gente tampa o ouvido.

Avery acendeu os lampiões. Acendeu o fogo. Jean desempacotou os mantimentos; não havia nada fresco da própria horta de Frank Jarvis, e o fato de que nunca mais haveria uma horta e a realidade do armazém geral quase vazio a tinham enervado. Compraram tomates em lata, trazidos de navio da Itália, e uma caixa de papelão comprida de macarrão, um frasco pequeno de manjericão e uma caixa de papelão branco brilhante da Markell, contendo o mesmo tipo de pão doce que seu pai costumava trazer para casa quando Jean era menina. Estes ela colocou em cima da mesa de madeira.

Por causa do barulho do rio, nenhum dos dois falava muito; em vez disso, sentiam intensamente todo movimento na pequena sala. Avery olhou Jean afastar o cabelo dos olhos com o antebraço ao lavar as mãos na pia. Ela viu como ele ficou incomodado examinando a cabana em busca de vestígios embaraçosos: o sabão encardido na pia da cozinha, a calça dura de lama pendurada atrás da porta.

Havia pouco espaço para se mexer; a mesa ao pé da cama, apenas um pedaço de tapete no piso de tábuas separava a cozinha do quarto. Era tudo arrumado, o machado em seu estojo de couro junto à porta, os recipientes de água Coleman esperando para ser reabastecidos. Uma estante estreita para uma bacia, o quadrado de toalha desfiada bem dobrado. No chão ao lado da cama, *Plantas comestíveis*, *O esplendor das ruínas*, *A expedição Kon-Tiki*, *Acidentes com pássaros na aviação*, *Escavações na caverna do rio Njoro*. No parapeito das janelas, a costumeira coleção de pedras e madeira flutuante, mas aqui organizadas por forma ou cor, guardadas por sua semelhança com outra forma: a pedra em forma de animal ou pássaro. Sempre foi assim, Jean pensou, o desejo de semelhança, de animar o inanimado. Toda a cabana era organizada como um *chef* organizaria uma cozinha, cada coisa em seu lugar para facilitar o uso. Avery tinha aguda consciência de como a casa revelava os seus hábitos.

Jean acrescentou óleo e manjericão aos tomates e pôs sal na água fervente. Comeram ao som da corredeira.

Pela janela se via apenas a floresta, e isso também transmitia seu encantamento: a própria invisibilidade do portentoso rio. Quando a sala foi escurecendo, o barulho da Long Sault pareceu aumentar. Pela primeira vez Jean pensou na intimidade dentro daquele som, na força contínua da água na rocha, esculpindo cada fenda e contorno do leito do rio.

Depois da refeição, durante a qual pouco falaram, sem ter nenhum outro lugar para ir, Avery pegou a mão de Jean e eles se deitaram.

— Se vamos para a cama, então é melhor a gente se vestir — disse Avery e passou para ela um macacão de lã e uma bola de meias grossas. — Faz muito frio à noite e às vezes eu visto tudo o que tenho, mesmo com o fogo aceso.

A visão de Jean com suas roupas quase rompeu a determinação de Avery. Mas ele ficou quieto ao lado dela.

Sentia o cheiro da fumaça de lenha em seu cabelo. E ela, na lã do suéter dele, sentia o cheiro de seu corpo, do lampião de óleo, da terra.

A luz da lanterna, o fogo, o rio, a cama fria, a mão pequena, forte e firme de Jean sob seu suéter.

Dominar a visão dela. Aprender, dar nome e apreender tudo o que vê no rosto dela, à medida que ele também se torna parte da expressão dela, um jeito de ouvir que logo incluirá o conhecimento que ela tem dele. Aprender cada nuance que revela um novo passado e tudo o que poderia ser possível. Conhecer na pele dela as idades contraditórias: as mãos, os pulsos e as orelhas de menina, os braços e as pernas lisas e firmes de mulher; cada parte anatômica de nós parece adquirir uma maturidade diferente e por um bom tempo permanecer assim. Como é que o corpo envelhece tão contraditório? Olhando para ela do outro lado da mesa, ou olhando para ela agora, seu rosto junto ao dela, seus membros ao longo dos dela, a entrega do rosto dela ao ouvir, de um rosto dentro de outro e de outro, sempre uma nova abertura, uma abertura latente, de forma que o amor se abre no amor, como a menor mudança da luz ou do ar na superfície de água. Deitado ao lado dela, ele imagina que até seus pensamentos alteram o rosto dela.

Depois de muito tempo, Jean começou a falar.

— Meu pai me trouxe a Aultsville pela primeira vez depois que minha mãe morreu. Ele disse que ia me levar para ouvir as "árvores falantes", para me animar um pouco... Ainda hoje não tenho um nome para a intensidade daquela tristeza. É quase um outro tipo de visão; tudo bonito, marcado a fogo. Durante toda a viagem de trem ele não quis me contar o que eram as árvores falantes... Depois das aulas do dia, fomos até o pomar de macieiras perto da estação...

Estava quente, rosado, entardecendo. A sombra baixava sobre as fileiras e logo não era mais tão fácil enxergar o caminho. A trilha estava misturada às sombras. Me lembro de segurar o braço dele apertado. Ele sempre arregaçava as mangas acima dos cotovelos no verão. Até agora sinto seu braço nu. O vento sacudia as pequenas folhas prateadas, aquele som indescritível, e mais adiante no pomar ouvi o murmúrio. Levantei os olhos e não vi nada, mas claro que no anoitecer os braços morenos das colhedoras de maçãs estavam escondidos pelos ramos, elas próprias se movimentando como ramos. Eram vozes de mulheres e as palavras eram tão comuns. Às vezes uma única palavra de repente ficava mais clara que o resto — *sábado, vestido, esperando* —, e o fato de serem tão comuns é que era tão comovente, mesmo menina eu senti isso, que o comum devia sempre soar assim como se o vento tivesse encontrado sua linguagem. "Vozes doces como frutos", meu pai disse, uma frase que tenho certeza de que ele tinha guardado na boca para mim o dia inteiro. Outra vez, ele me levou no meio do inverno, era depois de uma tempestade e novamente caminhamos, dessa vez no escuro branco de neve. Do teto do moinho desciam imensos pingentes de gelo, quase até o chão, uma cascata congelada, de quatro ou cinco metros; me lembrou uma pintura que eu tinha visto, uma gigantesca baleia sem dentes no oceano iluminado pelo luar... Ele sempre me mostrava essas coisas como se fossem segredos, não simplesmente alguma coisa ali ao ar livre para todo mundo ver. E é verdade, quase ninguém mais notava os milagres que meu pai notava. Tomávamos juntos o trem de volta para Montréal no escuro e eu dormia encostada em seu casaco de lã ou no frescor de seu braço na manga curta da camisa, cheia dos lindos segredos do dia e do irredutível conhecimento de que minha mãe não estava conosco. Que ela nunca veria aquelas coisas. E foi quando me dei conta de que estávamos à procura dela.

Crianças fazem promessas. Desde o momento em que vi meu pai sentado na cozinha, o suéter dela estendido em cima do peito, cerca de um mês depois que ela morreu, entendi que nunca ia sair do lado dele, e sabia que ia cuidar dele para sempre.

Quando penso nisso agora, só agora, me dou conta de que nós vivíamos em silêncio, como se os únicos sons de alegria que conhecêssemos viessem de minha mãe. Depois que ela se foi, o âmbito da nossa expressão encolheu... ao pequeno, ao insignificante. Eu sofria, sentia falta dela. Sentia saudade dela a cada minuto da minha vida. Toda manhã eu acordava, ia para a escola, fazia nosso jantar, e nunca deixei de sentir falta dela. Me lembro do primeiro dia de escola depois que ela morreu, todas as crianças sabiam e me evitaram: eram novas demais para sentir pena, tinham medo. Ela deixou um jardinzinho de que eu continuei tratando, por ela, como se um dia ela fosse voltar e nós pudéssemos sentar juntas, e eu mostraria como os lírios tinham crescido bem, mostraria todas as plantas novas que eu havia acrescentado. No começo, eu tinha medo de mudar qualquer coisa e foi difícil cavar o primeiro buraco. Depois, plantar virou uma vocação. De repente senti que podia continuar gostando dela, que podia continuar dizendo coisas para ela daquele jeito...

Era difícil tentar aprender as coisas simples como o tipo de roupa a usar ou o que esperavam de mim só observando minhas colegas de escola, vendo o que elas usavam e como se comportavam, ouvindo o que falavam. Meu pai tinha uma irmã, muito mais velha que ele, que morava na Inglaterra e veio nos visitar uma vez. Minha tia parecia tão vibrante, tão exorbitante em seus hábitos, tão livre e à vontade. Usava vestidos de seda e chapéus de veludo e quando chegou me deu um par de mitenes de lã vermelha enfeitadas com fita xadrez. Me lembro de como fiquei com medo de usar aquelas luvas no pátio da escola. E se alguém dissesse alguma coisa que me fizesse não gostar mais delas? Achei que todo mundo iria rir de mim: uma coisa tão alegre e bonita não podia pertencer a mim, não podia ser para as minhas mãos! Era errado, *gauche*, uma mostra de felicidade que estava acima da minha posição. Mas é claro que ninguém notou as luvas. E aquelas mitenes tinham uma espécie de mágica: elas não haviam sido estragadas por palavras. Muito depois que minha tia voltou para a casa dela, o presente continuava a me fazer mais ousada e, muito lentamente, comecei a usar o que eu queria e ser como eu queria. E, mais uma vez, ninguém pareceu notar ou se importar. Chinelos que ela sempre chamava de "sapatos de casa". Havia as festas de aniversário de nós dois todo ano, só meu pai e eu, sempre com um bolo enfeitado comprado na confeitaria, com grossos cordões de glacê nas bordas. A ideia desses bolos me faz chorar porque ele não sabia o que fazer para me agradar, para me agradar em tudo. Todo o amor dele ia na escolha de um bolo, na cor do glacê, nos enfeites de açúcar, quase como se fosse para ela. — Jean estava chorando. — Tudo o que tinha a ver com a nossa vida era dolorosamente bonito. Tudo entre nós era lembrar minha mãe. Do que ela teria gostado, o que teria pensado. Minha vida girava em torno de uma ausência. Cada gota de prazer, cada janela de luz acesa contra a neve da noite, o perfume embriagador das rosas de verão, tudo estava ligado ao fato da ausência dela. Tudo neste mundo é o que ficou para trás.

No meu último ano de escola, meu pai sugeriu que a gente se mudasse para Toronto, para eu poder fazer a universidade lá. Nunca se pensou em eu ir sozinha. Isso era impensável para nós dois. Às vezes as coisas mudam simplesmente porque chega a hora, chega-se a um momento interior por razões que não se consegue explicar, quer a dor leve seis meses ou seis décadas ou, no nosso caso, oito anos. Alguma coisa latente no corpo desperta. Sementes de sorgo podem ficar dormentes durante seis mil anos e depois brotar! Acontece o tempo todo na natureza; não devia nos surpreender quando acontece na natureza humana. Quando começamos a falar em mudar, havia uma leveza em meu pai, e eu comecei a sentir que podia haver uma vida nova para nós dois. Mas agora acho que para ele foi o contrário, era um jeito de reviver alguma coisa.

Ele queria voltar para a avenida Clarendon. Fizemos uma viagem a Toronto juntos, para ver o apartamento e depois, nessa noite, fomos a um concerto no Massey Hall. O concerto para violoncelo de Elgar, um dos favoritos de meu pai. Após o concerto, quando estávamos quase saindo, ele hesitou, depois me levou pela mão de volta às nossas poltronas. "Escute o que vou dizer", ele falou. Sentada outra vez na plateia vazia, descobri que ainda podia ouvir a música, era uma espécie de assombração. "Sua mãe e eu", meu pai disse, "fazíamos isso sempre que íamos a um concerto; nós esperávamos todo mundo sair e aí continuávamos escutando." Ficamos sentados enquanto a música rolava, até um atendente aparecer e dizer que era hora de sair...

Meu pai morreu antes de nos mudarmos. Isso acontece tanto — a morte num momento de mudança — que eu acho que devia haver uma palavra para isso. Talvez haja: traição, ou violação; não infarto ou aneurisma... Nossa casa em Montréal já estava vendida. Não havia mais nada a fazer senão continuar a embalar e me mudar sozinha. Levei mudas e sementes de todas as plantas do jardim de minha mãe, mas não havia lugar para elas. Então o jardim dela inteiro estava em vasos e potes no chão da minha sala. Isso aconteceu há dois anos... Penso nos últimos jardins junto ao rio, e tenho pena deles...

A luz do amanhecer começava a se filtrar pela árvores pesadas. Jean podia ver o contorno de seus membros debaixo das cobertas, uma tênue linha de luz em torno da janela.

— Minha botânica, meu amor e interesse por tudo quanto cresce, de início foi amor por minha mãe, um jeito de viver minha saudade, e depois talvez uma homenagem, mas aos poucos se transformou em alguma outra coisa, uma paixão, e eu queria saber tudo: quem tinha feito os primeiros jardins, como as plantas haviam sido representadas na história, crescendo nas brechas das culturas, em pinturas e símbolos, como as sementes viajavam, atravessando oceanos na barra das calças...

Acho que nós todos temos apenas uma ou duas ideias filosóficas ou políticas em nossa vida, um ou dois princípios norteadores durante nossa vida toda, e todo o resto vem daí...

Me lembro de um dia no jardim da rua Hampton com minha mãe; estávamos tomando banho de sol juntas, a pele quente dela e a loção de bronzear; eu apertava o rosto nela e cheirava como se ela fosse uma flor; o cabelo preto e farto de minha mãe, que ela prendia para trás com uma faixa branca e larga, e ela me deu uma flor enorme, um lírio asiático, e eu estou estendendo as mãos. Mal chego à altura das pernas dela, talvez tenha quatro anos...

Toda manhã, antes de meu pai sair para trabalhar, ele ficava ao lado de minha mãe, as testas encostadas. Às vezes, eu abraçava os dois, e às vezes só olhava, terminando de comer meus ovos ou mingau com os pés em chinelos enganchados na trave da cadeira. Toda manhã, como se estivesse indo às docas para começar uma longa viagem por mar e não apenas descer a rua até uma apática escola particular para meninos, com um sorriso que escondia todas as intimidades entre marido e mulher, meu pai dizia as mesmas palavras ternas: “Me deseje sorte”.

A floresta em torno deles era a floresta de um sonho. O ruído do rio os envolvia, salvaguardava as palavras de Jean, um pacto entre eles. Ela sentia que não havia nenhum outro lugar para ela senão ao lado dele, um homem que podia transformar o mundo daquele jeito, transformar o escuro em escuridão, a floresta naquela floresta.

— Minha mãe foi ligada a um respirador. Meu pai escreveu um bilhete e pendurou na cama, naqueles cobertores de hospital finos, inúteis, estendidos de uma guarda da cama à outra. Para o caso de ela acordar e nós não estarmos lá. Ele escreveu de novo: “Eu te amo”, e prendeu o papel na camisa, para o caso de ele adormecer na cadeira...

Fiquei sentada ao lado de minha mãe dias e dias, ouvindo o respirador respirar por ela. Até que me dei conta de que era isso que eu tinha de fazer: respirar por ela. O que significa respirar por outra pessoa? Abraçá-la e dar descanso... Entrar nela e dar descanso... é uma definição de perdão tão boa quanto outra qualquer...

O nome dela era Elisabeth — disse Jean.

Então, para não acordar Avery, Jean se abaixou e tirou os sapatos.

Pouco antes do amanhecer, Jean acordou. Por alguns momentos, achou que estava surda.

Repetidamente os engenheiros do canal haviam tentado conter a Long Sault. Trinta e cinco toneladas de pedra tinham sido descarregadas no rio, mas a corrente simplesmente rolara essas pedras colossais como se fossem cascalho. Por fim, eles construíram um hexápode, um gigantesco inseto de aço fundido, e isso então segurou as rochas no lugar.

A detonação do silêncio.

Jean ficou deitada ao lado de Avery, sem se mexer. Até as folhas nas árvores estavam mudas; tão absoluta a quietude, todo som parecia ter sido removido do mundo.

Avery não sabia no que Jean estava pensando, mas só que havia lembranças intensas por trás daqueles olhos cheios de lágrimas. Não era só seu choro que o comovia, mas a intensidade das lembranças que percebia nela. Ele já sabia que não queria interferir, forçar uma abertura, tomar o que não era seu; e que estava disposto a esperar um bom tempo para ela mesma falar com ele.

Jean sentia que daria qualquer coisa para ouvir o trovejante som da corredeira outra vez.

Toda história tem o seu catálogo de números. Seis mil pessoas construíram o canal. Vinte mil acres foram inundados. Duzentas e vinte e cinco fazendas desapareceram. Quinhentas e trinta e uma casas foram transferidas. As casas deixadas para trás foram deliberadamente incendiadas, explodidas ou postas abaixo por retroescavadeiras. Para acomodar a população amalgamada foram construídas nove escolas, catorze igrejas e quatro shopping centers. Dezoito cemitérios, quinze sítios históricos, rodovias e ferrovias, linhas de energia e de telefone foram transferidos. Centenas de milhares de metros de cabos de telefone e de cercas de arame foram enroladas em gigantescos carretéis; postes de telefone foram arrancados do chão e levados de caminhão.

Ao abrir espaço para o novo lago, três mil e seiscentos acres de madeira foram cortados e onze mil árvores mais, as árvores "domésticas" que cresciam junto das pessoas, junto às casas, nas cidades, inclusive o olmo com mais de quinhentos anos com um tronco de trinta metros de largura que tinha testemunhado o lanifício e o moinho que trouxeram à cidade de Molinette sua prosperidade. O olmo que sobrevivera à construção de todos os primeiros canais.

Foi contratado um padre, à base de vinte e cinco dólares por dia, para supervisionar a exumação dos corpos dos cemitérios; mais de duzentos túmulos foram transferidos a pedido das famílias. Os milhares de túmulos que restaram foram cobertos com pilhas de pedras para impedir que os corpos emergissem no novo lago.

Em cada igreja, um último rito.

Trinta toneladas de explosivos estavam aninhadas nas pedras da Câmara A-1, a barreira que mantivera seco o canal norte do leito do São Lourenço. Na terça-feira, 1º de julho de 1958, Dia do Domínio, milhares de espectadores se reuniram junto à margem na chuva quente de verão. Jean tomara o trem matinal de Toronto para Farran's Point, onde Avery a esperava. No meio da multidão na barreira, Jean reconheceu as menininhas a quem seu pai dava aulas, agora mulheres adultas. Logo ficou claro que todos os mosquitos do país também tinham vindo para o espetáculo, juntando-se sob os guarda-chuvas, querendo um lugar sobre a pele. Jean se pôs entre os que tinham perdido suas casas e sua terra e que, em alguns instantes, perderiam até sua paisagem. Milhares esperavam em silêncio, guardando a tristeza para si mesmos, não por orgulho ou vergonha, pensou Jean, mas por cautela, como se fosse a última coisa que possuíam.

Toda a navegação tinha sido suspensa. As comportas das outras represas estavam fechadas. Todos esperavam. Com essa única explosão, cento e sessenta quilômetros quadrados de fértil terra arável seriam inundados. De início, foi exatamente como a multidão esperava; o rio não decepcionou. A água irrompeu numa torrente pela represa explodida. Mas logo o fluxo diminuiu e estreitos fios de água lamacenta escorreram pelo leito seco. A água vazava a três quilômetros por hora na direção do dique, onde se transformaria no lago São Lourenço.

Então a própria lentidão da subida da água se tornou o espetáculo.

Durante cinco dias a água buscou seu nível. O rio trepou pelas margens, arrastando-se quase intangível, e a cada dia mais terra desaparecia. Fazendeiros viam seus campos lentamente começarem a brilhar e ficar azuis. Nas cidades abandonadas, a pavimentação passou a oscilar na água. Alicerces de casa e igreja pareciam afundar. Árvores começaram a encolher. Meninos das cidades se divertiam nadando em cima da linha central da rodovia.

Jean não conseguia se afastar. Muitas manhãs, antes do alvorecer, Avery ia de carro até a cidade onde Jean o esperava com o café da manhã no apartamento da Clarendon e voltavam juntos para o rio.

Os homens e as mulheres das cidades perdidas iam remando de barco até o lugar onde moravam; ninguém parecia capaz de resistir a esse impulso.

Pássaros pretos voavam em busca de comida, depois não encontravam mais seus ninhos. Durante semanas eles voaram em arcos enervantes, um retorno contínuo, como se fossem fazer um furo no vazio.

O ar estava saturado de água. O vento de agosto soprava forte e a qualquer momento viria a chuva. Ao longo do São Lourenço, a erva-de-paina tinha brotado e havia dias sua seda enchia o ar, cabelos fantasmagóricos agarrando em ramos e caules. A seda flutuava na água dos campos inundados e parecia gelo entre os caules.

Jean tirou as sandálias. Sentiu com os pés descalços a grama solta pela água e a painazinha macia contra as panturrilhas. Então uma forma fria se chocou com sua perna.

Ela ficou imobilizada de repulsa. Viu o que não tinha notado antes, manchas de escuridão, não sombras, dentro da água, como torrões que não tinham se desmanchado, só que não eram terra.

Avery ouviu o grito de Jean e então viu também. Ela correu de volta para o carro e sentou com a porta aberta, raspando as pernas com punhados de mato. Quando ele chegou, Jean havia se acalmado e estava sentada, calada, olhando o campo.

— Tudo bem.

Alguns minutos depois, Avery voltou à beira da água. Imaginou as passagens subterrâneas, muitos quilômetros de túneis estreitos onde as toupeiras, centenas, tinham se afogado. Com seus ombros poderosos e patas espalmadas, sempre tinham nadado naquela terra; tal como nadadores na água, deslocando apenas o espaço exato para seus corpos. Todo movimento acima e abaixo do solo era audível para elas. Avery imaginou o que elas deviam ter entendido: o som da água jorrando inexoravelmente em cima delas através do solo, solo denso como pão com seu tesouro de ossos, ninhos de insetos, sementes dormentes e pedras espalhadas. Quando Avery era criança, seu pai havia "adotado" uma marta para ele: tinha havido um "apelo ao público" para ajudar a pagar a manutenção dos animais menores do Zoológico de Londres durante a guerra: "seis *pence* por um arganaz, trinta xelins por semana por um pinguim". Os animais maiores, perigosos, tinham sido evacuados por causa da ameaça de bombardeios. Durante mais de metade de sua vida, Avery se esquecera disso.

Agora, diante de campos que aos poucos se transformavam num lago, o vento quente era constante, as nuvens estavam negras de chuva, e ali, perto dele, estava o rosto queimado de sol de Jean Shaw. O cabelo dela esvoaçava onde tinha escapado do lenço de algodão. Sua cabeça, ele tinha certeza, estava explodindo de pensamentos. Ele se deu conta de que isso é que o tinha feito olhar o campo e pensar na terra de um jeito como nunca pensara antes, embora tivesse olhado o solo trabalhado ser aberto incontáveis vezes e houvesse assistido ao enterro do próprio pai. No calor sufocante, parecia impossível que, dentro de oito ou dez semanas, a relva encharcada da borda do novo lago fosse estar gelada, longas fibras amarelas envoltas em gelo.

Jean parou ao lado de Avery na borda do campo, incapaz de se mexer. Estava lembrando o desamparo de parar acima de um túmulo enquanto ele é fechado, o desamparo de ficar acima dele.

Avery e Jean passaram diante de uma igreja que tinha sido removida para seu novo local em Ingleside. Viram o padre do lado de fora e pararam. Jean queria perguntar uma coisa.

— A questão da desconsagração é muito... perturbadora — disse o padre. — Uma igreja, ou o antigo local de uma igreja, o cemitério e as terras da igreja não podem ser desconsagrados a menos que tenham se tornado desnecessários. Uma cerimônia de desconsagração é muito triste e perturbadora. Quer dizer que Deus não será mais adorado naquele lugar.

— Mas sem dúvida Deus pode ser adorado em qualquer parte — disse Avery.

— Como um lugar de culto pode se tornar desnecessário? — Jean perguntou.

O padre olhou para eles e suspirou.

— Solo desconsagrado é algo que existe. Nesse caso, quando uma congregação se muda, a igreja tem de mudar com ela. O primeiro local tem de ser desconsagrado para que não possa ser profanado, mesmo que acidentalmente, por outros costumes.

— Mas por que terra inundada tem de ser desconsagrada? — insistiu Jean. — Não pode continuar sagrada mesmo coberta com água?

Nesse momento o telefone tocou no escritório da igreja. O padre pediu licença e não apareceu mais, embora eles tenham ficado esperando algum tempo do lado de fora.

Quando Avery ia do São Lourenço para a avenida Clarendon naquelas primeiras semanas, Jean estava com o café da manhã servido. A mesinha era empurrada para baixo da janela, aberta e arrumada não só com pratos e talheres, mas com livros e flores, cartões-postais, fotografias — todas as coisas que Jean tinha separado para mostrar a ele. A ansiedade, o empenho, a simplicidade da cena eram tão afetuosos que Avery sentia um aprofundamento de laços cada vez que sentava à sua mesa.

Às vezes ele ia à casa dela no começo da noite e ficava olhando Jean cozinhar para ele. Ela trabalhava na cozinha em penumbra até que ficasse escura demais para enxergar, e comiam nessa quase escuridão, ouvindo o vento nas árvores através da janela pequena da cozinha no quarto andar. Sentado sozinho com Jean, Avery sentiu pela primeira vez que era parte do mundo, envolto pela mesma alegria simples que era conhecida por tantos e era tão maravilhosa.

Ele queria saber tudo; e não era à toa que se sentia assim. Queria conhecer a menina e a estudante, saber em que ela acreditava e de quem gostava, o que vestia e o que tinha lido, nenhum detalhe era pequeno ou insignificante demais, de forma que quando finalmente a tocasse suas mãos tivessem essa inteligência.

— Minha mãe mantinha um caderno de anotações — disse Jean —, um registro de coisas que queria lembrar: poemas, citações de livros, letras de música, receitas (pão de minuto com água gelada, *chutney* de beterraba e pepino, sopa de peixe com verbena). Esses cadernos amarelos estavam também cheios de frases enigmáticas que eu ao mesmo tempo queria entender e achava emocionante não entender, o mistério aumentava o valor delas para mim. Ficavam num pilha bem-arrumada, quinze cadernos, no canto da mesa de escrita dela. Só de vez em quando ela datava as anotações, e isso eu acho que significava que minha mãe queria pôr determinada linha de pensamento, um fio solto de citação, junto a um momento de especial vigor pessoal, o aqui e agora, digamos, de 22 de novembro de 1926, às três da tarde, quando Keats a fez sentir a sutileza das coisas, de alguma forma marcou seu lugar no mundo, marcou um evento secreto que eu nunca conheceria. Um dia, quando eu tinha treze anos, meu pai trouxe um caderno para mim, "igual aos que meus alunos usam para fazer suas somas e mutilar seus mapas-múndi", e me entregou também o pacote de cadernos de minha mãe para guardar, e uma caneta esferográfica que minha tia havia mandado da Inglaterra uns meses antes de morrer de uma doença súbita, uma moléstia do pulmão. Me lembro de escrever com aquela esferográfica naquele caderno: "Tia Grace morreu do outro lado do oceano". Me lembro também de ter pensado como era estranho ela ter vivido a vida inteira e morrido num lugar que eu nunca tinha visto, o tipo de revelação comum que, aos treze anos, nos enche de um doloroso assombro e uma tristeza, uma excitação, uma desorientação, e o começo de uma compreensão muito lenta de que a ignorância da gente continua a crescer exatamente à mesma velocidade da nossa experiência...

Tudo isso Jean contou para Avery naqueles momentos que são o cimento dos nossos dias, lembranças inocentes que não sabemos que temos até recebermos o presente de ansiar por um outro. Ambos sentiam o acaso do destino, a sombra enervante daquilo que muito facilmente podia nunca ter acontecido, enquanto ficavam ali sentados lado a lado na cozinha da Clarendon, conversando, ouvindo o rádio noturno, Avery brincando com a fita de cabelo de Jean que marcava a página em uma publicação de engenharia, um artigo sobre aço, e ocorreu-lhe o doloroso pensamento de que algum dia, no futuro distante, aquela fita poderia ser encontrada dentro daquela revista por alguém, um filho talvez, como uma daquelas charadas nunca resolvidas da mãe de Jean, conectando o futuro a este momento sem nenhum outro registro.

— Se minha mãe não tivesse morrido, será que eu me lembraria das coisas tão vivamente? Muito depois de ter esquecido a voz de alguém — disse Jean —, a gente ainda é capaz de lembrar o som da felicidade dela ou de sua tristeza. Dá para sentir no próprio corpo. Me lembro de minha mãe e eu tomando chá no jardim um dia, e de eu olhar para ela e realmente pensar nela pela primeira vez: esta é minha doce mãe que sabe servir chá em xícaras de bolota de carvalho e fazer bolinhos de cones de pinheiro, que sabe fazer chapéus de boneca com sâmara de bordo e vestidos de boneca com folhas e flores. E que sabe o jeito direitinho de afundar sementes na terra com o polegar. Meu pai disse que minha mãe tinha o polegar verde, mas eu sabia que era marrom, e os joelhos dela também, e que isso era muito melhor, as unhas dela com terra embaixo iguais às minhas, a terra tornando de repente visíveis as linhas finas das nossas mãos. Ainda sinto a mão dela em cima da minha, o polegar dela no meu, e a sementinha dura, como um grânulo ou uma pedra, debaixo do meu polegar enquanto a empurrávamos juntas na terra macia. Ela me mostrou como plantar pela altura, forma, cor e cheiro, como plantar para o inverno. Ela me ensinou que cardos atraem pintassilgos. Se a gente planta as flores certas, o jardim inteiro pode virar um buquê de pássaros. Cada jardim é uma casa viva, ela disse, você tem de conseguir entrar até o centro do jardim e deitar... olhar as flores se movimentarem, como uma cortina numa janela imaginária.

— Por favor, deite aqui do meu lado — disse Avery.

Ele pegou Jean pela mão e a levou até a cama estreita, a cama de menina que ela havia trazido da casa em Montréal, e deitaram por cima dos lençóis no calor.

— Quando minha mãe estava no hospital, ela pediu para meu pai levar flores, as flores dela. Olhando ele cortar as flores no jardim dela, eu entendi quanto ela estava doente. Nesse dia, meu pai circulou pela cozinha cozinhando ovos, cozinhando batatas, fazendo uma porção de torradas. Ele não sabia o que fazer. Fez as poucas coisas que sabia cozinhar. Comemos em silêncio naquela mesinha branca e vermelha da cozinha, e estava tudo com um gosto horrível. Ouvíamos o outro mastigar e engolir. Tudo parecia igual, os galheteiros de sal e pimenta quadradinhos e ásperos com as tampas vermelhas e o pedacinho de renda embaixo da manteigueira. Mas de repente era uma casa diferente, uma réplica da casa que eu conhecia, e, quando saímos para levar as flores para minha mãe depois do almoço, eu comecei a chorar. E aí meu pai começou a chorar também e tivemos de parar o carro no meio-fio.

Avery sentiu as lágrimas dela através da camisa.

— São tantas coisas — Avery disse baixinho — que não podemos ver, mas em que acreditamos, tantos lugares que produzem uma sensação inexplicável, uma presença, uma ausência.

Às vezes, leva tempo para aprender isso, como uma criança que de repente se dá conta de que a bola que jogou por cima da cerca não desapareceu. Eu sentava com minha mãe no jardim de minha avó Escher em Cambridgeshire e sentíamos o vento forte dos montes Urais no nosso rosto. O vento é invisível, mas os montes Urais não! No entanto, por que a gente acreditava nos montes Urais que não dava para ver quando estávamos sentados num jardim em Cambridgeshire e não acreditávamos em outras coisas, num conhecimento interno que sentíamos com a mesma intensidade? Não existe nada inteiramente só. Nem uma única molécula, nem um pensamento.

— "Um jardim tem de ter um caminho", minha mãe dizia. E tinha razão — disse Jean. — Um caminho que se marcou na terra, pedregulhos afundados, grama começando a crescer nos intervalos, um caminho que se faz na terra pelo uso constante. Do mesmo jeito que escadas de pedra ao longo dos séculos ficam com os degraus mais fundos no centro. Imagine simples botas serem capazes de gastar pedra, do mesmo jeito que algumas histórias afundam no meio depois de séculos sendo contadas. O chão sabe por onde nós andamos...

À noite, em vez de histórias da hora de dormir, às vezes eu e minha mãe olhávamos catálogos de sementes. Ela mandava buscar algumas na Inglaterra, só para sonhar, e sussurrava um jardim para mim. Eu imaginava o jardim com ela, cada detalhe, a hera, o banco debaixo do salgueiro, a neve de pétalas no ar quente da primavera. Até cair no sono.

Avery acariciou o rosto de Jean. Abaixou-se e tirou suas sandálias, puxou o lençol sobre suas pernas nuas.

— Deixe eu te contar uma história de jardim — disse Avery —, uma história para dormir.

Jean fechou os olhos.

— Toda primavera — disse Avery —, quando meu pai era

menino, ele esperava os pardais voltarem àquele jardim em Cambridgeshire. Em março, ele não se aguentava de impaciência. Dia após dia, fielmente, atirava as migalhas do chá na trepadeira. Até que uma manhã a parede começou a cantar.

Avery já tinha imaginado, naqueles primeiros meses com Jean, como seria envelhecer ao lado dela: não lamentar o modo como seu corpo poderia mudar, mas o conhecimento íntimo de tudo o que ela havia sido. Às vezes, seu desejo era tamanho que Avery sentia que só na velhice ele teria posse total da carne jovem dela. Seria o seu segredo, forjado em todas as noites de um ao lado do outro.

No apartamento da Clarendon, quando Avery não conseguia dormir, Jean sussurrava para ele, acariciando seu braço. Ela recitava uma lista de todas as plantas nativas de Ontário de que conseguia lembrar: feno, áster-estrela, áster-urze, áster-de-charco, mirtilo de folha longa, dedaleira, grama bouteloua, a planta bússola cujas folhas se alinham com o eixo norte-sul. Capim poa da areia, alpínia, erva-de-são-joão grande, helênio outonal, tasneira, cárex, chapéu-de-sol, o pequeno capim-cheiroso... e então o sono ficava ainda mais distante e ele começava a tocá-la com intenções.

O calor do deserto não saía de Jean: acima da areia amarela, o ar era um líquido tremulante, uma transparência palpável; de manhã cedinho, quarenta e cinco graus Celsius à sombra. Mesmo durante a noite gelada, Jean sentia os ossos queimando, mesmo quando a superfície da pele estava fresca.

No convés da casa-barco, ela se pôs, vestida, e verteu a água do rio noturno no cabelo. Durante alguns instantes de êxtase, o frio penetrou até seu cérebro e ela sentiu o esqueleto frio como metal. Mas o efeito parecia durar apenas o tempo em que estava debaixo da água.

Para confortá-la, Avery contou a Jean sobre os termófilos.

— São bactérias de uma única célula que se desenvolvem no calor, em temperaturas de cento e um graus Celsius, nas chaminés térmicas aquecidas pelo magma, rocha líquida. Elas se retorcem de prazer e nadam alegremente em banhos ferventes de lava borbulhante, empanturram-se de ácido sulfúrico e ferro derretido. Habitam no coração dos vulcões e em chaminés de vapor que brotam do leito oceânico. Quando a gente está com calor, não deve pensar em coisa frias, como pinguins imperadores ou a geleira McMurdo, não funciona, só dá mais calor. Em vez disso, pense nos termófilos!

— Já estou me sentindo melhor...

Entre os poucos livros que Jean e Avery levaram para o deserto, fora os textos de referências e os guias de campo, estavam o livro de receitas escolhido por Jean, *Cozinha mediterrânea*, de Elizabeth David, e a escolha de Avery, *A expedição Kon-Tiki*, de Thor Heyerdahl.

No alto de um morro no antigo oceano do deserto ao entardecer, onde baleias com pés nadaram um dia, fazia sentido ler sobre o pequeno *Kon-Tiki* flutuando na vastidão do Pacífico, "onde o corpo sólido mais próximo era a Lua". Para provar que o oceano, uma estrada de correntes previsíveis, podia ter ligado povos pré-históricos em vez de separá-los, Heyerdahl construiu a jangada, obedecendo a cada detalhe do projeto encontrado em um petroglifo. A embarcação de Heyerdahl, em alta velocidade, atravessou o oceano em cem dias. Durante uma tempestade, a tripulação da frágil embarcação escalava montanhas e vales de água, "sem saber onde estávamos, porque o céu estava nublado e o horizonte era um caos absoluto de vagas". Avery leu em voz alta enquanto as cores do deserto se incendiavam, mais quentes, radiosas, e o ar esfriava. "Quando a noite caía e as estrelas cintilavam no escuro céu tropical, a fosforescência brilhava em torno de nós... e cada plâncton luminoso era tão parecido com uma brasa viva que involuntariamente afastávamos as pernas nuas..."

Jean logo descobriu como era crônica a insônia de Avery; por mais profundo que fosse seu cansaço físico, as possibilidades matemáticas de erro continuavam a se combinar e recombinar na cabeça dele. Então, ela começou a ler para ele, primeiro sobre as árvores frutíferas do deserto, o que resultou interessante demais para fazê-lo dormir, depois sobre ervas, e finalmente o livro de Elizabeth David, cuja voz serena, prometendo tantos prazeres garantidos, parecia acalmá-lo.

— Nada como uma boa receita para fazer você acreditar que as coisas vão acabar dando certo — disse Avery. — Até mesmo a expressão "Quatro porções" é esperança destilada.

No pequeno aposento da casa-barco, com livros sobre os cobertores, Jean leu para Avery sobre a *capon magro*, "a famosa salada de peixe genovesa feita com cerca de vinte ingredientes diferentes e montada como um esplêndido edifício barroco". Ela desdobrou as pernas junto às dele, garantindo que "tigelas de madeira com cortadores para ervas podem ser encontradas na Madame Cadec, rua Greek, 27, W 1", como se os dois pudessem simplesmente ir a pé até a loja na manhã seguinte antes do almoço, como se o mercado mais próximo não estivesse a setecentos quilômetros de distância, atravessando cataratas e o deserto. Avery viajava com estranhas possibilidades de satisfação sussurradas em seu ouvido: "Se por acaso encontrar melancia e amoras pretas na mesma estação, experimente este prato...". Ele ouvia a descrição de pimentões brilhando de óleo. Em sua infância, o único óleo de oliva que Avery conhecia era vendido em farmácias, em pequenos frascos marrons para lavagem (sua mãe o usava para limpar suas orelhas), e o racionamento fazia que carne, peixe e manteiga nas quantidades que Elizabeth David descrevia fossem absurdos (asse o leitão inteiro num espeto até ficar marrom). Mas nesse absurdo havia um ideal, e no ideal uma possibilidade, sim, de que todas as refeições fossem planejadas para quatro porções contendo esperança: mesmo que essa esperança fossem sobras.

E claro que Elizabeth David tinha se casado no Egito.

Só muitos meses depois, com a reação atrasada que muitas vezes temos a fatos óbvios demais para se ver, foi que Jean se deu conta de que a querida companheira culinária deles tinha o mesmo nome de sua mãe, e que quando ela ouvia Avery ler no deserto sobre o plâncton fosforescente grudando nas costas dos golfinhos, transformando-os em "nuvens" e "fantasmas luminescentes", nadando ao lado da jangada em formação tão cerrada que o mar ficava branco e sólido na escuridão, e de raios negros do tamanho de uma sala, ela ouvia também os milagres de seu pai, a voz dele tranquila ao lado dela no *Moccasin*, indo de Aultsville para casa.

Viriam a se encontrar de novo em Morrisburg; conheciam-se havia quatro meses. Jean tomara o trem e devia esperar Avery no balcão de almoço perto da pequena estação. Avery a viu caminhando para lá, com seu suéter largo que flutuava quase até os joelhos e a trança avermelhada balançando nas costas. Ele foi dirigindo devagar ao lado dela e baixou o vidro da janela.

— Tenho de ir a Montréal para uma entrevista de emprego — disse Avery. — Entre.

Jean olhou para ele.

— Sei que não trouxe nada, mas posso comprar o que você precisar... pode usar minhas roupas...

O vento estava forte sobre o rio, através das árvores um contínuo borrar de sombra e sol de começo de outono. A pele nua de Jean estava fria debaixo da camisa de algodão.

Rodaram cerca de uma hora e depois pararam na beira da estrada. Avery tirou do carro uma mesa de campanha desmontável e armou-a num campo. A toalha de mesa parecia flutuar na relva alta. Jean arrumou as maçãs ácidas e as amoras, o pão e o queijo, dois pratos de metal e uma faca.

Jean olhou os campos ondulantes e as nuvens em turbilhão; prendeu mechas de cabelo com a mão. Em meio ao vento, as frutas perfeitas estavam imóveis e sólidas na mesa.

Mais tarde, rodaram na luz suspensa do entardecer, o sol batendo nos quilômetros atrás deles. Ela não conseguia parar de pensar na imobilidade das maçãs, no movimento em torno delas.

Uma natureza-morta pertence ao tempo... E a imobilidade deste dia, ela pensou, deste dia único: ela pertence a nós.

Continuaram rodando para o norte no fresco começo da noite.

— Durante a guerra — disse Avery —, enquanto meu pai estava longe, fiquei em Buckinghamshire com minha mãe, minha tia Bett e meus três primos.

Toda quinta-feira, em Londres, havia concertos na hora do almoço na National Gallery vazia; toda semana compareciam centenas de pessoas para ouvir, em pé, nas salas sem quadros. Como minha mãe queria que a gente entendesse a importância daquilo, de as pessoas se reunirem para ouvir música apesar da ameaça das bombas, toda terça-feira, à uma da tarde, meus primos Nina, Owen, Tom e eu fingíamos pagar um xelim, um círculo de papelão com a cabeça do rei desenhada de ambos os lados, na porta da sala de estar. Então minha mãe e minha tia tocavam para nós, duetos que ensaiavam a semana inteira. Minha tia tocava violino e minha mãe, piano. Quando acabavam as partituras, ouvíamos discos no fonógrafo. Depois, tomávamos chá na mesa de jantar com uma toalha branca limpa, um bom aparelho de chá e os talheres de prata de verdade de minha tia.

Apesar das bombas (uma caiu no patiozinho da galeria e só explodiu seis dias depois, ironicamente enquanto a Unidade de Desmonte de Bombas dos Engenheiros Reais estava em horário de almoço), durante seis anos e meio toda semana realizaram uma apresentação na National Gallery: mil seiscentos e noventa e oito concertos. Minha mãe tinha um orgulho especial porque os concertos em nossa sala de estar foram quase tantos assim.

Quando rodavam juntos pelas bordas da paisagem inundada do São Lourenço, Avery às vezes parava e tirava sua caixa de tintas — menor que um caderno, quadrada, com tampa articulada, presente de seu pai — que quase sempre levava consigo. Nem sempre ficava imediatamente claro a Jean o que tinha chamado a atenção dele, uma casa de fazenda isolada, uma árvore, as nuvens. Enquanto Avery pintava, Jean usava o tempo para olhar as coisas. Mantinha um diário de plantas. Jean estava acostumada a passar longas horas ao ar livre, mas essa sensação de companheirismo num campo era nova.

Desembrulhavam as refeições que Jean havia preparado para eles (queijo *cheddar* Edwards, pão de girassol, maçãs McIntosh, biscoitos integrais) e comiam no chão, ou no carro, se estava chovendo, e só muito depois, no escuro, voltando para casa na avenida Clarendon, é que descreviam o que tinham visto com seus diferentes olhares.

Era uma ocupação mental quase perturbadora em seu prazer. Jean não conseguia olhar o mundo agora sem paraboloides e relação de distância e profundidade, fluxo de vento e oscilações de separação de vórtices. Ela aprendeu que uma edificação nunca deve oscilar mais que 1/500 de sua altura, senão o vento pode criar vácuos alternativos que fariam o prédio oscilar até um metro de um lado para outro. — Sabe-se que funcionários de escritório — disse Avery — ficam enjoados nas torres altas. — Ele falou para ela de básculos e pontes pênseis, de domos de Gauss e filamentos de aço magnéticos e como uma ponte inteira pode estar apoiada em dois centímetros de metal. Ele explicou a diferença entre o cálculo de maior intensidade do vento num período de cem anos e o cálculo de intensidade específica do vento; explicou que o ar correndo entre edifícios altos se comportava exatamente como água forçada através de uma garganta estreita. Falou sobre mecânica do solo e o estranho caso do Teatro Nacional da Cidade do México, que tinha sido construído sobre uma fundação de areia. O peso da pedra pesada do teatro espremeu a água da areia e o edifício afundou três metros. Mas, quando construíram uma nova escada que levava à entrada afundada, o prédio começou a subir de novo e mais uma escada teve de ser construída para os espectadores poderem subir para a entrada. Todos os prédios recém-construídos em torno do teatro tinham espremido a água de seus alicerces também e tornaram a levantar o teatro. O mundo, ela agora entendia, estava sempre no limiar de voar aos pedaços. A única coisa que segurava a matéria era o próprio fato de ela ter atingido seus limites.

Jean também tinha seus segredos sobre o assunto. Ela contou para ele sobre a planta mais tímida da Terra, o colocinto ou cabaceira-amargosa, cujas sementes não suportam nem um lampejo de luz; um flash as põe de volta em dormência e elas hibernarão até terem certeza do escuro de que precisam para germinar. Isso faz delas plantas de deserto perfeitas, pois precisam de muito pouca umidade para lançar um sistema forte de raízes antes de crescer para enfrentar o causticante sol do deserto. Falou para ele de um fungo que come a madeira, transformando edifícios inteiros em pó, e de liquens que voam no vento nas estepes até formar grandes montes, e que são colhidos e cozidos como pipoca. Algumas plantas são cultivadas há séculos pelo homem; algumas, como a oliveira, têm milhares de anos. O exemplo mais extremo é provavelmente a *Cryptomeria* japonesa que existe há sete mil e duzentos anos, embora alguns digam que o coco duplo de Seychelles possa existir há catorze mil anos.

— Por acaso, eu sei da árvore *Cryptomeria* — disse Avery, no carro, em algum lugar a leste de Kingston, na noite de setembro —, porque andei lendo sobre templos, sobre a ilha Ise no Japão. Existem duas clareiras uma do lado da outra no meio da densa floresta de *Cryptomeria*; a floresta em si é considerada sagrada. Uma clareira é coberta com pedras brancas brilhantes. Na outra clareira fica o templo de Ise. A cada vinte anos, há quase três mil anos, o templo é desmontado e queimado e um templo novo, idêntico, é construído na clareira vizinha. Então o local esvaziado é coberto com pedras brancas e conserva-se uma única pilastra, escondida em uma pequena cabana de madeira; é a pilastra sagrada que será usada para reconstruir o templo quando chegar a vez dele de novo, vinte anos depois. Acredita-se que o templo não é uma réplica, mas que foi recriado. Essa distinção é essencial. A crença xintoísta é que um templo não deve ser um monumento, e sim viver e morrer na natureza, como toda a vida, e renascer continuamente a fim de permanecer puro.

Os campos brilhavam sob o luar e o carro estava escuro. Jean mantinha a janela aberta e era frio o ar da noite em suas pernas nuas; ela adorava aquele frio, como estar no convés de um navio.

— Às vezes — Avery continuou —, quando estou olhando um edifício, sinto que entendo a mente do arquiteto. Não só as escolhas técnicas dele, mais que isso... como se eu conhecesse a alma dele. Bom, nenhum homem pode conhecer a alma de outro, talvez não a alma dele, mas o estado da alma dele. Tenho vergonha de dizer isso, parece muito simplório, mas existem escolhas que considero dolorosamente pessoais e lá estão em pedra e vidro, para todo mundo ver... a mente de um homem exposta nua no posicionamento de cada porta e janela, na relação geométrica entre janelas e paredes, na relação entre a musculatura de um edifício e seu esqueleto, na consideração do que um homem deve ter sentido ao colocar sua cadeira aqui ou ali em uma sala em busca da luz. Estou convencido de que sentimos as forças de uma edificação quando estamos dentro dela.

Ninguém percebe um edifício de uma vez. É igual a tirar uma fotografia, olhamos apenas algumas coisas, meia dúzia ou até uma dúzia, e no entanto a foto registra tudo em nosso campo de visão. E são esses mil outros detalhes que nos ancoram muito abaixo daquilo que vemos conscientemente. É o que vemos de modo inconsciente que nos dá a sensação de familiaridade com a mente que está por trás de um edifício. Às vezes parece que o arquiteto tinha pleno conhecimento desses milhares de outros detalhes do seu projeto, não apenas dos diferentes tipos de luz possíveis em uma fachada de pedra, ou ao longo de um andar, ou o preenchimento das frestas de um ornamento, mas como se ele soubesse exatamente como uma cortina voaria para dentro da sala na janela aberta e fizesse aquela sombra particular e virasse certa página de certo livro exatamente naquele momento da história, e que a penumbra da chuva de domingo iria induzir a mulher a se levantar da mesa e puxar o rosto do homem para o calor de seu corpo. É como se o arquiteto tivesse previsto cada diminuto efeito de clima, e do clima na memória, cada combinação de atmosfera, vento e temperatura, de forma que somos atraídos para diferentes partes de uma sala dependendo da hora do dia, da estação, como se pudéssemos inventar lembranças, criar lembranças! E essa abrangência de cada possibilidade, de luz, de clima, de estação, cada cálculo de clima, é também a consciência de cada possibilidade da vida, a vida que é possível em tal edifício. E a súbita liberdade disso é profunda. É como se apaixonar, a sensação de que ali, afinal, a pessoa pode ser ela mesma, e pode obter a verdadeira dimensão de sua vida: as aspirações, os vários tipos de desejo; e que a bondade moral e o trabalho intelectual são possíveis. Uma sensação completa de fazer parte de um lugar, de alguém, de outrem. Tudo isso num edifício? Impossível, mas também, de alguma forma, verdadeiro. Um edifício nos dá isso, ou nos tira isso, uma erosão gradual, um esquecimento de partes de nós mesmos...

Rodaram os escuros quilômetros desse modo, de um lado da estrada o São Lourenço, depois o lago Ontário, campos de fazendas do outro; uma paisagem registrada por uma amante é sem igual a qualquer lugar da Terra.

— Esse rio onde ninguém nada — disse Avery —, esse novo São Lourenço com seus túmulos... Eu entendo perfeitamente por que Georgiana Foyle preferia remar até o túmulo do marido a transferir o túmulo. Mesmo que agora tenha de ser enterrada sozinha... Isso é um tormento para ela. Mas tem razão. O corpo dele faz parte daquele lugar porque a vida dele fazia parte daquele lugar.

— Existe uma relação humana tão prolongada com as plantas — disse Jean —, não só entre semente e semeador, mas com a criação dos primeiros jardins estéticos. Quem foi a primeira pessoa a desejar certas plantas por prazer, a separar essas plantas da mata silvestre, do mesmo jeito que a oração separa certas palavras do resto da linguagem? Por que os egípcios usam uma folha de palmeira para simbolizar uma vogal? Antes de 8000 a.C. mais ou menos, o trigo era apenas um tipo de capim selvagem. Mas por acidente esse capim foi polinizado com a *Aegilops cylindrica* e os catorze cromossomos de cada um se combinaram para criar vinte e oito cromossomos: o trigo farro. Depois este cruzou com outro tipo de capim e fez quarenta e dois cromossomos, e é esse o trigo que usamos hoje para o pão, o integral que nós comemos no almoço. Mas isso foi de fato um raro acidente. Porque as sementes do novo trigo não conseguiam se deslocar e fertilizar-se com facilidade, elas não se espalhavam. Então homem e planta precisavam um do outro. Esse minúsculo incidente levou ao assentamento, à foice, ao arado com roda e eixo, à roda do oleiro e à roda de água e à polia, à irrigação.

— Aos direitos da água e aos direitos da terra — disse Avery.
— Aos canais, diques e comportas.

— Andei lendo sobre a chuva — disse Jean. — Aquele cheiro absolutamente característico, quando a chuva começa a cair, dois cientistas analisaram. Deram o nome de "petrichor", do grego, quer dizer pedra e o "sangue" que flui nas veias dos deuses. É o aroma de um óleo produzido por plantas parcialmente decompostas, que estão passando por oxidação e nitração, uma combinação de três compostos. As primeiras gotas chegam à pedra ou ao calçamento e soltam esse óleo, que nós cheiramos quando é lavado. Só conseguimos sentir o cheiro quando está sendo lavado.

No outono, Avery preparou seu kit outra vez e foi para o norte, para as pedras e a escuridão, o verde mais escuro ao norte de Québec, para trabalhar na represa do rio Manicouagan. Muitas manhãs de sábado, Jean e Avery rodaram um na direção do outro. Os motéis de beira de estrada tinham sua estranha atração própria, nada mais que um retângulo de tijolos inserido no meio da floresta do norte, a porta da frente de cada quarto de motel levando diretamente para a rodovia; e no entanto o frio, o ar adstringente dos pinheiros, a frieza de séculos de sombra pareciam penetrar até mesmo nos tijolos e blocos de concreto com uma alegria limpa, viva. Um dos dois se aproximava e via o carro do outro esperando no estacionamento de cascalho; essa visão era suficiente para inundar cada um deles com felicidade. Vamos nos encontrar sempre em motéis, Avery disse, mesmo depois de a gente estar juntos há cem anos. Jean ia para esses encontros no velho Dart azul do pai, quase sempre com seus livros de botânica abertos no banco de passageiros para que, depois da primeira hora e pouco de divagação, pudesse olhar para baixo e memorizar fatos para seus cursos na universidade. Assim o léxico botânico ficou ligado aos quilômetros, às pequenas cidades e postos de gasolina: Esso e *Equisetum*, o restaurante The Voyageur e *Athyrium*, Greenville e *Gymnocarpium*, Ste. Therese e *Selaginella*, Pointe-aux-Tremble e *Thelypteris*.

E às vezes Avery ia para o sul até Holland Marsh e passavam o fim de semana juntos na casa branca de fazenda da mãe dele, Marina Voss Escher.

Avery sozinho era uma coisa, um universo de fraldas de camisa soltas e anotações no bolso, a ser descoberto devagar. E Avery e Marina juntos, um outro universo.

Para Avery eram sempre três, até seu pai morrer. Para Jean tinham sido dois, com saudade do terceiro. Agora eles eram três e cada um sentia como aquilo era certo.

— Quando meu pai veio para o Canadá, trabalhar no canal

— Avery explicou —, meus pais procuraram um lugar para agradar minha mãe. Ela escolheu os campos negros de Holland Marsh. Mudaram para uma velha casa de fazenda e meu pai construiu uma sala de pintura para ela. A casa é de um branco intenso, assentada como um navio naquela terra boa, negra. O canal corre no extremo do jardim. As cores e a grandeza das hortaliças nos campos são de arregalar os olhos. Depois que meu pai morreu, minha mãe pensou que ficaria na casa só temporariamente; mas, quanto mais ficava, menos tendia a se mudar. Ela encontrou trabalho ilustrando livros infantis em Toronto. Comprou uma canoa que atracou no canal no extremo do jardim. O isolamento combina com ela...

A história encharcava o solo das florestas de ficção de Marina. Dava quase para ouvir a terra moendo os ossos em suas pinturas. Armada apenas com um bico de pão, uma cestinha, uma bengala ou uma canção; sem recursos e com a vantagem da inocência, uma criança encontrava os terrores da floresta densa, escura, infeliz, os caminhos tortuosos dos quais era preciso não se afastar, mas que no entanto levavam ao terror inevitável.

As ilustrações de Marina tinham as cores da planta apodrecida, da terra encharcada de chuva, da frieza da sombra. As cores que se escondem debaixo das pedras. Espiando de perto o escuro de suas tintas, viam-se meios rostos, mãos aleijadas, olhos enlouquecidos, desejos, quase invisíveis, exercendo seu poder sobre os acontecimentos da história. Uma maldição é algo mais que uma vontade monstruosa em ação?

Jean olhou o corpo forte, compacto da mãe de Avery, com seu alegre avental listado, vertendo água quente no bule de chá, mastigando um biscoito, e perguntou de repente:

— De onde vêm essas florestas?

Marina respondeu sem um instante de pausa.

— De casa.

Quando Avery estava trabalhando no norte, Marina levou Jean a seu estúdio, preparou uma mesa ali e lhe passou exercícios de olhar. Então deixou a mão de Jean correr solta. Página após página, rápidos esboços caíam ao chão. Depois, de novo, devagar: um único desenho por manhã. Elas saíam para caminhar, cozinhavam juntas. Marina fazia pronunciamentos por cima do som da água enquanto lavava as verduras. — Qual o sentido da cozinha numa história para crianças? É o corpo da mãe!

— William passou tanto tempo longe durante a infância de Avery — disse Marina — que eles na verdade não se conheciam. Mas, depois da guerra, William levava Avery com ele para todo lugar no seu Norton Big Four. Ele carregou Avery no *sidecar* Swallow azul junto com todo o equipamento e subiram até a Escócia, desceram até Gales para os projetos hidrelétricos, Glen Affric, Glen Garry, Glen Moriston. Represa Claerwen, represa Clywedog. William fez parte das primeiras usinas de força subterrâneas da Inglaterra, em Strathfarrar e Kilmorack. Mas sempre teve inveja dos colegas que estavam construindo o metrô de Londres.

A gente se conheceu num trem na Escócia, a caminho de Jura — continuou Marina. William estava viajando com o pai. A ilha de Jura é comprida e estreita. Tem só uma rua. Não seria surpresa se nossos caminhos se cruzassem outra vez, e se cruzaram. Quando ele chegou mais perto, eu vi que era o mesmo homem com que eu tinha conversado no trem. Não era propriamente uma rua naquela época, só uma trilha e, de cada lado, o brejo molhado. De repente fiquei tão tímida que não pensei e pulei da beirada. Claro que no momento em que fiz isso, entendi que ele ia pensar que eu tinha perdido a cabeça. Deitei na lama, apertei meu livro no peito e fechei os olhos. William escorregou para o meu lado. Ele só olhou para mim e perguntou: "O que você está lendo?". Era incrivelmente engraçado, mas ao mesmo tempo eu me dei conta do medo que eu tinha de que a primeira pergunta dele fosse: "Você é judia?".

Eu estava com quase vinte e três anos. Tinha respondido a um anúncio para ser acompanhante de uma mulher idosa que não podia mais viver sozinha. Acontece que eu era a única candidata porque a mulher, Annie Moorcock, vivia muito longe. Mas isso, para mim, era a atração. E não me decepcionei. Era um éden maravilhosamente desolado. A ilha tem só quarenta e sete quilômetros de comprimento e onze de largura, e nela, ao lado de umas duzentas pessoas, viviam milhares de cervos vermelhos. Eu cozinhava, fazia a limpeza e lia para ela. O pai de Annie Moorcock tinha trabalhado num navio nas ilhas e ela me contou histórias do mar e histórias de Jura quando ela era moça. Mas o verdadeiro presente para mim era o seu hobby da pintura. Ela me ensinou um pouco. Comecei a pintar a chuva: um assunto seguro em Jura. Pintei centenas de quadros de chuva. O paciente, cinzento riscar da chuva na madeira, na pedra, no pântano, no mar... Essa obsessão deixou a senhora preocupada e um dia ela me trouxe uma braçada de flores-do-campo — deve ter sido um esforço tremendo para ela colher aquilo. Disse assim: "Olhe estas flores. Por que não tenta pintar flores?", e eu respondi: "Não consigo pintar flores, não vão parecer de verdade". "Mas você é uma boa pintora, já é muito melhor do que eu. Vai ficar lindo. Tem de parecer de verdade?" Naquela época, eu achava, ferozmente, que tinha, sim, de parecer de verdade. Então ela carregou as flores silvestres e alguma coisa aconteceu comigo. De repente entendi o que eu tinha de fazer: não pintar as flores, mas a mão que segurava as flores.

E então desenhei e depois pintei as mãos da senhora idosa durante semanas.

Só quando fiquei sabendo que ela havia morrido foi que entendi que o que eu queria mesmo fazer era pintar as mãos de minha mãe. Mãos que eu não me lembrava de ter nunca olhado direito, mãos de que eu não me lembrava.

Algum tempo depois desse dia, sonhei que colocava flores cortadas em um vaso de água e quando eu tirava as flores do vaso elas estavam com terra grudada nas raízes.

Enquanto Avery estava longe, Jean começou a passar seu tempo no pântano. Ela assistia a aulas em Toronto, depois ia de carro durante uma breve hora até Marina, sempre grata pelo prazer de ir a um lugar onde seria bem-vinda. Muitas vezes passavam o dia percorrendo o pântano em toda sua extensão ou circunferência, e Marina parava para desenhar um detalhe dos campos, ou um galho e o céu que Jean depois reconheceria na obra de Marina. Compravam leite e pão de uma fazenda vizinha e eram convidadas para entrar e tomar café, convite que Marina quase sempre recusava. "É só gentileza da parte deles", Marina explicou, "e é gentileza recusar."

Uma noite, depois de uma caminhada de inverno pelo canal que ainda estava correndo, uma linha tortuosa na neve, ficaram sentadas, aquecendo os pés no fogão da cozinha.

— Isso vai te interessar — disse Marina. — Li no jornal que na Alemanha existe um movimento para eliminar as azaleias e as forsítias, arrancar todas dos jardins públicos e dos jardins particulares, porque elas não são nativas e portanto constituem uma ameaça ao "puro solo alemão".

O jornal diz que a cereja veio da Ásia Menor para a Europa e provavelmente é cultivada na Alemanha há mais de quinhentos anos, e que a batata veio do Peru. Acha que esses que odeiam azaleias vão desistir da batata em seus ensopados? Vão forjar uma certidão de nascimento alemã, pode ter certeza.

Quando fui para a Inglaterra e deixei minha família em Amsterdã, minha mãe escrevia para mim toda semana. As cartas dela eram como pequenos folhetos, cheias de informações segundo os interesses e as indignações dela. Eu adorava essas cartas. Até este exato momento, não consigo acreditar que me despedi dela com tanta displicência na plataforma da estação Central, com tamanho desdém juvenil pelo destino. Achei que tinha todo o tempo do mundo para voltar para ela, mas era a última vez que eu ia ver o rosto dela ou receber o seu abraço — Marina enxugou os olhos no avental e sentou-se à mesa.

— Filhas nunca param de chorar por suas mães — Marina disse —, e eu passei com a minha dez anos mais do que você com a sua. A gente sente mais falta das nossas mães, não menos. — De repente, ela deu um pulo e correu para o forno. Os biscoitos de gergelim tinham virado carvão. Ela abriu a janela e o ar de inverno encheu a cozinha.

— É como um encantamento — disse Marina. — Nada devora o tempo como o passado.

As azaleias me lembraram que, pouco antes da guerra, minha mãe, que como você adorava flores, me escreveu enfurecida com um professor que fazia uma ligação entre vegetação "primitiva" e o homem "primitivo". Um dos exemplos dele era o "homem da tundra", no qual a espécie humana, dizia ele, tinha claramente estagnado em um estágio anterior à evolução. O único jardim alemão legítimo, dizia ele, era "o jardim enraizado no sangue e no solo", "der Blut-und-Bodenverbundene Garten". Estou contando isso por uma razão. Durante a guerra, havia "regras de paisagem" estritas, impostas em todos os territórios ocupados, principalmente na Polônia. Não só os "estrangeiros" tinham de ser expulsos, inclusive os próprios poloneses, como também o solo tinha de ser purificado da mesma maneira. Com esse propósito, ordenaram um expurgo botânico contra a minúscula flor de floresta *Impatiens parviflora*, e é esse o sentido da florzinha que você vê escondida em cada pintura minha.

Logo depois dessa conversa sobre a *Impatiens parviflora* Jean foi olhar de novo os livros para crianças que Marina tinha ilustrado. As pinturas eram saturadas de detalhes: pelagem de animais brilhando de óleo, gotas de água que continham paisagens, sombras assustadoras em dobras de roupa. Em cada rosto, pintado com tamanha empatia, um momento humano suspenso, tamanha desolação, tamanha profundidade de alegria, que Jean sentiu seus próprios olhos desviando da página.

Em cada infância há uma porta que se fecha, Marina dissera. E: só o amor verdadeiro espera enquanto seguimos nossa jornada de dor. Essa é a verdadeira integridade entre as pessoas. Em todos os épicos, em todas as histórias que perduraram durante muitas vidas, é sempre a mesma verdade: o amor tem de esperar as feridas cicatrizarem. É essa espera que devemos dar uns aos outros, não com uma sensação de favor, ou como julgamento, mas como se o perdão fosse um encontro marcado. Quantos estão dispostos a esperar pelo outro dessa forma? Muito poucos.

— Nós nos tornamos nós mesmos quando as coisas nos são dadas ou quando as coisas nos são tiradas. Eu nasci em Berlim — disse Marina. — Em 1933, meu pai estava tão desgostoso com o rumo dos acontecimentos que convenceu minha mãe e eu a nos mudarmos. Para minha mãe, isso era muito difícil, deixar as irmãs, os amigos. Em Amsterdã, meu pai fez sociedade com meu tio numa fábrica de chapéus. Antes de eles saírem, meu pai nos disse que talvez não fosse tão difícil deixar a carreira de professor na universidade — trabalho que ele acreditava mesmo que muito em breve não existiria mais —, porque não estava muito longe de encher cabeças para caber nos chapéus. Minha mãe não achou nada engraçado.

Minha irmã tinha só uns treze anos e então, claro, ficou com eles. Mas eu estava com dezenove, e logo depois da mudança tomei a decisão de ir para Londres e praticar meu inglês. Fiquei contente de viver em outra língua porque no ano anterior eu tinha feito a bobagem de me apaixonar por um rapaz que de repente resolveu, em 1933, que afinal não poderia casar com alguém do meu "tipo". Um aluno de meu pai tinha mudado para a Inglaterra e disse que ficaria feliz de receber alguém que falasse alemão e inglês para dar aulas a seus filhos. Então fui viver em Twickenham por um ano. Depois, minha mãe quis que eu voltasse para Amsterdã, mas eu ainda não estava pronta para isso. Foi então que respondi ao anúncio e fui trabalhar para Annie Moorcock, no litoral da Escócia.

Peguei o barco em Port Askaig. O vizinho de Annie, sr. Muldrew, me recebeu na doca de Feolin e rodamos devagar debaixo da chuva, passando por Craighouse e Ardfarnel. O sr. Muldrew segurava um pano com a mão e toda hora enxugava o para-brisa embaçado, enquanto dirigia e mudava as marchas com a outra mão, até que chegamos à rústica casa de pedra dela.

Fiquei surpresa ao descobrir que dentro tudo era refinamento e harmonia: flores frescas numa mesa redonda de madeira polida, um tapete redondo embaixo, num salão de recepção com lambris e cortinas. E, além de ficar surpresa com essa elegância, eu estava completamente despreparada para encontrar naquela casa, na ilha isolada de Jura, a biblioteca de Annie Moorcock. Havia estantes muito bem construídas do chão ao teto, estantes em cima de portas, estantes se esparramando pela outra sala. Dezenas de milhares de livros.

Embora não tivesse vergonha de sua obsessão, a velha senhora tinha certa timidez, como convém à confissão de qualquer prazer íntimo.

"Não posso mais me abaixar para pegar os livros das prateleiras de baixo", disse ela, "e isso me deixa tão triste que nem consigo dizer, esses livros ficaram tão inacessíveis para mim quanto a minha juventude."

— Nessa primeira tarde, sentamos na cozinha e Annie tirou minhas medidas — disse Marina. — Eu percebi que ficaria tudo bem entre nós e talvez alguma coisa mais: uma afeição.

Os filhos dela não aceitavam que ela morasse sozinha na ilha, mas ela não queria deixar sua biblioteca e não suportava a ideia de uma mudança. Uma hora depois da minha chegada naquele chuvoso fim de tarde de novembro, entendi que eu fora contratada não para a simples tarefa de fazer companhia a uma senhora idosa, lendo para ela, cozinhando, ajudando a se vestir e tomar banho, mas para um objetivo secreto só dela. Durante o chá, ela disse, com um toque de triunfo na voz, que eu tinha de ajudá-la a catalogar os livros, e que vinha se preparando para essa tarefa fazia algum tempo. De fato, ela possuía uma mesa transbordando com pilhas de papéis dobrados caprichosamente endereçados. Ao longo dos meses, guardamos essas notas e muitas outras dentro dos volumes à medida que avançávamos: mensagens a suas filhas, a seu filho e aos oito netos. Compilamos sua lista para se desfazer de cada livro, qual filho ou neto se beneficiaria mais com um volume específico, sua esperança, me disse ela, era prover um momento de conforto, de orientação ou alívio para quem abrisse o livro em alguma noite de inverno dali a muitos anos. "Embora eu tenha esperança de que minha Thea de bochechas cor-de-rosa" — e que só tinha seis anos na época — "não venha nunca a precisar de John Donne, sinto nela alguma coisa, uma pequena sombra, que me diz que ela poderá sentir necessidade dessas palavras algum dia." E assim se passaram as semanas, dessa maneira tão peculiarmente terna.

— Annie tinha uma incrível coleção de livros-brinquedo para crianças, inclusive diversos publicados por Ernest Nister em Nuremberg. Tinha até um exemplar do *Circus*, de Maggendorfer, que seu pai tinha trazido de uma viagem à Alemanha quando ela era criança. Com a deflagração da Primeira Guerra Mundial, os livros infantis britânicos não eram mais impressos na Alemanha, e Annie tinha alguns dos primeiros livros-brinquedo publicados na Inglaterra entre as guerras, quase todas as histórias de Bookano e os anuários do *Daily Express* nos quais animais saltavam das dobras em V. Sempre lamento que ela não tenha vivido o suficiente para ver o trabalho de Vojtěch Kubašta, o arquiteto tcheco que estudou em Praga e depois se dedicou aos livros *pop-up* para crianças (esses dele eu descobri em Londres depois da guerra, *A bela adormecida* e *Branca de Neve* entre muitos outros), em que os olhos dos cachorros rolam na cabeça — Marina demonstrou — e anões melancólicos de repente recuperam a felicidade por meio de uma aba e nos quais grandes mesas vazias em um instante se enchem magicamente de comida, recurso bastante bem-vindo naqueles anos de desejos e privações.

Foi por causa de Annie Moorcock, do extraordinário acaso de nossa ligação, que eu consegui ligar as duas coisas que ela amava e que me deu para amar: a pintura e os livros para crianças. Às vezes, sinto que ela não aprovaria o uso que fiz de sua bondade, produzindo imagens que a fariam virar o rosto em desespero. Mas aí há outros dias em que sinto a bênção dela quando trabalho, porque ela era o ser humano mais perceptivo que eu já conheci e esse seu dom era ignorado por quase todo mundo que a conhecia, até sua biblioteca falar por ela, com tamanha eloquência e amor, depois de sua morte.

— Encontrei William e o pai dele pela terceira vez em três dias — disse Marina — na loja do sr. McKechnie quando eu estava pegando a correspondência. Eles estavam comprando mantimentos para a árdua caminhada até Corryvreckan.

Eles se convidaram para o chá. Annie gostou dos dois imediatamente. Ela sabia que William e o pai eram ambos engenheiros e, depois que eles exploraram sua biblioteca, ela espalhou sua coleção de livros-brinquedo na mesa de jantar. Os três começaram uma discussão sobre a indústria de papel: centro de rotação, balancins, ângulos de dobras, tendas cerradas, rodas e pontos de apoio. No rosto dela, uma transformação, uma restauração, digna de um de seus livros mágicos, completa realização, como se ela estivesse esperando há décadas por essa única tarde de conversa, com William e seu pai sentados com as xícaras tilintando excitadamente no colo, observando com avidez a obra de sua vida. Depois que eles foram embora, esse arrebatamento durou algumas horas antes de começar a se apagar. Quando as sombras cresceram entre as árvores, Annie tinha se retirado para o quarto, reservada. Nunca mais vi esse mesmo prazer no rosto dela.

Jean e Marina, sentadas, olhavam o fogo, cercadas pelo cheiro de lã úmida e aguarrás.

— Depois, o pai de William me ajudou a encontrar meus pais e minha irmã... mas eles já tinham morrido, em Fohrenwald...

Para o bem ou para o mal — disse Marina, levantando devagar de sua cadeira —, o amor é uma catástrofe.

Sempre que Avery vinha de Québec, Marina e Jean o recebiam com um banquete amorosamente preparado, que ele aceitava com gratidão: tortas, doces e petiscos, sopas e guisados, feitos de verduras do pântano, purê de abóbora assado com manteiga e xarope de bordo, servido quente, com creme. Depois, passavam a noite em torno da mesa de Marina, ouvindo as histórias de Avery.

Uma vez, enquanto caminhava na floresta acima do rio, Avery encontrou um rapaz, um adolescente, que ajudava seus tios a construir pilones para a represa. Avery viu que ele corria entre as árvores num padrão, sem fim, no mesmo trajeto.

— Ele viu que eu estava olhando — disse Avery — e veio até mim sem nenhum embaraço, ao contrário, iluminado por dentro com sua urgência.

"Vou ser piloto de corrida", ele me disse. "Não vou ficar a vida inteira despejando concreto. Um dia vou ter dinheiro e comprar meu próprio carro."

Ele olhou para mim um momento e concluiu que eu ia entender.

"Esses pilotos que desafiam a morte, esse são os que não vão durar. Depois tem os que respeitam a morte, estes são os que quase nunca vencem." Ele começou a balançar o corpo para a frente e para trás, acompanhando com os olhos o circuito que tinha acabado de percorrer. "E tem os pilotos", continuou, "que engolem — *ingérer, gorger, s'empiffrer* — de tal forma a morte que não têm mais gosto por ela. Esses são os que já são fantasmas."

"Como você sabe disso?", eu perguntei.

O rapaz da floresta parecia estranho, branco como um cogumelo, os olhos de um azul artificial.

"Os fantasmas são os que vencem?", perguntei.

O rapaz riu. "Guarde meu nome", ele disse. "Guarde o nome Villeneuve!" E saiu correndo, um braço estendido sobre a borda íngreme do desfiladeiro.

Jean e Avery estavam deitados juntos no chão do apartamento da Clarendon. Era uma noite fria de outono, uma noite chuvosa. Marina tinha pintado abajures de papel para Jean, em cor de cobre, vermelho garança e ouro, que davam a Jean em sua sala a sensação de estar sentada aos últimos minutos do pôr do sol. Avery estendeu a mão e fechou o livro de Jean.

— Tem um projeto novo... Um tipo novo de projeto... Quero que você vá comigo — disse Avery.

— Você parece tão preocupado — disse Jean.

— É longe.

Avery pegou a mão de Jean, e abriu, com a palma para cima, em seu colo.

— Por favor, feche os olhos...

Seu polegar é o Atlântico, seu dedo mindinho, o Pacífico. As pontas dos dedos são o Egito e o calcanhar da mão é a África... A linha do coração é o deserto árabe, a linha do destino é o rio Nilo...

Avery e Jean se casaram na casa junto ao pântano. Foi uma cerimônia civil com dois convidados para servir de testemunhas, os vizinhos de Marina do lado leste, que cuidavam dela com carinho em sua viuvez. Jean viu pela janela quando eles chegaram, as botas deixando uma trilha marrom atrás deles sobre o pântano, na neve. Deixaram os cachecóis de lã e as luvas de couro secando no radiador, e Jean, parada ao lado de Avery, à espera do começo da cerimônia, guardou a imagem deles na memória: símbolos de bondade. Não tem mais ninguém que queira convidar?, Marina perguntara, e Jean, em sua solidão, sentiu vergonha. Não tem importância, disse Marina, ou Marina-Mãe, ou que tal Marina-Ma?, esse último nome as duas mulheres achavam engraçadíssimo, e adoravam o som japonês que tinha, a piada, o delicado orientalismo que parecia tão distante da mulher atarracada com cabelo grisalho curto e desfiado, cortado como de menino.

— A linha do coração é o deserto árabe, a linha do destino, o rio Nilo... Não em escala, claro... Aqui — disse ele, circundando o monte na base do polegar — é o Saara...

Nos meses que antecederam a partida deles, primeiro para a Inglaterra e depois para Cartum, Jean guardou o diploma que tinha acabado de receber, sublocou o apartamento da Clarendon, e mudou-se para a casa branca com Marina. Nenhuma das duas conseguia esconder o prazer com esse arranjo. Passavam longos dias na sala de pintura de Marina, davam passeios juntas pelo canal na neve, juntas se sentavam enroladas em cobertores nas cadeiras de gramado e ficavam olhando o pântano. Nem acreditavam na sua sorte, em quanto seus gostos e interesses combinavam. Para Jean, estar tão à vontade com a mulher mais velha, mãe e filha... ficava quase embriagada, tamanha a saciedade.

No verão anterior, Jean tinha levado todos os vasos de sua sala para a casa no pântano e plantara cada muda do jardim de sua mãe em um setor da terra de Marina. Avery construíra uma cerca branca baixa em torno de tudo, de forma que Jean sentisse que aquele quadrado de terra era dela.

* * *

— Aqui — disse Avery à luz dos lampiões do entardecer, circundando o monte na base do polegar dela — é o Saara... E aqui — beijando o meio da palma — é o Grande Templo de Abu Simbel...

"O Nilo irrompe sobre rochas da maior resistência, criando fissuras, gargantas espumantes, ilhas de pedra, são as cataratas insuperáveis", disse Avery, "o portão da Núbia. Além disso, o rio é lento e as margens cultivadas, campos e florestas de tamareiras. Os montes aqui", Avery traçou a linha na palma da mão dela, "são suaves: terraços de sedimentos, calcário, quartzita. Aqui, entre as linhas do destino e do coração, o Mediterrâneo colide com a África e o deserto é polvilhado com as ruínas de duas culturas. Em sua mão você tem igrejas cristãs com afrescos complexos, templos coptas, fortalezas, petroglifos da Idade da Pedra, tumbas incontáveis...

Por milhares de quilômetros a leste e a oeste, entre o mar Vermelho e o oceano Atlântico, a areia, indomável, toma conta de tudo. Minúsculos grãos de quartzo, indiferentes a religião, realeza ou pobreza, moem até transformarem em pó mesmo os monumentos de pedra mais dura, e dinastias inteiras foram reduzidas à invisibilidade...

A catarata de Assuã e o fato de o templo ser esculpido na encosta de um rochedo preservaram Abu Simbel durante séculos. O Saara desceu devagar pela encosta até que só a pontinha superior do templo ficou visível...

A noite se desenrolou, Avery explicando tudo o que sabia. Jean ouvia na voz dele a avidez com que desejava aquela chance, não para ser aquele que construía a represa, mas aquele que salvava. Por fim, olhou para ela à espera de sua resposta.

— Não trouxe nada comigo — disse Jean —, mas posso usar suas roupas...

Chegaram a Londres em janeiro. O primo de Avery, Owen, estava viajando e eles ficaram em seu apartamento, um lugar moderno e idílico de quartos pintados de escuro, candelabros e tapetes de seda; mobília de teca, lareiras com montanhas de almofadas. Só a cozinha nunca tinha sido reformada, e nos armários Avery reconheceu os pratos de tia Bett, lascados e desbotados, de sua infância. Era uma nostalgia que Avery não esperava em Owen, e ficou satisfeito com a descoberta, como se os menores detalhes dos anos que passaram juntos durante a guerra não tivessem sido esquecidos.

Entardecer no quarto de Owen, a janela aberta para a chuva, telhados negros e brilhantes, uma nesga de pôr do sol. Naquele negrume chuvoso, naquela inesperada luz final, com a revoada de pássaros antes do escurecer, ambos sentiram um novo tipo de desejo, inseparável da cidade. Inseparável de Londres, em janeiro de 1964. O desejo experimentado em ruas desconhecidas, um corpo nunca conhecido pelo outro.

Em seus últimos dias na Inglaterra, depois de ficar com tia Bett em Leighton Buzzard, Avery e Jean percorreram de carro o vale do rio Usk. Pararam em um pub que ficava pendurado sobre a ferrovia na densa floresta acima dos trilhos. Na porta, havia um aviso: "Recomendamos expressamente que não tragam seus filhos depois das nove da noite". Jean ficou inquieta (que violência ocorria ali e se derramava pela floresta à noite?), mas, como durante muitos quilômetros não tinham passado por nenhuma outra parada, então entraram. Avery pediu um copo de cerveja e Jean, ao notar que a própria atendente estava tomando uma xícara atrás do balcão, pediu um bule de chá. Ainda estava inquieta. A toda volta deles, a floresta escura; ela ouviu um trem passando no vale. Então, na parede em cima do balcão, Jean notou um aviso semelhante: "Aconselhamos expressamente a não trazerem seus filhos depois das nove da noite, em consideração aos clientes que desejam gozar a paz e a quietude deste estabelecimento". A atendente a observava e deu-lhe uma piscada. — É — disse —, as pessoas trazem os bebês chorões de noite e ninguém consegue virar um caneco em paz.

Sentaram-se calados enquanto o som do trem se afastava na floresta.

— Meu pai e eu tomamos o trem de Roma para Turim — disse Avery. — Sentamos em um compartimento com um casal jovem. O jeito como sentavam revelava toda a sua história, a mão dele na coxa dela fingindo ler um jornal, a cabeça dela no ombro dele fingindo dormir. A inquietação do desejo era tão palpável neles que contaminou meu pai e eu com um constrangimento que eu era novo demais para entender e toda hora nos levantávamos para andar pelo corredor sacolejante.

Enfim chegamos à imensa estação ferroviária de Turim. Como só tínhamos uma mala pequena cada um, resolvemos fazer a pé o breve trajeto até o hotel onde meu pai deveria ter uma reunião de negócios. Ao atravessarmos a imensa estação, me chamou a atenção uma plaquinha que, se estivéssemos andando mais depressa, eu não teria visto. Havia uma única frase pintada numa placa de madeira revelando que naquela estação tinham ocorrido as deportações da guerra e fornecia o número (de centenas de milhares) daqueles que foram enviados para a morte dali onde estávamos parados. Era uma placa pequena, que quase não se via, e até hoje não consigo dizer por que meus olhos perceberam aquilo. Quando saímos para a rua ensolarada, a poucos metros da porta da estação, eu tropecei e caí. Cortei o rosto e tive de levar pontos. Meu pai teve de me levar ao hospital e perdeu a reunião, e essa é a história da cicatriz no meu queixo. Eu só queria sair daquele lugar — disse Avery. Pareceu-me uma cidade de horror absoluto.

Jean ficou quieta. Ele achava que o silêncio dela, esse silêncio agora seu conhecido, era como pensar com o coração.

— Nas cidades são incontáveis os lugares que conheceram morte violenta — disse Jean —, não só lugares onde coisas terríveis aconteceram durante a guerra, mas todas as outras desgraças que são sempre deixadas sem registro: um acidente de carro, um ato violento contra alguém. Como marcar todos esses lugares? Provavelmente não daria para percorrer nem um quarteirão sem topar com um lugar de luto; não dá para marcar todos.

Baixou a tristeza. Avery pegou a mão de Jean.

— Vamos — ele disse.

Lá fora, o vento soprava entre as folhas altas. A pequena cicatriz no queixo de Avery desapareceu no claro sol da tarde.

— Antes de irmos embora de Turim — disse Avery —, meu pai, querendo me alegrar, me levou ao famoso e antigo café Baratti & Milano, com suas prateleiras de vidro cheias de chocolates e *nougats*, as mesas e cadeiras de madeira entalhada, toalhas brancas engomadas e talheres de prata. Os carrinhos de bolinhos e musses, os *petit fours*, as massas folhadas e os cremes de limão, os bolos altos com desenhos de glacê em cima. Meu pai queria me distrair, mas a sombria elegância do lugar me deprimiu. Olhei em torno, os garçons com seus ternos preto e branco e bandejas de prata, e me pareceu que aquela sala não devia ter mudado nada em cinquenta anos. Não conseguia parar de pensar em quantas crianças teriam tomado suas últimas xícaras de chocolate naquele lugar, talvez sentadas na mesma cadeira em que eu estava. Ficava pensando: esta cidade teria me parecido agourenta, mesmo que eu não tivesse visto a placa na estação? Eu teria sentido esse mal-estar de qualquer forma, essa presença, esse horror, esse assombro que sentimos às vezes, inexplicável, inefável, em certos lugares, num ângulo da luz? De qualquer forma, meu pai bebeu seu chá e eu tomei meu sorvete de chocolate no prato de prata ornamentado, úmido de condensação. Saímos do hotel cedo na manhã seguinte, depois de uma noite agitada: meu pai porque tinha perdido sua reunião de negócios e eu por causa de minha apreensão; e fomos para a estação de trem. Meu pai, sem dúvida se lembrando de Londres durante a Blitz e outros locais que eu não conhecia, disse: "Alguns lugares são encharcados de tristeza". Me lembro de ele usar especificamente a palavra "encharcado", e andamos algum tempo em silêncio, ele segurando a minha mão. Depois eu pensei: algumas pessoas são assim, encharcadas de tristeza, apesar da expressão do rosto delas.

Quando Hassan Dafalla, o comissário encarregado da emigração, leu os resultados do censo numa manhã de maio de 1961, descobriu que toda a terra núbia, sem exceção, estava registrada em nome de alguém que morrera séculos antes. Essa estatística o comoveu profundamente e, com o relatório ainda na mão, saiu de seu escritório em Wadi Halfa para contemplá-la.

Hassan Dafalla era um homem dado à reflexão, e o governo sudanês não podia ter escolhido alguém mais adequado para a tarefa de recolonizar uma nação inteira. Ele era um homem sensível: capaz de empatia, de justiça e com excepcional paciência para os detalhes significativos. Foi Hassan Dafalla quem garantiu que uma ração extra de trigo chegasse às padarias antes da jornada, e quem providenciou para que houvesse no trem um vagão-maternidade com leitos de hospital para as mães grávidas. Foi Hassan Dafalla quem entregou um pacote de mortalhas ao condutor do trem, para a eventualidade de serem necessárias durante a longa emigração, mais de mil e duzentos quilômetros das aldeias da Núbia para o novo assentamento em Khashm el Girba, perto do preguiçoso rio Atbara. O Atbara era um rio sazonal que anualmente se transformava em pó. Foi Hassan Dafalla quem insistiu que, em vez de números, se pusessem os nomes das aldeias na nova cidade, embora sua ordem tenha sido ignorada. E foi Hassan Dafalla quem ficou parado, mudo, ao ver as novas casas, blocos de concreto ocos assentados em fileiras no solo, sem nenhuma ligação com ele, como caixas de embalagem. Foi ele quem sentiu o agudo, sufocante, choque da derrota; e viu que a vida pode ser esfolada até perder o sentido, perder a memória.

As casas do esquema "Nova Halfa" tinham telhados inclinados de amianto ou de folha de flandres e cômodos pequenos demais para as famílias designadas a morar nelas; assim, aldeias foram separadas. E quando Hassan Dafalla viu que não havia uma única árvore em Khashm el Girba, ele voltou com um presente de trinta mil mudas de árvores. Oitocentas mudas de tamareiras foram plantadas ao longo da rua principal em uma festa da árvore. Era um presente vergonhosamente insuficiente, ele pensou, para os que lamentavam a perda de seus pomares junto ao Nilo.

Quando ficou decidido que a Alta Represa de Assuã seria construída, os recenseadores do Departamento de Estatística do Sudão foram enviados de aldeia em aldeia. Eles registraram o número de habitantes em cada morada, o número de cabeças de gado, fizeram um relatório exato da carga de mobiliário de cada família. Tudo isso tinha de ser transportado, de caminhão, barco e trem, e o número de trens e vagões foi calculado com exatidão.

Hassan Dafalla tinha estudado cuidadosamente os números. Na área sudanesa sob sua responsabilidade havia 27 aldeias, 70 mil almas, 7676 casas, com um número médio de cômodos calculado em 5,8; o número de residentes por cômodo era de 0,9 na cidade de Wadi Halfa e de 1,1 nas aldeias. Dos animais a serem transportados havia 34146 cabras, 19315 carneiros, 2831 cabeças de gado, 608 camelos, 415 burros, 86 cavalos, 35 mil galinhas, 28 mil pombos e, juntos num mesmo grupo, 1564 patos e gansos.

Cada árvore frutífera tinha de ser contabilizada e descrita, de forma que a compensação adequada fosse determinada. As tamareiras se incluíam nas seguintes categorias: frutíferas fêmeas, incluindo fêmeas novas de cinco anos, não frutíferas (árvores machos e mais velhas), mudas independentes (de três ou quatro anos), mudas pequenas (de um a três anos) e os brotinhos vulneráveis ainda presos às raízes da árvore-mãe.

De todas as aldeias incluídas no reassentamento em massa, apenas os habitantes de uma aldeia, Degheim, se recusaram a cooperar, embora, é claro, a água acabasse por derrotá-los no final. As mulheres de Degheim, com suas *gargaras* negras, se juntaram e gritaram: "*Fadiru wala hagumunno Khashm el Girba la*", "Preferimos morrer a ir para Khashm el Girba" — e criaram uma grande nuvem de poeira, atirando no ar a terra que não era mais delas.

Faras foi a primeira aldeia do distrito de Wadi Halfa a ser evacuada. A viagem teria a duração bíblica de quarenta horas, um êxodo de proporções épicas.

Hassan Dafalla havia requisitado vinte mil sacos de juta, vinte mil rolos de corda e 15 mil cestos para a viagem. Vinte carretas tinham sido postas a serviço para transportar a bagagem até a estação ferroviária. Foram necessários mais de cem carregadores para encher as carretas e duzentos e dezesseis carroças de tração animal e carroças de forragem e água para os animais; e, antes de tudo isso, os aldeões da margem ocidental teriam de atravessar o rio de vapor. Os habitantes das ilhas Kokki, no fundo das estreitas gargantas da Segunda Catarata aonde nenhum barco grande o bastante para transportar sua bagagem conseguia chegar, fizeram jangadas de troncos e peles de animais infladas, e seus bens terrenos foram flutuando para a margem.

Dia 6 de janeiro de 1964. Na margem leste do rio Nilo em Faras, o trem está esperando, com vagão-hospital para os doentes e velhos e para as mulheres que podem dar à luz a qualquer momento. Na margem ocidental, carregadores começaram a levar as malas, colchões e cestos de todo tamanho empilhados na porta da frente de todas as casas, atravessando a aldeia até onde o vapor estava ancorado.

Hassan Dafalla observava enquanto os núbios pegavam as grandes chaves de madeira das fechaduras e depois desapareciam de novo em suas casas para dar mais uma olhada. Ele ficou observando quando eles se detiveram silenciosos no cemitério. No vapor, todos os olhos absorviam a visão da aldeia que deixavam; com certeza, pensou Hassan Dafalla, poucos lugares nesta Terra foram olhados assim por tantos ao mesmo tempo, com tamanho sentimento comum. No entanto, ele sabia que a história estava cheia de cenas exatamente assim. Lotando a estação de trem estavam os aldeões de Faras Leste que tinham vindo desejar passagem segura a seus vizinhos e que logo mais estariam fazendo a mesma viagem. Ele ficou olhando enquanto embarcavam no trem, fazendo força para olhar para trás, e viu o condutor amarrar ramos dos pomares de tamareiras de Faras na frente da locomotiva, gritando: "*Afialogo, heir ogo*", boa saúde, prosperidade. Ele viu o trem começar lentamente a rodar, até desaparecer no deserto.

Seguiriam a linha principal de Cartum até a intersecção de Atbara, depois pela linha Porto Sudão iriam para a intersecção Haya, depois na direção sul até Kassala e Khashm el Girba. Em cada aldeia ao longo da ferrovia, o povo lotava as estações, acenando e gritando seu apoio e, sempre que o trem parava, serviam chá e comida de presente aos passageiros: sacos de açúcar, farinha, trigo e arroz, manteiga, óleo, queijo e mel. "*Afialogo, heir ogo, adila, adila.*" Em Aroma, todos os tribais da Hadandawa se reuniram montados em seus camelos; cada um com uma espada, uma língua de luz, ao lado do corpo. Apontando os bastões para o céu, batiam seus tambores de cobre acompanhando a palavra *Dabaywa*, bem-vindo. E foi a mesma coisa em Sarra Leste, Dibeira, Ashkeit, Dabarosa, Tawfikia, Arkawit e El Jebel. Na estação de Angash, em Haya e Kassala, os fazendeiros carregaram o trem com generosos sacos de cítricos e vegetais até não haver nem um centímetro de espaço livre nos carros lotados. A noite estava caindo. De repente, na ponte Butana, todos os passageiros se debruçaram nas janelas para ver um relance do rio Atbara. Aqueles que tinham parado de chorar começaram de novo ao ver o rio tão doentio, tão sujo e pequeno comparado ao Nilo que tinham deixado para trás. No outro extremo da ponte, a distância, tiveram o primeiro vislumbre das fileiras de casas brancas que os esperavam: Aldeia Nº 33.

De luto, as mulheres núbias removeram suas *gargaras* negras, fluidas como o Nilo, e desembarcaram usando os sáris comuns do Sudão central.

Poucos dias depois da evacuação, Hassan Dafalla voltou a Faras para meditar sobre tudo o que tinha visto. O sol castigava o silêncio. Ele viu os buracos de onde placas decorativas tinham sido arrancadas das paredes. Viu as pegadas de hienas por toda parte.

Depois de vários dias mergulhado em pensamento, Hassan Dafalla viajou para visitar os assentados exilados em Khashm el Girba. "Tínhamos mútua saudade de nos ver," ele escreveu depois em seu diário, "como se tivéssemos nos separado fazia muito tempo."

Às nove da manhã do dia da evacuação de Sarra, o comissário Hassan Dafalla chegou, muito antes da hora marcada para a partida do trem, e encontrou a aldeia já deserta. Ficou em choque diante da louca irrealidade de descobrir que não havia ninguém para emigrar. Na noite anterior, toda a bagagem tinha sido carregada no trem; vagões e caminhões pesados esperavam na areia, ruidosos de gado vivo. No entanto, de manhã, não se encontrava um único aldeão. O comissário Dafalla, sem saber o que fazer, subiu ao morro acima da aldeia para pensar. Quando chegou ao alto, surpreendeu-se de novo, dessa vez por ver lá embaixo uma brilhante piscina verde onde ontem só havia pedras e areia. Agora ele via que centenas de ramos de palmeiras, tremulando ao calor, tinham sido empilhadas nos túmulos do cemitério. Em um grande círculo em torno do cemitério, os aldeões dançavam o *zikir*. Durante duas horas mais, o comissário Dafalla ficou sentado no morro enquanto os aldeões de Sarra liam e cantavam para seus mortos. De repente, a piscina verde se esvaziou e assumiu a forma de um rio, à medida que todos de Sarra se deslocavam em uma fila morro acima, levando os ramos de palmeira dos túmulos para o trem.

Os próprios mantimentos que os núbios haviam cultivado com tanta habilidade teriam agora de ser comprados no mercado: lentilha, feijão, grão-de-bico, tremoço e ervilha. No novo assentamento não havia terraços para as mulheres se sentarem juntas, nem Nilo com seus braços verdes e ilhas para onde pudessem velejar com suas falucas e ver os vapores passando de ida e volta para o Egito, carregados de mercadorias. Agora havia apenas a íngreme garganta do rio Atbara, com suas margens áridas, as secas e espinhosas moitas de acácias e a savana chuvosa. Não havia florestas de tamareiras, nem as planícies sem fim do Saara. As mulheres aposentaram em definitivo suas elegantes *gargaras* porque elas agora simplesmente arrastavam na lama.

Seu sentido do tempo mudou; o jeito de olharem para o céu e as estrelas era agora diferente. Seu calendário copta foi substituído pelo calendário estelar árabe. Aprenderam a prever a chuva, as ferozes chuvas tropicais, pela direção dos relâmpagos: relâmpagos no leste trazem tormentas, mas relâmpagos em outras direções as levam embora.

Tiveram de esquecer suas camas forradas com ramos de tamareira e dormiam agora em camas de moldura metálica e molas.

Meses antes da inundação, um arqueólogo polonês havia descoberto uma igreja de tijolos de barro enterrada não longe da aldeia de Faras. Uma parede exibia uma magnífica pintura de cal colorida. Usando uma solução química para transferir a imagem para um pano de musselina, o professor Michalowski começou a fazer uma cópia da pintura quando se surpreendeu ao descobrir outra imagem debaixo. Cada vez que copiava a pintura da parede, outra era descoberta por baixo. Oitenta e seis camadas de pinturas foram reveladas.

Os núbios, que tinham renunciado a tudo pela energia elétrica fornecida pela nova represa, viviam eles próprios sem eletricidade. Os fios passavam exatamente pelo novo assentamento; bastariam apenas alguns postes e fios extras para levar eletricidade a suas casas. Mas os núbios tiveram de esperar sete anos para acender uma lâmpada.

Muitos dias, na sombra da casa-barco, Jean observava as mulheres núbias descendo para o rio. A visão de suas roupas pretas parecia cortar o calor, embora Jean não soubesse explicar por que tinha essa sensação, uma vez que elas também tremulavam como água negra acima da areia escaldante.

Jean achava excitante olhar para elas; quer dizer, queria que elas a vissem.

Sentia-se como uma criança na presença delas e na presença do deserto dentro delas. Elas conheciam intimamente o espaço do deserto e a eternidade do rio: duas imensidões distintas. E a terceira imensidão, o céu. Porém havia também entendimento entre ela e as mulheres, ou pelo menos um desejo de entendimento. Ela observava quando se deslocavam com graça fluida e sabia que elas também logo estariam renunciando à *gargara*.

Até que ponto o corpo de uma mulher pertence a ela própria, até que ponto é o barro do olhar de um homem. Jean não conseguia explicar sua solidão, a falta em si mesma. Havia algum mistério na feminilidade, ela sentia, que permaneceria para sempre incompreensível para ela; isso, acreditava ela, era porque tinha sido criada apenas pelo pai. Ela queria tirar a roupa e rolar na areia, perder o cheiro de si mesma no deserto e assim, por alguns momentos, sentir-se em casa ali. Queria que Avery entendesse alguma coisa que ela não conseguia explicar; ela sabia disso e não conseguia culpá-lo por não entender.

Perguntava-se quanto tempo levaria para o calor fazer exsudar dela sua origem nortista, evaporar a memória corporal de lagos e florestas boreais, uma transformação tão química quanto cozinhar. Como o lugar pode penetrar assim na nossa pele, por baixo do próprio verbo de nós? Não parecia possível, no entanto ela sabia que era verdade. Sentia que, se ficasse nua ao lado das mulheres do Nilo, até mesmo um homem vendado no escuro seria capaz de dizer que ela era uma estrangeira.

Os engenheiros europeus não davam atenção ao próprio estrangeirismo, trouxeram suas réguas de cálculo para o deserto e falavam a antiga língua dos construtores, uma língua numérica mais antiga que os templos. Os homens que chegaram primeiro àquela curva do rio para pintar a linha na face do rochedo, mais de trinta séculos antes, podiam se pôr ao lado daqueles engenheiros e por cima de seus ombros olhar as plantas e compreender quase instantaneamente o que tencionavam. E então Avery, com o antigo construtor egípcio olhando por cima do ombro, não conseguia sentir a aflição de Jean, a indignidade que ela própria não achava jeito de expressar. Ela sabia de alguma forma que não era mesquinho, nem mesmo pessoal, embora desse essa sensação também, e todas as palavras que tinha para descrever o que sentia tresandavam a pessoal. Logo ela desistiu de tentar expressar isso para ele. Desistiu, assim no meio da frase, e ele nem notou. E esse não notar, ela entendeu, era o alívio dele. Até que ponto nosso não notar é uma espécie de alívio.

Às vezes, se era simplesmente impossível improvisar a substituição de uma peça quebrada, os engenheiros resolviam nas cartas ou tiravam a sorte para resolver quem viveria a aventura de vasculhar o mercado em Wadi Halfa em busca de parafusos e cabeças de pinos, pistões e cabos. Avery recebeu uma licença de quatro dias e foi de avião com Jean de Abu Simbel para Wadi Halfa. Fizeram várias excursões ao mercado, e para Jean parecia sempre que um grande vento havia soprado por aquela cidade empoeirada, depositando um tesouro mundial, um tesouro temporal, de detritos capturados em sua força. Plugues elétricos e pilhas, bonés de *tweed*, latas de pó dentifrício, maços de ervas e temperos em embalagens de papel, sapatos femininos de noite com fivelas prateadas, ovos, fumo para cachimbo, patins de gelo, pilhas de figos, tâmaras e abricós de perfume suave, smokings masculinos, grandes pilhas de tecidos, da Turquia, da Ásia, da União Soviética, meias da náilon da Itália, lã inglesa, tecido de algodão liso e listado, e os longos rolos de tecido de algodão fino e escuro, escuro como a sombra fria de um monte do deserto, que as mulheres núbias usavam para fazer suas *gargaras*. Vendedores de café com rádios a todo volume, todo mundo gritando para ser ouvido, cachorros latindo aos açougueiros, açougueiros gritando com cachorros, o tilintar de copos dos vendedores de refrescos, moinhos moendo café e trigo, o som de feijão e ervilhas despejados nos sacos, os vendedores de chá batendo suas xícaras. Motoristas de táxi discutindo as tarifas, burros zurrando, o ruidoso escapamento de pequenos carros franceses, os gritos de uma partida de futebol de meninos, e de repente bem junto do ouvido da pessoa, o árabe suave de uma moça lendo para o avô cego, os dois sentados atrás de uma mesa com uma pilha de meias e botões, dois produtos para os quais os moradores do deserto não têm nenhum uso. Jean pensou na sobrevivência do velho dependente das meias furadas dos ocidentais e em quanto era tolo a roupa europeia ter passado a depender inteiramente do botão.

O mercado de Wadi Halfa era um lugar onde todo capricho humano encontrava seu lugar. Era um catálogo de desejos, um mercado de coisas quebradas e perdidas, assombrado igualmente pelas esperanças de compradores e vendedores.

Cestos de ferragens tanto brilhantes como enferrujadas, molas, parafusos, pregos, alicates, dobradiças; partes de barcos e de automóveis, ventiladores elétricos. Peças "sobressalentes" que tinham sido liberadas de máquinas nas quais não eram "sobressalentes" ou máquinas abandonadas como inúteis no deserto. E era ali que Avery sempre encontrava o parafuso do tamanho de que precisava, mesmo que isso significasse comprar todos os ventiladores elétricos que encontrasse, para deles saquear a peça única. E ali é que o resto da ferragem agora inútil do ventilador se veria de volta ao mercado de Wadi Halfa, com pás que tinham pouca esperança de se verem ligadas de novo, a menos que alguém por sua vez, vinte anos mais tarde, saqueasse a máquina de Avery.

Chaves de fenda, lenços, creions, ferros elétricos a vapor, cigarros soviéticos e jornais velhos, de anos antes, de toda a Europa. Verniz, perfume, óleo para máquina, papel de carta aérea azul, finíssimo, com bordas gomadas...

Jean olhava fascinada esse entulho do tempo e do comércio. Mas depressa isso se transformava em melancolia, pois por qual outro meio senão tragédia ou irresponsável negligência um objeto tal como uma aliança de casamento ou uma boneca de criança poderia chegar a esse destino no distante mercado de deserto de Wadi Halfa? O mercado parecia uma consciência, um corpo de memória, assolado por assassina traição e má sorte, inconsolável solidão, vidas inteiras calcinadas por um único erro; e os lamentos mais brandos, desejosos, elegíacos. Ela parava com um chapéu tricotado de menina na mão, ou um cardigã usado muitos anos por um homem que Jean imaginava ter ficado com os cotovelos na mesa enquanto bebia sozinho, ou um rico broche tão pesado que rasgaria a seda de uma blusa, presente de um noivo ou herança de uma tia, encontrado num cesto transbordando dessas prendas. Sentia-se oprimida pela perda anônima, pela dureza ou morte que levava aquele pente de marfim ou aquele relógio com as palavras "De seu amoroso pai" para uma banca em Wadi Halfa; as lembranças que ela imaginava que esses objetos carregavam, a tristeza das coisas. Às vezes comprava alguma coisa só para resgatá-la do que sentia ser a dolorosa apatia de seu ambiente, o mercado onde os clientes preferiam não saber a história de um objeto.

No lento final do dia de calor, Avery e Jean ficavam deitados em sua cama no anexo do Nile Hotel, o próprio anexo outro exemplo de objeto desencavado para uso em outro contexto, resgatado de uma história para outra, pois o quarto deles ficava a bordo do S.S. *Sudan*, um velho vapor da Thomas Cook, ancorado permanentemente para receber hóspedes quando o hotel principal estivesse lotado.

Eles nunca se cansavam disso, a ocupação de um quarto de hotel, a cama estranha, o ato de abrir a mochila e tirar seus poucos objetos para uma nova história.

Acordaram na manhã seguinte aos sons do pátio da ferrovia de Wadi Halfa, o martelar do aço, o desvio dos vagões, o clangor e os chiados, à medida que os trens eram preparados para sua longa jornada até Cartum.

Jean sentia suor no couro cabeludo e debaixo dos seios, apesar do ventilador que girava, lento, acima de suas cabeças.

Avery abriu um livro com capa verde-musgo em cima do quadril de Jean.

— Rosario Castellanos — disse Avery. Ele virou o livro e leu:

Porque desde o começo me estavas destinado.
Antes das idades do trigo e da andorinha
e antes até dos peixes...

Quando tudo jazia no regaço
divino, confuso e misturado,

jazíamos tu e eu, inteiros, juntos.
Mas veio o castigo da argila...

Porque desde o princípio me estavas destinado
era-me a solidão um trânsito sombrio
e um ímpeto de febre inconsolável...

Um cachorro latiu entre as palavras do poema.

... vim a saber
que nada era meu: nem o trigo, nem a estrela,
nem sua voz, nem seu corpo, nem meu corpo.
Que meu corpo era uma árvore e que o dono das árvores
não é sua sombra, é o vento...

— Estava no fundo do kit de primeiros socorros que vimos no mercado — disse Avery, e bateu a tampa, fechando a caixa —, perfeito para guardar porcas e borboletas, e ainda cheio de colírios e tubos de unguento espremidos, velhos pacotes de atadura de gaze.

— Poesia numa lata de primeiros socorros? É perfeito demais, você está inventando — disse Jean.

— Não — disse Avery. — E isto aqui estava dentro também. — Ele se inclinou na beirada da cama e entregou para Jean um caderno fino com capa de couro: um diário. O caderno estava ligeiramente curvo, como se o dono o levasse num bolso.

— Ah — disse Jean, temendo olhar dentro.

— Alguém tinha acabado de começar a escrever nele — disse Avery. — Sem data, sem nome. Quer ler para mim?

Jean abriu o diário; na mesma hora seus olhos se encheram de lágrimas. A letra era miúda, a tinta azul; não dava para dizer se era letra de homem ou de mulher.

* * *

"Abrimos as laranjas, os figos, todas as frutas que não suportamos mais comer sozinhos...

"Nos encontramos em tantas cidades... os portos onde o sono esvazia suas cargas na baía, a noite e o dia do amor. Nada perdemos nesses encontros, nem uma respiração a desperdiçar. Controle total em ambas as direções — o que cada um traz para o outro, o que levamos para casa. Vai demorar muito agora até nos vermos de novo. À noite, sinta minhas mãos, sinta minha voz, me leve com você, num músculo e numa palavra. E eu também levo você...

"Numa floresta de estrelas e ramos, aqui está seu rosto. No jardim, no naufrágio, nas pedras sagradas, nos figos e rosas. Durante demoradas noites de caminhada, o que não canta por nós? Durante demoradas noites de insônia, o que não canta por nós?...

"Caminho com sua boca dentro de minhas roupas, e todos os dias possíveis. A cidade na chuva: violinistas usando smokings, a bengala branca do cego apontando para a calçada molhada, as barcaças de folha de metal deslizando no rio devagar. O que se tem e o que é velho, tudo perdido ou encontrado. Com você, aqui, perdido e encontrado..."

Jean fechou o caderno. Depois de um momento, disse: Acho que dá para colher do ar o livro necessário.

Ficaram deitados lado a lado, ouvindo o clangor dos que trabalhavam com metal.

— Depois da guerra, minha mãe e eu nos mudamos de volta para Londres — disse Avery. — Tínhamos um apartamento minúsculo e nossa mesa de cozinha, a imensa mesa de trabalho de madeira de meu pai, onde fazíamos todas as nossas refeições, ficava em um vão de parede, cercado por quatro muros de livros. Sem sair de nossas cadeiras, podíamos simplesmente estender a mão para trás e, sim, colher! o livro adequado numa prateleira. Foi ideia de meu pai, para que houvesse sempre discussões ativas às refeições e de forma que eu ou qualquer convidado pudesse encontrar uma referência em um segundo. Meu pai adorava controlar todas as direções de sua ponta da mesa, como um navegador louco em um barquinho: "Um pouco mais para a direita, nove horas por favor, quarenta e cinco graus à esquerda...". Ao longo dos anos, certos volumes grossos ou grandes demais se tornaram marcos a partir dos quais nos localizávamos: "A capa cinzenta cinco centímetros à direita da *Nova enciclopédia ilustrada para crianças* ("nova" de cerca de quarenta anos antes), abaixo do *Mil e uma coisas maravilhosas*; uns trinta centímetros acima de *Motores e energia*...". E, quando o livro era trazido com sucesso da estante, meu pai soltava um suspiro, como se o lugarzinho exato da coceira tivesse sido coçado.

Ele ilustrava essas explicações usando objetos na mesa, e ficava tão absorto que qualquer estranho acabava arriscando um comportamento impróprio e ia embora, deixando meu pai em silenciosa e solitária contemplação de uma miniatura da Usina de Força de Battersea feita com suas quatro chaminés de copos de suco, ou uma comporta de elevação que começava com uma fatia de pão...

"Cada objeto", meu pai dizia sempre, "é também um conceito." Se você coloca lado a lado duas, três ou dez coisas que nunca antes estiveram lado a lado, isso vai produzir uma nova pergunta. E nada prova tão bem a existência do futuro como uma pergunta...

Meus pais, como você sabe, se conheceram em um trem na Escócia. Os dois tinham seguido a mesma estrada para a mesma estação rural, uma estrada cheia de poeira, e as botas e pernas das calças de meu pai estavam cobertas de pó fino. Ele bateu os pés, frustrado com aquele pó decidido a grudar. Levantou a cabeça e viu uma moça olhando para ele, divertida. Achou que a saia dela estava salpicada de lama, mas olhando melhor viu que o tecido tinha pequenas abelhas bordadas. Os sapatos dela estavam impecáveis, brilhando. Teria flutuado até a estação? "Não seja bobo", ela respondeu. Contou para ele que tinha engraxado os sapatos com uma pasta que "repelia" a poeira. Alguma coisa a ver com eletricidade estática. Ele nunca tinha ouvido falar de eletricidade estática? Meu pai respondeu que na verdade sabia bastante coisa sobre eletricidade, tinha começado como engenheiro elétrico, afinal de contas, mas talvez não tivesse refletido muito sobre sapatos. "Não surpreende", disse minha mãe. "Precisa de uma mulher para juntar essas coisas práticas." E foi então que meu pai aprendeu uma lição de sabedoria prática que o acompanharia pelo resto da vida e que passaria para mim: "Não existem dois fatos tão separados que não se possam juntar".

Meu pai possuía uma invejável equanimidade. Se ele sentasse em cima de alguma coisa que machucasse, se eu tivesse deixado um brinquedo na dobra do sofá Chesterfield, ou se tropeçasse em alguma coisa que eu deveria ter guardado, ele pegava o objeto, pronto para reclamar. Mas então, examinando o objeto mais de perto, toda culpa era esquecida; ele ficava ali se perguntando como era feito, por quem e onde; começava a ponderar que tipo de máquina era necessária para produzir aquilo em massa, possíveis melhorias do desenho... Ele trabalhava com máquinas o dia inteiro e depois, em casa, continuava inquieto a ruminar; ele penetrava em mecanismos com um sexto sentido. Suas mãos eram hábeis com parafusos e porcas, circuitos, solda, molas, ímãs, mercúrio, gasolina. Ele consertava *walkie-talkies*, bonecas, bicicletas, radioamadores, motores a vapor; parecia enxergar o coração de qualquer máquina à primeira vista. As crianças do bairro deixavam seus objetos quebrados na nossa porta com um bilhete espetado ou enfiado dentro: "não toca", "roda presa", "não chora mais". Quando o objeto estava consertado, ele punha de volta lá fora para ser retirado pelo dono satisfeito.

Minha mãe era hábil em outro sentido. Às vezes meu pai tinha crises de desespero privado, de decepção profissional, raiva por um trabalho malfeito. Era socorrido pelo trabalho de restauração de minha mãe: um prato de biscoitos; uma barra de chocolate na mesa de trabalho de meu pai; um bilhete fechado, o envelope lindamente pintado com um detalhe arquitetônico, uma válvula ou uma tranca, e então a casa toda parecia se ajustar de novo, como os ponteiros de um relógio. O caos era restaurado a seu devido lugar, isto é, uma vez mais era deixado para mim e meus primos, quando vinham nos visitar: quatro crianças que gostavam de construir coisas e depois destruir, ou destruir e depois reconstruir. Trabalhávamos melhor juntos em esquemas moralmente questionáveis, como o roubo da loja de doces que exigia, entre outras tarefas cansativas, cavar um túnel do fim do nosso jardim por baixo da rua. Tínhamos avançado cinco metros quando chegou o inverno. O túnel desmoronou em algum momento durante as chuvas de primavera e lá ficou, uma cicatriz lamacenta.

Avery procurou a mão de Jean, mão que tinha servido um dia como mapa do Saara. Pela janela aberta, podiam ouvir as novas chegadas da estação ferroviária de Wadi Halfa, gritos por carregadores, e por um momento Jean pensou no imenso relógio que dominava a salinha de espera.

— Eu adorava quando meu pai usava as mãos de minha mãe quando não tinha mais dedos dele mesmo para alguma demonstração complicada, dobrando os dedos dela para enfatizar coisas

— disse Avery. — Anos depois, me lembrei desse hábito dele e comecei a me perguntar se meu pai teria usado outras partes de minha mãe para demonstrações particulares que eu nunca vi. Eu gostava da ideia de eu ser o resultado de um equação intrincada.

Foi no mercado de Wadi Halfa que Jean concebeu seu compêndio de plantas com propriedades curativas. Seria um presente para Avery, talvez Marina pudesse ser convencida a ilustrá-lo: uma lista de botânica imaginária para tratar indisposições muito reais, mas indefiníveis. Estava olhando um volume de Lineu, em cujas margens alguém tinha anotado em espanhol, quando lhe veio a ideia. Bálsamos, tinturas, unguentos, chás, pomadas, compressas, inalações, para quem está longe de casa ou está preso em casa, para quem está de cama em dias de verão, no outono, em dias chuvosos. Para quem sofre de nevralgias climáticas dolorosas acompanhadas de desânimo, tristeza, vergonha graves. Para aqueles que não têm contato humano há dois meses, um ano, muitos anos: uma questão de dosagem. Para os que perderam tudo porque foram mal entendidos. Para os que não podem mais sentir o vento nem mesmo na pele nua. Um unguento feito de *torreya* adstringente para quem sofre de avareza. Bálsamo de musgo para quem perdeu a visão de cores, para quem chora com muita facilidade, para quem perdeu a percepção, para quem perdeu a capacidade de compreender, de perdoar o outro e a si mesmo. Ferva a casca ou, para casos urgentes, aplique diretamente, sem ferver. Seguro para crianças e outros animais. Ineficaz para homens de cabelo comprido; resultados obtidos instantaneamente; reaplique de hora em hora; para quem está enfraquecido por excesso de esperança, para quem está enfraquecido por excesso de desespero, para quem está preso à terra e anseia pelo mar, para quem teme o mar, para quem teme a ópera. Para quem teme a música cantada por mulheres de voz grave que perderam tudo. Para quem come chocolate demais, para quem não come chocolate suficiente. Para quem esqueceu como se reza, aplicar nas mãos e nos joelhos o leite da vagem de *humilitas immensita*, uma tuberosa de cheiro forte para tratar ferimentos nos olhos, coração, mãos, orelhas, genitais, lábios, espírito. Para quem experimenta a vertigem da perda, muito potente, para dose única apenas, não opere máquina pesada nem tome decisões importantes sob seus efeitos. Folhas de *Illuminatus* para quem está perdido ou desorientado, escolha apenas as folhas pequenas junto ao caule que emitem uma ligeira luminosidade, eficaz mesmo em dificuldades morais. Com flores muito coloridas... Plantas com cheiros fortes... Use apenas a casca interna... Despreze as sementes e a polpa... Bom substituto na cozinha para quem não pode comer alho... Use apenas o caule da planta, ferva em água salgada, ferva em água açucarada. Se ferver, você deve começar de novo. Para reduzir inchaço. Aplique diretamente na área afetada. Óleo relaxante para pés que ficaram tempo demais em sapatos incômodos, para quem por necessidade esperou muito tempo em filas. Para abrandar o aparecimento de cicatrizes. Vagens leitosas, caules leitosos, folhas e caules que exsudam uma seiva transparente, urtiga "pelo de cachorro", espiga, espinheiro, cardo. Unguentos para quem não consegue parar de sentir raiva, pomada para quem perdeu a sensação das mãos ou outras formas de rigidez corporal. Compressas para quem não consegue parar de chorar. Chá para quem não consegue se lembrar dos sonhos, ou para quem não consegue esquecê-los. *Consolatum empathatum*, pomada para olhos que viram demais, ou de menos. Adstringente de espinhos para quem finge doença séria para despertar a compaixão dos outros e para castigar os que negam essa piedade abusada. Aplicar diretamente na língua. Aplicar nas pálpebras.

Evite os olhos. Repita até desaparecer a necessidade de dissimular. Reaplicar à noite. Duplo efeito (geralmente em oposição direta), dependendo da gravidade da afecção...

Antes do amanhecer da terceira manhã em Wadi Halfa, eles foram se encontrar, conforme combinado, com seu amigo Daub Arbab no saguão do Nile Hotel. Ele tinha vindo de avião de Cartum, onde fora buscar uma encomenda de serras de cadeia portáteis e serrotes Sandviken com dentes de vinte e cinco milímetros, usados para os cortes mais delicados. O carregamento tinha sido extraviado uma vez e Daub fora supervisionar para garantir o transporte. Isso coincidia com o plano de Daub de aproveitar a oportunidade para visitar Wadi Halfa quantas vezes pudesse antes da inundação. Dessa feita ele tinha alugado um caminhão para levar Avery e Jean até o sistema de tubulação Debeira, no norte. Avery queria ver pessoalmente o canal onde os núbios haviam instalado em barcaças suas bombas de irrigação flutuantes. "Não fica longe", disse Daub, "e no caminho de volta nós paramos para dar um triste adeus ao lugar mais lindo desta terra."

Rodaram sob as estrelas frias do amanhecer, rumo ao norte de Wadi Halfa para as aldeias agora desertas de Debeira e Ashkeit.

— Na Núbia — disse Daub —, qualquer disputa que surja é acertada pela família inteira, inclusive mulheres e crianças. Crimes violentos são raríssimos, mas nesses casos se abre uma exceção, e apenas os homens se encontram para resolver o que fazer. O culpado é isolado tão completamente que acaba forçado, para sua própria sobrevivência, a deixar a comunidade. Os casos nunca são levados à polícia. A Núbia sempre se protegeu desse jeito, sempre manteve sua independência.

A economia depende da divisão de propriedade. É um arranjo muito satisfatório de propriedade, capital e trabalho. Mas muitas vezes a distribuição da colheita é uma questão complicada, porque só as mulheres mais velhas da aldeia conseguem lembrar os confusos termos da transação original. Esses arranjos mantêm viva a história de cada família. Garantem que mesmo quem está exilado do trabalho conservará seu lugar na aldeia.

Vou contar uma típica história da Núbia — Daub continuou. — Dois homens que dividiam um *eskalay* estavam conversando sobre a divisão da água. Para irrigar a terra de cada homem igualmente, a água tinha de ser canalizada de uma vala para outra. Os dois discutiam sobre quem ia ficar com a maior parte quando o tio deles ouviu a conversa. Ele providenciou para que fosse trazida uma grande pedra e colocada no meio do canal, separando a água em dois jorros, encerrando assim a discussão. Em 1956, quando irromperam hostilidades entre o Egito e a Inglaterra por causa de Suez, os núbios acompanharam de perto os acontecimentos; corriam para lá e para cá entre o campo e a aldeia, indo e voltando para se reunir em torno de um único rádio de ondas curtas. Um velho observou essa corrida para lá e para cá toda manhã e por fim perguntou a um dos jovens o que estava acontecendo. "Avô, os ingleses estão brigando com o Egito por causa do canal de Suez." O velho sacudiu a cabeça. "Por que alguém não põe uma pedra no meio?"

Vou contar outra história — disse Daub. — Meu pai foi contratado pelo exército britânico para treinar e servir como tradutor. Ele era muito jovem e muito inteligente. Um oficial britânico viu como ele era rápido e ajudou meu pai a ir para a Inglaterra e arranjar um emprego. Ele acabou casando com uma inglesa. E assim eu nasci e cresci em Manchester. Trabalhei muito, estudando para a engenharia. Depois, resolvi vir para o Egito. Meu pai ficou infeliz com isso, mas também no íntimo satisfeito. Ele dizia: "Aqui na Inglaterra você tem tudo, e lá...", ele parava na metade. Lá, eu sabia que ele estava pensando, invejoso, tem o rio, os montes e o deserto. E no íntimo satisfeito também porque parte de todo pai deseja que a própria juventude seja entendida pelo filho.

De longe, Avery e Jean viram que, assim como outras aldeias núbias, Ashkeit tinha sido construída no sopé de montes rochosos e uma densa floresta de tamareiras crescia rio abaixo.

E a distância viram que, assim como outras casas núbias, as casas de Ashkeit eram cubos luminosos: tanto o sol como a lua estavam impregnados nas paredes de areia e reboco de barro caiado, lisas e mágicas como gelo que nunca derrete. Logo abaixo do teto, haviam recortado janelinhas para ventilação, grandes o bastante para deixar entrar a brisa, mas pequenas e bem altas para manter do lado de fora o calor e a areia. Cada casa tinha a porta de madeira de uma fortaleza e uma trava de madeira de um metro de comprimento, que, antes da evacuação, conservavam uma gigantesca chave de madeira. Atrás da entrada impressionante, Jean e Avery sabiam, estaria o costumeiro pátio central, grande, com os cômodos voltados para ele.

Daub parou um pouco longe da aldeia. Virou-se para eles. "Tem alguma coisa na cara de vocês dois", disse ele, "eu vi isso logo que a gente se conheceu, que me deu vontade de trazer vocês dois aqui."

Descreva uma paisagem de que você gosta, Jean tinha pedido a Avery na primeira vez em que deitaram juntos na cama da avenida Clarendon; e ele havia sussurrado a floresta de pedras de sua infância; o jardim de sua avó; o campo ao final da rua de seus primos no interior, onde ele passara a guerra: havia certo lugar, uma dobra nos montes, que ele não cessava de olhar, uma sensação a que não conseguia dar nome, ligada àquele lugar.

Jean entendia o jeito de olhar de Avery, como ele chegava a algum lugar e abria espaço para aquilo em seu coração. Ele se deixava alterar. Jean tinha sentido isso na primeira vez em que se encontraram e muitas vezes depois. No leito do rio São Lourenço e nos condados afogados; na Grã-Bretanha, parados na chuva à beira do mundo em Uist, tentando dar nome ao momento em que a última molécula de luz desaparecia do céu; nos Apeninos; em Jura; e quando caminhavam no negro absoluto do pântano recém-arado de Marina. E quando Avery olhava para ela no escuro, abrindo espaço para ela dentro dele.

Agora, em Ashkeit, Jean sentiu o golpe, o desastre para a alma que pode ser provocado pela beleza, por uma resposta que não se pode pegar com as mãos. A ânsia por um lar era muito pior ali, insuportável. Por que agora seria encontrado e perdido. A aldeia, o jeito como as casas cresciam do deserto: era como se a necessidade do coração de Avery as tivesse inventado. E também a proximidade com aqueles que as tinham construído.

As casas eram como jardins brotados na areia depois da chuva. Formas de cor pura, como se recortadas pelas tesouras de Matisse, intensas e separadas, pintadas nas paredes brancas luminosas. Desenhos em canela, ferrugem, verde-ftalocianina, rosa, azul-antuérpia, bege, creme, vermelho de garança, negro de carvão, siena e amarelo-ocre antigo, talvez o pigmento mais antigo utilizado pelo homem. Cada um deles um grito de alegria. Incrustados nas paredes caiadas de branco havia decoração, desenhos de cal líquida de cores brilhantes, tão vivas quanto o olho consegue suportar, formas geométricas, plantas, pássaros e animais, com mosaicos engastados no reboco como joias; e conchas de caracol, seixos polidos. Acima dos portões havia complexas placas de louça pintada, chegando a trinta ou quarenta para decorar uma única casa. Eram como as pedras de um colar posto sobre a pele branca do reboco, porosa, respirando, fresca. Ali estava o amor ao lugar tão livremente expresso, repleto de significados; casas tão perfeitamente adaptadas ao seu contexto em materiais e desenho que não poderiam nunca ser mudadas. Era uma integração de arte, vida doméstica, paisagem: uma beleza diante da qual não dava vontade de se prostrar, mas em vez disso de saltar sobre ela. Quando Jean viu as casas de Ashkeit, ela entendeu como nunca antes o que Avery queria dizer sobre conhecer o construtor e a construção intimamente mesmo à primeira vista. E Jean sabia que ele estaria pensando o que ela estava pensando; que era Ashkeit que deviam salvar; embora a aldeia não pudesse nunca existir em nenhum outro lugar e, se deslocada, desmoronaria, como um sonho.

Avery foi até Daub, que estava sozinho junto ao rio.

— Vou levar a minha vida inteira — disse Avery — para entender o que vi hoje.

Mas Jean pegou o braço de Avery e suavemente o afastou, porque seu amigo Daub estava chorando.

Jean e Avery esperaram por Daub nos limites da aldeia, sentados lado a lado na areia do entardecer de Ashkeit. O ar ficou mais profundo. Por um bom tempo aquela luz ficou suspensa, como o rosto de um ouvinte no momento exato do entendimento. E depois a nova pele de luz de estrelas, como gelo na água, se espalhou pelo céu. A areia esfriava tão impiedosamente, o frio circundante de milhares de quilômetros de deserto, um frio sem fim. Avery pensou em seu professor na Inglaterra que tinha cortado uma maçã e mostrado um quarto dela para a classe: esta é a quantidade de terra que não é água; e depois cortado o quarto ao meio: esta, a quantidade de terra arável; e cortado de novo: esta, a quantidade de terra arável não coberta por habitações humanas; e por fim a quantidade de terra que alimenta todo mundo na Terra: apenas um pedaço da casca.

Assim como descobrir conhecimento latente em si mesmo ao ler palavras numa página, assim como uma forma que emerge do barro do escultor, assim brotaram seus sentimentos de perplexidade e inevitabilidade à medida que olharam mais de perto a aldeia de Ashkeit. Era a mesma sensação que Avery tivera ao ver Jean pela primeira vez, caminhando sozinha à margem do rio. Inexplicavelmente, naquele momento ele entendeu que o lugar tinha um significado, para ele e para ela, como se seu próprio coração tivesse feito aquilo acontecer. Como se ele tivesse provocado o acontecimento: ali, naquela hora. Na verdade, como se o próprio lugar tivesse dado origem a ela.

Era também a certeza de que estariam para sempre mudados, seus corpos já mudados; sintonizados um no outro.

Ele era quase capaz de imaginar que as casas de Ashkeit brotaram da areia no momento mesmo em que as vira, nascidas da intensidade de seu desejo.

Jean ficou olhando enquanto as formas brancas das casas se dissolviam no crepúsculo; pensou na folha do sumagre, que parece seis folhas separadas, mas que botanicamente é apenas uma folha. Assim também Ashkeit. Jean pegou a mão de Avery. Ele estava de olhos fechados, mas, como sentiu a mão dela na dele, viu também a mão dela em sua mente. Era assim com as casas da Núbia; nenhuma outra paisagem podia despertar tal sentimento. Era o que ele sentia, quando criança, olhando aquela dobra da encosta em Buckinghamshire, ao cair da luz, familiar como um rosto. Esta terra, esta Jean Shaw.

Naquele momento, ele imaginou que sabia, que seu corpo

sabia, o que Ashkeit, Debeira e Faras, todas as aldeias, queriam dizer.

Quando sentara nos montes de Buckinghamshire com seu pai, embora não tivesse dito nada sobre seu sentimento por aquele lugar, sabia que o pai sentia a mesma coisa. Como Avery podia explicar? Era como se o que ele experimentava lá não pudesse ter ganhado vida em nenhum outro lugar.

Quando a água viesse, as casas se dissolveriam como brometo. Mas elas nem desapareceriam no rio, que tinha uma lembrança delas. Porque mesmo o rio teria desaparecido.

Daub veio e Jean sentou-se entre os dois homens, entre a terra e as estrelas. Ela pensou nas crianças que tinham nascido naquela aldeia e que nunca poderiam voltar, nunca poderiam satisfazer ou explicar o sentimento sem nome que brotaria nelas, no meio da idade adulta, talvez ao acordar um dia de uma soneca à tarde, ou caminhando por uma estrada, ou ao entrar na casa de um estranho.

— Um ser humano pode ser destruído pedaço por pedaço — disse Daub, olhando a aldeia abandonada a refulgir na areia. — Ou de uma só vez.

— Sabe o começo das *Metamorfoses?* — perguntou Daub. — Agora sou capaz de dizer como corpos se transformam, viram outros corpos.

No lusco-fusco do deserto, começaram a rodar de volta para Wadi Halfa.

Avery falou do desespero espacial que o mundo construído havia criado; espaço livre exíguo demais para qualquer coisa além de lixo, passarelas escuras indo de estacionamentos para a rua; espaço morto de garagens subterrâneas; os corredores entre arranha-céus; o espaço circundante às latas de lixo industrial e às torres de ventilação... o espaço que aprisionamos entre o que construímos, como sementes de inutilidade, pequenos bolsões na terra onde não é para ninguém viver, uma pausa, um vazio...

Avery imaginava uma época, não muito distante, em que os cálculos dos engenheiros poderiam ser tão habilmente manipulados que materiais, tensão, estresse e suporte de peso teriam novo vocabulário; uma época em que originalidade afetada seria tomada erroneamente por beleza, assim como a austeridade foi um dia tomada erroneamente por autoridade.

— Não é nem originalidade nem autoridade que eu desejo em um edifício — disse Avery. — É restauração. Quando a gente se encontra em algum lugar... — fez uma pausa. — Acho que é exatamente isto que eu quero dizer: me encontrar em um lugar.

— Queremos que nossos edifícios envelheçam junto conosco — disse Daub.

Ao norte de Sarra, a estrada subia para o alto dos morros, e Daub parou o caminhão. Estava quase escuro. Ali, do alto, olharam os bosques do Nilo e, além, o grande Saara. Jean de repente entendeu que as cores da pintura a cal de Ashkeit eram tão surpreendentes quanto o verde da planície de aluvião.

— Logo — disse Daub — tudo o que vemos aqui vai estar debaixo da água. Há uma ilusão de paz. Mas existem problemas e, como grande parte dos problemas do deserto, causados tanto pelos vivos como pelos mortos.

Meu pai tinha um costume, que acho que herdei dele, de recortar artigos de jornal. Ele costumava fazer uma ideia do mundo, uma teoria, e depois topava com todo tipo de "provas" daquilo nos jornais: coincidências, claro, mas ele se divertia. E acabou se tornando uma pequena obsessão.

Uma vez, ele mostrou uma foto de jornal de uma menina

de rosto escuro, o cabelo enrolado em um lenço ou xale, segurando uma trouxa de roupas.

"O que vê aqui?", meu pai perguntou.

"Uma criança deslocada na guerra da Europa?"

"Um refugiado palestino em 1948."

Mostrou outro recorte, muito semelhante ao primeiro.

"E aqui?"

"Outro menino palestino?"

"Não. Um menino judeu que chegou a Israel vindo de um campo de refugiados na Alemanha. E aqui?"

Mostrou a foto de uma fila de pessoas, sobrecarregadas com malas e mochilas, claramente levando tudo o que possuíam.

"Imigrantes para Israel?"

"Não, judeus árabes forçados a deixar o Egito, também em 1948. E esta foto: um menino polonês, cristão, em um campo em Tashkent; e esta: um menino iugoslavo num campo de refugiados no Quênia; e outro em Chipre; e no campo do deserto em El Shatt em 1944; e aqui, uma criança grega no campo perto de Gaza, em Nuseirat, também em 1944. Muitas vezes", meu pai disse, "encontro rostos quase idênticos. Estes dois, um é de um campo de refugiados no Líbano; o outro, de um campo de refugiados em Backnang, perto de Stuttgart. Quando se veem apenas os rostos, nada mais, eles não parecem gêmeos? Essa semelhança foi que me fez começar esta coleção, fotos que todo mundo vê todo dia, de jornais e revistas, refugiados de todo lado."

— Sabia — perguntou Daub — que os primeiros projetos para a Alta Represa foram feitos pela Alemanha Ocidental para acalmar o Egito, depois da compensação a Israel após a guerra? Tantos conluios de todo lado, talvez fosse até possível entender tudo, se uma única pessoa tivesse todas as informações.

Aqui estou eu, um cidadão britânico, cujo pai nasceu no Cairo e cujo avô morreu em Londres, na Blitz, sentado no deserto sudanês, com uma canadense e o marido inglês dela, falando de refugiados do Quênia, de Gaza, Nova Zelândia, Índia, Khataba, Indonésia...

Daub pousou a cabeça nos braços sobre a direção. A brisa erguia o cabelo de sua nuca e Jean sentiu uma pontada ao ver isso; um ponto de vulnerabilidade. Podia-se viver uma vida inteira, ela pensou, e talvez nunca ser tocado ali.

— Eu estava em Faras durante a primeira evacuação. Estava trabalhando em Halfa naquela hora — disse Daub —, e fui para observar. Vi uma mãe e uma filha se despedindo. Elas moravam em duas aldeias vizinhas, a um curto trajeto a pé uma da outra. A filha tinha mudado para morar com a família do marido quando se casou, mas a mãe e a filha se viam sempre, apenas uma breve caminhada entre as duas aldeias. Porém as aldeias estavam uma de cada lado da fronteira entre o Sudão e o Egito, essa linha invisível no meio do deserto, e então a mãe estava sendo levada para Khashm el Girba e a filha para Kom Ombo, a mil e quinhentos quilômetros. Todo mundo que assistia à cena sabia que as duas nunca mais iriam se ver. Depois que a filha, que estava no fim da gravidez, embarcou no trem e o trem partiu para o deserto, a mãe olhou para o chão e viu a sacola que queria dar para ela, com coisas de família dentro, agora esquecida.

Daub olhou para eles, depois para os montes acima de Sarra. Estava escuro agora, a areia pálida sob as estrelas.

— Quando vi isso, pensei na coleção de fotos do meu pai. Não acaba nunca, como meu pai entendeu, igual aos detritos da Segunda Guerra Mundial que acabaram espatifados, deixando para trás horror e miséria em locais isolados, esses hediondos sórdidos campos de refugiados por todo o mundo, como poças de água estagnada depois de uma enchente...

Na noite seguinte, voaram de volta para Abu Simbel. Do alto, avistou-se o acampamento, brilhando com sua luz artificial, um incêndio no sertão; envolvendo o pequeno avião, súbita como uma lanterna. Jean sentiu saudade do escuro do deserto que tinham deixado para trás: palpável, vivo, um negrume que respira.

As forças dentro do rochedo de Abu Simbel foram contrabalançadas com andaimes de aço e o teto do templo foi separado das paredes para aliviar o estresse. Mesmo assim, não se sabia se a remoção do primeiro bloco, em 12 de agosto de 1965, poderia fazer que o templo se partisse. Avery ficou na crista da câmara. A pedra tinha sido cortada com tamanha precisão, a junta tão invisível, que de início parecia que o guincho penetrava magicamente na pedra para remover um bloco perfeito do todo.

Mas Avery não sentiu simples alívio quando as pedras foram erguidas; em vez disso, desde o primeiro corte no primeiro bloco, as onze toneladas do GAI AOI, Grande Templo, Tratamento A, Zona I, Fileira A, Bloco I, uma angústia específica se enraizou nele. Enquanto a cavidade serrilhada se expandia, enquanto a ausência vazia no rochedo ia ficando mais funda, crescia também em Avery a sensação de que estavam mexendo com uma força intangível, desmanchando alguma coisa que não poderia nunca mais ser produzida ou reproduzida. O Grande Templo tinha sido talhado com a própria luz do rio, talhado por uma profunda fé na eternidade. Cada operário havia acreditado. Esse simples fato o estimulava: não conseguia imaginar nenhum edifício em sua vida ou no futuro construído com tamanha fé. A pedra era viva para os entalhadores, não num sentido místico, mas num sentido material; a relação deles com a pedra tinha afetado as moléculas da pedra. Não mística, mas misteriosa.

O calor e o peso de Jean estavam em seus sonhos. E, no começo, a lembrança desabrochou dentro dele, imagens da infância tão fortes que conseguia descrever para ela em detalhes os objetos de uma estante. Mas, à medida que a pilha de blocos do templo crescia em torno deles, nem mesmo Jean conseguia evitar o que depressa se tornou para Avery mais que ansiedade: uma desapropriação.

Ele esperara que o resgate do templo viesse a ser um antídoto, uma compensação para o desespero da construção da represa. Tinha imaginado um rito de passagem, uma peregrinação, um argumento que seu pai teria respeitado. Em vez disso, sentia que a reconstrução era uma profanação ainda maior, tão falsa quanto redenção sem arrependimento.

— Existem sementes — disse Jean, fazendo Avery dormir — que são cobertas com cera, que podem sobreviver na água sem germinar; como o lótus, que, segundo se sabe, sobreviveu no fundo de um lago durante mais de mil e duzentos anos e brotou de novo; sementes que conseguem se conservar até em água salgada, como o coco que atravessa o oceano inteiramente protegido, um globo de pedra, e é jogado à praia onde vai enraizar. Existe uma planta, uma espécie de acácia, que continua viva mesmo quando todas as suas sementes foram comidas e não resta nada além da casca; depois que as formigas a esvaziam, o vento sopra dentro e ela assobia...

O deserto era uma imensidão, o rio, outra. Nos montes além do barulho do campo, Jean e Avery olhavam para a terceira imensidão, as estrelas.

A importância do lugar: um caminho gasto no jardim em Hampton Street, o leito seco do rio, um quarto de hotel. A inclinação atrás da casa de Avery em Buckinghamshire, uma paisagem que sua cabeça ainda conhecia visceralmente.

Jean levou Avery até um pouco mais alto na encosta. Pararam junto a umas pedras espalhadas. Ao lado dele, olhando o rio que corria à luz branca dos geradores, ela disse:

— Este lugar exato onde estamos é onde você ficou sabendo que vamos ter um filho.

E sorriu do rosto perplexo de Avery.

Com sete semanas, cem mil novas células nervosas são formadas no cérebro a cada minuto; ao nascer, são cem bilhões de células. Metade dos cromossomos de Jean tinha sido descartada para formar seu "corpo polar". Com oito semanas, cada órgão do filho deles existia; cada célula tinha seus milhares de genes.

Ao longo dos meses, o bebê continuou a aumentar e enrijecer toda a superfície dela; e Jean sentia que não apenas seu corpo, mas sua mente estava mudando de forma. Ela imaginava assumir seu lugar ao lado das mulheres núbias, a barriga uma lua branca ao lado do belo negrume inchado das outras mães. De repente, a fadiga a dominava; uma vez, ela não conseguiu chegar até a loja do acampamento e teve de sentar à sombra do gerador, com tamanha sede que podia beber o céu. Adormeceu sentada, encostada na máquina, as pernas pesadas na areia. Não dormiu muito, talvez quinze minutos, e acordou envergonhada. Tinha sido indecoroso e ficou aliviada de ver que não havia ninguém por perto.

Quando Jean se mexeu para levantar, encontrou a seu lado uma jarra de água. Só então notou a longa trilha de *gargara* a toda sua volta na areia.

No dia seguinte, um operário núbio que ela não reconheceu foi até a casa-barco; com ele, havia uma mulher.

— Meu marido não está — disse Jean.

O homem também estava envergonhado. Acenou com a cabeça na direção da mulher a seu lado.

— Vim por causa da minha esposa. Ela quer que eu conte para a senhora que viu a senhora e que a senhora não é como as outras esposas. A senhora está sempre sozinha. Ela quer que eu conte que foi ela que levou a água ontem quando a senhora estava dormindo. Ela vê que a senhora logo vai ter criança. Ela quer que eu diga que quando a criança nascer ela pode ajudar a senhora.

A jovem ao lado dele sorria abertamente. Era jovem, pelo menos dez anos mais nova que Jean. A visão de seu espírito jovem trouxe lágrimas aos olhos de Jean. Levou alguns minutos para o homem processar sua consternação diante da emoção de Jean, mas logo estava tudo acertado e a moça e Jean conversavam por intermédio da tradução do marido.

— Uma semana depois que a criança nascer, tem de ser levada até o rio. A gente tem de levar a *fatta* e comer na margem do Nilo, mas não tudo: tem de repartir com o rio. Tem de acender o *mubkhar* e erguer a criança em cima sete vezes. Depois tem de lavar a roupa da criança no rio e trazer um balde de água do rio para casa para a mãe poder lavar a cara. A criança tem de ser carregada em cima da *rubaa* de tâmara e trigo e todo mundo diz a "*Mashangette, mashangetta*" e passa a criança em cima da comida boa sete vezes. Depois, e isso é o mais importante, a mãe tem de encher a boca com água do rio e despejar da boca em cima da criança. Só quando a água do rio escorrer da boca da mãe em cima da criança é que a criança vai estar protegida.

— Você faria isso tudo por mim? — Jean perguntou, controlando as lágrimas.

A mulher pareceu muito contente e de repente triste. Falou com o marido.

— Faz, sim — o homem garantiu. — Ela vai ser como se fosse sua mãe e protege a criança.

Jean passou a acordar inquieta, o corpo estranho a ela, na noite. Avery a distraía com histórias da infância de seus primos e de tia Bett. Ele ajoelhava nu nas cobertas e dramatizava.

— Uma manhã, sem nada para fazer a não ser esperar o almoço, sentamos na grama alta e falamos sobre o irmão de tia Bett, tio Victor. Por alguma razão tínhamos um fascínio mórbido por ele, e era geralmente Owen quem nos provocava.

Avery imitava a inclinação de cabeça malandra de Owen.

— "Dizem que ele morreu quando um livro caiu da estante da biblioteca na cabeça dele e ele perdeu os sentidos."

"Que livro era?", eu perguntei.

Owen suspirou com desprezo.

"Que diferença faz?", perguntou. "Não é isso que interessa, é?"

Owen, Avery explicou, ficava perturbado porque um homem que sobrevivera como soldado na Grande Guerra não podia morrer de modo tão pouco heroico.

"Claro que interessa", eu protestava. "Que livro você escolheria para matar você?"

Durante um momento de silêncio nós todos consideramos a pergunta.

"A Bíblia, acho", Tom disse.

"Ah, não seja tão melodramático", disse Owen.

"Eu escolheria os *Sonetos portugueses*, da Browning", disse Nina.

"Não é grosso a ponto de matar", eu disse.

Então, ouvimos minha mãe chamando e, como sempre, Owen, sendo quase oito anos mais velho, teve a última palavra.

"Eu escolheria a *Anatomia de Grey* ou uma enciclopédia médica, só para o caso de haver uma pequena chance de me ressuscitar..."

Jean riu.

— "Agora a gente pode brincar de ilha Dessert"* — Nina dizia como sempre quando tinham tirado a mesa. Nós chamávamos assim — disse Avery — porque era a nossa brincadeira enquanto esperávamos o pudim, fosse qual fosse naqueles dias. "Eu sou a primeira", disse Nina uma vez, "porque andei pensando e tenho uma boa. Se eu pudesse levar só uma coisa para uma ilha deserta, eu levaria agulhas de tricô."

Avery imitou os meninos rolando os olhos.

"Só uma menina para pensar numa coisa tão ridícula", disse Owen. "Que desperdício de desejo."

"Para que serve isso?", perguntei para Nina, sem grosseria. "A lã ia acabar depressa e você não ia ficar com nada."

"Como assim?", Nina disse, indignada. "Teria um bom suéter ou cobertor quente e ainda teria as agulhas. E daria para usá-las para uma porção de coisas..."

"Como lança para espetar um javali selvagem", Tom sugeriu. Ele era um antes do mais novo e sempre defendia a irmã.

"Ou para fazer buracos para plantar sementes", disse Nina.

"E limpar embaixo das unhas depois", acrescentou Tom.

"Mas não ia precisar limpar as unhas se usasse as agulhas para fazer os buracos", eu disse.

Minha mãe e tia Bett aprovavam essas discussões. "Ora, isso

* Dessert Island [Ilha da Sobremesa] no original, soa muito próximo de "*desert island*" (ilha deserta). (N. T.)

é que é pensar direito", diziam, animadoras. Ou "talvez a gente pudesse repensar isso aí".

"Ou podia usar a agulha para furar um suflê", disse Owen, sarcástico.

"Um suflê!", Nina gritou. "É, pode ser que tivesse ovos de avestruz na ilha!"

"Ha, ha, ha!", os meninos todos riram.

"Tudo bem", disse tia Bett. "Agora basta. É uma ideia muito boa, agulhas de tricô, Nina... e pode, sim, haver ovos de avestruz na ilha."

"Ha, ha, ha!", Nina riu.

— Sua família parece coisa saída de uma história para crianças — disse Jean.

— Exatamente — disse Avery. — Acho que minha mãe e tia Bett conversaram e resolveram que seríamos todos crianças de livros. Estavam decididas. Nós, crianças, éramos o esforço de guerra delas. Por que não? Tem todos aqueles outros manuais do proprietário, o dr. Spock e tudo, por que não Arthur Ransome ou T. H. White? Devia funcionar. Para criar adultos valentes, virtuosos, pensantes, só era preciso dar a eles uma missão comum...

— E uma barra de chocolate e uma lanterna. Ah — disse Jean —, isso explica tudo.

— Achei que todo mundo era criado numa família como a nossa — disse Avery. — Foi um choque descobrir que não era assim.

— Sua tia Bett teve uma infância triste? — Jean perguntou.

— Todas as infâncias são tristes, comparadas com a minha — disse Avery.

Então Avery contou a história do aniversário de oito anos de Nina.

— Quando chegou o pacote de aniversário do pai de Nina,

que estava na RAF, destacado para uma localização secreta, ela ficou com a caixa de joias no colo, olhando a bailarina ganhar vida cada vez que ela abria a tampa. Nina, então, ficou sentada imóvel com uma terrível saudade. Eu imaginava sempre que Nina era minha irmãzinha. Tentei olhar a caixa do jeito que meu pai teria olhado; ele teria contado para ela quem esculpiu a bailarina, as mãos da pessoa que colou a gaze rosa do tutu nas longas pernas de madeira da moça, quem teria colocado o feltro em torno da laca preta. Quem era o homem ou mulher que havia martelado os preguinhos de latão na madeira... Peguei a mão dela e levei Nina para a sala, onde ficava o rádio. Estava começando o concerto noturno. A Orquestra Sinfônica de Londres. Nina, que era surda de um ouvido, costumava sentar ao meu lado, o ouvido inútil enterrado na mão e o ouvido bom aberto para o som. Ela prendeu o cabelo atrás dessa orelha, para que nenhuma mecha interferisse na música.

"Aqui estamos nós no campo", eu disse para ela, "ouvindo uma orquestra de Londres e um violinista da Rússia que estão de verdade em um salão de concertos na Holanda. Isso é a eletricidade. Todos esses músicos a centenas de quilômetros daqui, tocando para nós de uma caixinha de madeira na nossa casinha no campo."

Nina suspirou. "Me fale outra vez de Maria Abado."

"Todo pássaro noturno enxerga o fantasma de Maria Abado. Se ela estiver aqui, os pássaros nos dizem. No mundo inteiro os pássaros se lembram dela e falam seu nome. Os cucos e os turacos, os rabos-de-junco, a poupa eurasiática, os tímidos surucuás, os grous e mergulhões, macucos, curiangos, gansos da neve, as andorinhas que migram pelo Mediterrâneo a bordo de navios. As cegonhas do Bósforo, a tetraz, a codorna turnix da Índia, a narceja africana. O tecelão dos povoados africanos, que constrói uma caverna de folhas de palmeira. A ave-do-paraíso de cabeça para baixo, a ave-do-paraíso das ilhas Aru. Maria nasceu numa aldeia do outro lado da montanha. Era amiga dos passarinhos desde menina e, quando morreu, virou santa padroeira deles."

"Ela era santa mesmo?"

"Não sei, mas os passarinhos confiavam nela, para compensar a confiança que ela perdeu."

"Por que ela perdeu a confiança? Por amor?"

"Só os passarinhos sabem. Mas dizem que todos os pássaros cantam a história dela, se a gente souber ouvir."

Jean, presa à cama pela fadiga e pelo peso da barriga, achava uma sorte o filho deles ter esses primos.

— Apesar de ficarmos todos muito próximos durante a guerra — disse Avery —, não vejo meus primos há muitos anos. Nina ainda mora na Inglaterra, mas Tom foi para a Austrália, onde faz alguma coisa na televisão. E Owen eu encontrei em Londres, não muito depois que meu pai morreu...

Nos encontramos por acaso, na Fulham Road. A última vez que eu tinha visto Owen também tinha sido por acaso, na matinê de um filme. Ele e a mulher, Miri, estavam sentados umas fileiras à frente, mas não consegui incomodar os dois. Estavam tão concentrados um no outro, tão apaixonados, que até mesmo observar os dois parecia uma intromissão.

Como sempre, Owen estava vestido impecavelmente, um sobretudo caro e luvas de couro. Mesmo quando estava começando, tão pobre quanto qualquer um de nós, o guarda-roupa de Owen era fonte de infindáveis brincadeiras. "Quantas pessoas você encontra num dia que jamais virão à nossa casa?", Owen dizia, se defendendo. "Mas o mundo inteiro vê como a gente se veste. Pode-se viver sem nada, nem uma cadeira, nem um bule de chá, até sem aquecimento! Mas eu vou me vestir como se tivesse todo o dinheiro do mundo. É uma coisa que minha mãe me ensinou, e eu sei do que estou falando, vocês vão ver, vocês vão ver." E Owen, advogado corporativo, nos fez ver mesmo.

"Como vai Miriam?", eu perguntei. "Da última vez que vi vocês dois juntos eu nem cumprimentei, vocês pareciam tão felizes, achei que tivessem escapado das crianças para um encontro a sós e não consegui interromper. Foi no filme *Anastácia*."

O tráfego rugia à nossa volta, a calçada em frente à Conran's lotada de compradores.

"*Anastácia* com a Ingrid Bergman?", Owen riu. "Foi na véspera de nos divorciarmos! Miri e eu queríamos passar um último dia juntos. Talvez tenha sido o dia mais bonito do nosso casamento, mais bonito até do que o começo, que é sempre tão sobrecarregado de expectativas tão apavorantes. Sabíamos o final, que é muito mais seguro do que um futuro. Então olhamos um para o outro e entendemos. Estávamos os dois tão contentes de saber que tinha acabado, por que incomodar as crianças com um pedaço de papel? No dia seguinte, dispensei os advogados e continuamos como antes. Toda aquela negociação tinha esclarecido completamente as coisas e estávamos livres por completo do desejo de ficar juntos. Podíamos, então, continuar separadamente sem incomodar as crianças: foi um plano de mestre. Então Miri fica na casa de campo e eu tenho meu próprio apartamento para estar 'perto do escritório' e ninguém precisa conversar sobre nada desagradável. Quando as crianças estão em casa nas férias, eu vou até a casa e depois 'volto para o trabalho'. Nunca fomos uma família tão feliz."

"Mas e se um de vocês quiser casar de novo?"

"Avery", ele disse, com paciência, "isso já está resolvido, não é? Eu vou estar sempre casado com Miri, só não quero ter nada a ver com ela. Não quero saber o que ela pensa nem o que ela faz. Com toda a certeza não quero ouvir nem mais uma palavra sobre as causas justas dela. Todo aquele levantamento de fundos para esta ou aquela obra beneficente. Eu dizia sempre para ela 'Não dá para fazer ao menos uma refeição em paz?' Mas", ele disse, abrandando, "ela gostava de um bom filme, ela realmente gostava de um bom filme, então passávamos muito tempo no cinema; ela era fantástica então, de fato inteligente, dava para ouvir o cérebro dela vibrando. Ela nunca, nunca, falava durante um filme."

Owen sorriu, não muito à vontade com suas lembranças. "Não percebe? Conheço Miri bem demais. As mesmas coisas que antes me incomodavam até o desespero agora me divertem. Nada que ela faz me surpreende, mesmo quando tenta me pegar desprevenido. As mesmas coisas que me irritavam até a loucura, agora que estou longe, me divertem, me enchem de compaixão, de afeto mesmo. Quando estou na casa, olho para ela, conheço cada gesto dela. Era a mesma coisa com meu pai" — tio Jack, acrescentou Avery —, "se íamos a um restaurante para jantar e havia uma variedade de batatas, toda vez, toda vez mesmo, quando a garçonete perguntava se ele queria cozida ou amassada, assada ou frita, ele hesitava, fazia uma pausa grave, como se estivesse realmente ruminando as possibilidades e, é claro, toda vez, toda vez mesmo, depois de um longo silêncio de expectativa, ele dizia: 'Amassada'. Como se houvesse de fato a possibilidade de ele dizer outra coisa. Durante quase vinte anos isso me deixou louco. Agora, é uma das lembranças mais caras que tenho dele. E se você me perguntar", disse Owen, "esse é o maior segredo da vida. É disso que estamos falando quando reclamamos de amor. Essa pessoa é que era ele, entende; essa é Miri, entende? E não tem absolutamente nada a ver comigo!"

Owen ria, praticamente explodindo de alegria.

"Quando penso no quanto eu ficava zangado", Owen continuou, "que perda de tempo. E quando Miri abre a boca para começar a reclamar, de um mau motorista de táxi que a ofendeu a caminho das lojas dois anos antes, ou do caixa do banco ou da mulher do comitê número cento e quatro — todos os estranhos que tanto a perturbam, e com quem ela raramente encontra uma segunda vez —, quando ela começa a reclamar, eu agora me sinto inundado de amor por ela, de verdadeira compaixão e afeto, e consigo balançar a cabeça, estalar a língua e dar tapinhas em sua mão para ela se acalmar, sabendo afinal que isso é tudo o que ela quer que eu faça, foi sempre tudo o que ela quis que eu fizesse. Ah", disse Owen, rindo de novo, "sou tão feliz agora!"

Ele então me examinou — Avery reclinou-se e apertou os olhos imitando.

"É a mesma coisa com você", disse Owen. "Aqueles anos todos, quando éramos estudantes, sempre que nos encontrávamos você olhava para mim tão compenetrado, tão sério, e me perguntava como eu estava. Aquilo sempre me irritava. Agora eu vejo que o que você de fato estava perguntando não era 'como vai você?', mas 'você está apaixonado?'. Era isso que você realmente queria saber a meu respeito, e você tinha razão, é a mesma pergunta. Agora eu entendo, olho nos seus olhos agora mesmo e vejo que você está certo, vinte anos depois. E agora, sempre que pensar em você, é disso que vou me lembrar e isso vai me fazer sorrir. É só disso que precisamos nesta vida: encontrar o traço único em cada amigo, aquela característica realmente essencial, e depois amá-los por isso. Quando minha mãe conferia a porta para ver se estava trancada, mesmo depois de ter conferido dez vezes, mesmo quando afinal se sentava no carro, no lugar do passageiro ao lado de meu pai indulgente, mesmo assim ela sempre saía e conferia a porta mais uma vez, e não bastava ver meu pai fazer isso, tinha de fazer ela mesma. Como isso me fazia rilhar os dentes, eu ficava esperando no banco de trás literalmente rangendo o maxilar. Mas ela havia sido criada sem ter nada e agora possuía uma bela casa cheia de coisas boas, claro que ela queria ter certeza de que a porta estava fechada. Quem em seu juízo perfeito iria confiar em tamanha sorte? O importante não é ela conferir a porta, mas ela ter sido um dia tão pobre e nunca, nunca se esquecer disso. Seria preciso um coração de pedra para não se comover com isso. Pense em toda a raiva que eu desperdicei nas fechaduras quando devia estar pensando em pobreza.

"Mas com a verdade é assim, ela nunca está na mesma sala que você, nunca no banco de trás junto com você, nunca presente quando você precisa. Ela sempre aparece anos depois, como um pássaro aquático que mergulha num ponto do lago e vem à tona em outro. Você tenta agarrar a verdade com as duas mãos e ela aparece atrás de você...

"E agora estou atrasado. Vou me encontrar com uma mulher num restaurante no campo e leva pelo menos uma hora para chegar lá."

Owen entrou no carro e ia dar a partida quando eu bati na janela: "Como vai Nina?".

"Do mesmo jeito", disse Owen. "Ela chora por qualquer coisa que não tenha um lar. E, apesar de só ouvir com um ouvido, acha que escuta tudo." Owen balançou a cabeça para si mesmo, já pensando no tráfego.

"É", disse Owen, esperando sua hora de partir, "está escrito na sua cara. Quando você pergunta como vai alguém, o que está perguntando de fato é 'você está apaixonado?'."

Agora, havia reuniões relativas à iluminação e à ventilação dos templos reconstruídos, fatores a serem planejados na construção das cúpulas de concreto. As cúpulas seriam cilíndricas sobre a frente do Grande Templo, expandindo-se gradualmente para uma esfera; nenhuma parte da cúpula podia tocar o templo, temendo-se que qualquer pressão durante o assentamento do rochedo pudesse danificar os tetos frágeis. Cada cúpula era capaz de sustentar o peso de cem mil toneladas métricas de rochedo.

— Meu pai e eu — disse Avery, insone ao lado de Jean na noite, a pele da barriga saliente dela seca, quente e lisa como barro — ficamos parados juntos debaixo da chuva escocesa, com nossas botas de sola grossa; ele via grande conquista da engenharia humana onde eu agora via força bruta, tacanha, e a submissão do rio. Essa diluição da fé tinha sido tão gradual, não sei dizer quando começou, mas o momento me chocou. Eu amava e admirava tudo em meu pai, a sólida realidade sensual dele: seu cheiro de lã molhada e fumaça de cachimbo, o volume do corpo dele, seus bonés de lona ou de *tweed*, sua autoridade que, até hoje, me enche de assombro. E, mais profundo que tudo, embora eu não tivesse palavras para isso quando era criança, o que vim a entender foi seu completo envolvimento com tudo o que via, com cada lugar aonde ia e cada pessoa que encontrava. Eu o observava agachado, cavando a terra, sentado a mesas de homens de negócios ou na grama com crianças, pedindo a opinião de estudantes, de professores, fazendeiros, prefeitos... e dos animais e pássaros da fazenda! Ele tinha curiosidade por todas as coisas vivas ou inanimadas, naturais ou feitas pelo homem; nos grandes vales da Escócia, nas cidades montanhosas da Itália e da Índia, nos pântanos da Etiópia e de Ontário, nos comícios e sozinho no deserto, eu via que ele era capaz de achar o seu jeito de participar em qualquer local. Observava enquanto ele ruminava, esclarecendo as coisas, observando vários elementos se combinarem e recombinarem. Ele desdobrava mapas sobre os joelhos, abria plantas em cima de mesas de campanha, e eu ficava olhando enquanto ele alterava a paisagem com um toque do lápis, redirecionando rios e estrangulando cascatas, levando florestas ao deserto e esvaziando lagos inteiros. Alterando plataformas de água de milhões de anos. E eu queria remover as represas como um ponto num tecido, levar alento à garganta sufocada, devolver toda a água com um simples roçar da borracha, devolver as casas, os túmulos, os jardins, as pessoas. Ele ficava sentado ao meu lado e agarrava meu braço, excitado. Me levava com ele aos pátios de obras, a reuniões em barracões Quonset e a restaurantes caros, às primeiras explosões de rochedos, a cerimônias de inauguração.

Meu pai olhava uma ponte e era capaz de ouvir seu murmúrio. Sabia ouvir o assomar de forças, a urdidura e a trama de estresses se chocando na extensão. Era instintivo, uma intuição. Mas não é assim para mim — disse Avery. — Eu tenho de trabalhar o tempo todo. Não está na minha pele. Sou como um pianista que tem de observar continuamente as mãos. Sempre quis sentir o que ele sentia. Quando menino, queria estar ligado a ele, provar a nossa ligação. Sentia que eu sempre amaria meu pai mais do que ele me amava. Não sei por que sentia isso. Ele queria que eu estivesse com ele aonde quer que fosse; queria me mostrar tudo, me ensinar.

— Você queria que ele sentisse orgulho de você — disse Jean. — Talvez não conseguisse perceber quanto ele queria que você tivesse orgulho dele.

— Meu pai sabia desenhar de verdade, tinha a mão brilhante. Dava para sentir a estrutura dentro da máquina, sentir como uma coisa funcionava. Mas, quando tentava pintar paisagens, minha mãe dizia sempre que dava para sentir as imensas forças G. I., gravidade e inércia, mas ela dizia também que faltava alguma coisa, alguma coisa que ele não conseguia nunca captar: de alguma forma aquilo não respirava, ela dizia; não havia oxigênio, não havia vento nas paisagens dele, como se estivessem debaixo de um vidro. Ele percebia isso também, mas parecia não conseguir nunca fazer nada a respeito. É a mesma sensação que se tem diante de pinturas de animais selvagens; de alguma forma eles nunca parecem reais, mesmo quando cada detalhe é incrivelmente preciso, e, bem, isso é porque ninguém consegue chegar muito perto de um animal desses em seu próprio ambiente, nunca se pode experimentar esse tipo de detalhe na realidade. Sentimos sua vivacidade precisamente porque eles se movimentam tão depressa ou estão longe demais para captarmos esses detalhes. A convenção sempre me irritou, quando eu era jovem ficava indignado com ela, não dá para ficar tão perto de um puma, a cinco passos de distância, na natureza; não poderíamos nunca pintar um puma no seu penhasco ao vivo. Eu costumava gritar com minha mãe por causa disso. De ser impossível um retrato porque a relação entre o observador e o sujeito era impossível. Uma foto é possível, mas não uma pintura. E, bem, mesmo parecendo que eu me desviava da questão, de alguma forma a pintura de meu pai sempre dava essa sensação também, como se houvesse alguma coisa não inteiramente real nela, enquanto as pinturas de minha mãe... bem, elas eram reais demais.

Jean rolou para longe de Avery e ficaram sentados juntos na beirada da cama. Ela ouviu os caminhões crepitando encosta acima.

— Eu tinha pavor de ficar sozinho no estúdio dela — disse Avery —, mesmo assim queria ver. Dá para ficar olhando um pedacinho das florestas dela por quinze minutos e ainda não enxergar tudo o que tem ali. É tinta esfaimada. Uma fome sem fundo. Era tão perturbador quando eu era criança, saber que aquelas imagens eram feitas por minha própria mãe, que de resto era pragmática, direta e tão divertida, como se só viver, caminhar, lavar roupa, cozinhar fosse uma festa... Jamais consegui juntar os dois pedaços dela. Só mais tarde, quando comecei a estudar história, foi que entendi de verdade que esse pesadelo não era apenas dela, mas do mundo... e só então começaram a fazer sentido algumas coisas que eu tinha ouvido, e escutado sem querer, quando criança... Na primeira manhã em que estive sozinho com meu pai depois da guerra, só meu pai e eu, sentamos no monte e ele falou de impostas durante horas. Impostas! Eu adorei a palavra, era um vinho, o vinho dele, ele estava me tratando como adulto, era como tomar o primeiro drinque com ele, pai e filho. Ficamos sentados no lugar que me parecia sempre meu lugar particular, eu tinha andado por aqueles montes durante horas, havia passado muitas e muitas tardes sozinho olhando a luz se deslocar pela paisagem, o sol se pôr, na chuva durante o inverno, e conhecia cada buraco de bicho na relva. E agora ali estava com ele, naquele lugar, e podia mostrar tudo para ele, e ele podia deitar na terra e esticar as pernas com um grande suspiro, falando até se fartar de impostas e pedra de Coade e ferrovias pneumáticas. Foi uma bênção esse dia. Eu fiquei tão excitado de estar com ele, tão tímido com ele, queria tanto que ele me conhecesse, e ele olhava com tanto cuidado para tudo o que eu mostrava, levando tudo tão a sério: os ratos do campo, as nuvens. Foi uma tarde perfeita. Foi a primeira vez que eu entendi que a guerra tinha realmente acabado. Pensei que ia ser a primeira de muitas tardes, mas nunca mais houve outra tarde como aquela. Aquela foi a única. Estávamos tanto na companhia um do outro, e havia retalhos de tempo solitário que passávamos juntos nos projetos dele: meia hora aqui ou ali, mas nunca mais aquela tarde sem fim se desdobrando em que senti que ele não queria estar em nenhum outro lugar, mas sim ali comigo.

Eu quero sentir o que meu pai sentiu — Avery repetiu, sentado à beira da cama deles no Nilo —, o que os *marmisti* sabem, o que o cego sabe quando está no colo de Ramsés. O que minha mãe chama de "conhecimento da carne". Não basta sua mente acreditar em alguma coisa, seu corpo tem de acreditar também. Se eu não tivesse visto esse prazer especial em meu pai quando eu era criança, talvez não sentisse falta dele agora. Mas sinto. Posso imaginar o que sente um químico quando olha num microscópio, como a cabeça dele pode praticamente tocar o que vê. Ou um físico que pode sentir uma equação arrancando moléculas ao longo do corte, como se arranca um naco do pedaço de pão. Ou a tensão num menisco. O entendimento mais próximo disso que tenho é quando olho um edifício. Sinto as consequências de cada escolha; como o volume funciona, como o edifício come o espaço que habita, até como ele contém suas ruínas.

— Em Ashkeit — disse Jean — eu tive um vislumbre do que você está dizendo.

À menção de Ashkeit, Jean sentiu Avery se entregar.

— Eu quero estudar arquitetura — disse Avery. — Me sinto como um aprendiz que passa décadas aprendendo a desenhar um braço ou uma mão humana antes de ter permissão para pegar um pincel. A gente tem de aprender a desenhar ossos e músculos para a carne parecer real. A engenharia é essencial... Mas eu quero muito pegar um pincel.

Meu pai ficou tão contente de eu querer ser engenheiro, como o pai dele. Era como se não tivesse importância ele ter passado todos aqueles anos longe quando eu era criança.

— Bom — disse Jean, devagar —, você vai continuar sendo engenheiro... mas um engenheiro com um pincel.

Avery reclinou para trás, os pés ainda no chão. Jean olhou os ossos do rosto dele, viu como as roupas estavam folgadas no corpo dele, viu a exaustão que tinha penetrado tão fundo nele que era quase um cheiro. Ele estendeu o longo braço fino, músculos e tendões, e ela se deitou também, como ele, atravessada na cama.

Ela pensou que nunca se acostumaria com sua sorte, de

deitar assim ao lado dele, daquele... escrupuloso... perene... Avery-est Escher.

Ela ouviu as Bucyruses guinchando na areia; uma voz gritando em grego, uma resposta, talvez sem compreender, em italiano. A voz chorosa de uma criança numa casa-barco rio abaixo: "*J'ai soif...*". Os holofotes se infiltravam pelo convés abaixo, um vago rebrilhar. A fábrica do grande deserto não parava nunca.

— Quando ele morreu, fiquei sentado, olhando o rosto de meu pai — disse Avery. — Segurei as mãos dele. Minha mãe se deitou com o rosto encostado no dele, e o lado dele onde ela estava deitada estava quente. De início, havia uma sensação de paz palpável no quarto, uma leveza tão absolutamente inesperada. E então, depois de algum tempo, olhando o corpo dele que não tinha mudado nada por fora e no entanto estava completamente mudado, o simulacro me pareceu quase blasfemo, uma violação.

Avery olhou para Jean. O cabelo dela estava caído sobre os braços nus, um borrão de sombra. Em que momento a transubstanciação havia ocorrido, em que momento durante seus anos juntos, aquela mulher, aquela Jean Shaw, tinha se transformado em Jean Escher? Ele sabia que não tinha nada a ver com casamento, nem mesmo com sexo, mas de alguma forma tinha a ver com toda essa conversa, essa conversa que tinham desenvolvido juntos.

— Quero construir o quarto onde eu gostaria de ter nascido — disse Avery.

Jean sentia o calor do braço de Avery embaixo de suas costas, um fio de calor.

— Talvez não seja seu pai que machuca tanto — disse Jean.

— Minha mãe nunca me deixava entrar em seu estúdio quando eu era criança, mas às vezes eu entrava escondido... e sempre me arrependia depois. Mas não pode ser minha mãe que me assombra.

Quando Jean achou um jeito de responder (os vivos nos assombram de maneiras que os mortos não conseguem), o perene Avery Escher estava dormindo.

Ainda estava frio e escuro sob o convés, mas Avery sabia que os homens já estariam falando sobre as fogueiras e que logo ele teria de se levantar. Jean, acordada também, estava esticada a seu lado e puxou o cobertor até o queixo.

Avery inclinou-se sobre ela.

— Jean, o que eu disse sobre tristeza... o que eu quero dizer é que um edifício e o espaço que ele tem devem nos ajudar a viver, devem permitir atentar para as coisas; não sei nem como falar disso, que palavras usar; só que alguns lugares tornam certas coisas possíveis ou mesmo prováveis, para não ir tão longe a ponto de dizer que um lugar pode criar comportamento, mas é cúmplice de algum jeito. Existe diferença entre tornar possível e criar um acontecimento? Determinado tipo de ponte pode criar seus suicidas? Sei que quando estou em um edifício grande sinto uma tristeza mortal, e isso é tão específico que, quando saio do edifício (uma igreja, uma prefeitura, uma casa) e vou andando de volta para a rua, vejo tudo à minha volta com uma clareza que só a experiência do edifício pode me atribuir.

E o que eu disse sobre construir o quarto em que eu queria ter nascido — Avery continuou —, o que eu quero dizer é que seria um lugar para renascer...

Jean pegou a mão de Avery. Perguntou a si mesma onde o filho deles nasceria: no hospital de campanha em Abu Simbel, num hospital mais bem equipado no Cairo, ou em Londres, talvez com a tia Bett de Avery por perto. Ainda havia tempo para decidir, mas talvez Londres fosse melhor, talvez Marina pudesse vir; por um instante, ela repousou no prazer dessa possibilidade. Mas sabia que Avery não ia querer estar longe do templo nos primeiros meses da reconstrução.

Avery leu a apreensão no rosto de Jean.

— Por favor, não se preocupe — ele disse. E depois, com um choque de pânico: — A gente resolve.

Depois da evacuação de Wadi Halfa, os engenheiros se dirigiram a Assuã e Cartum para comprar suprimentos.

Jean e Avery voaram de Cartum de volta para o acampamento, acompanhando o Nilo, as margens manchadas de verde onde o rio prateado havia transbordado.

Na aldeia de Karina, o colorido vivo terminou de repente e, adiante da cidade, como se a história humana tivesse parado também, o eterno arenito amarelo do deserto núbio. Eles foram zunindo no ar claro, nenhum movimento lá embaixo a não ser a sombra do avião e o círculo fantasmagórico da hélice. O piloto virou ligeiramente, de forma que Jean e Avery puderam olhar para trás. A planície de aluvião se espalhava atrás deles, longa, verde e generosa. Seguiram mais adiante no deserto que os núbios conheciam tão intimamente como seus próprios corpos e os corpos de seus filhos.

Cada vez que Jean ia a Wadi Halfa, ela e Avery desembarcavam no aeródromo e seguiam a estrada de areia branca e áspera até o Nile Hotel. Passavam os morros marrons, os rochedos debruados de areia, soprados pelo vento de inverno por milhares de quilômetros, milhares de anos. A sacada de seu quarto de hotel dava para o pátio ferroviário e eles se sentiam imediatamente em casa com o ruído incessante dos metalúrgicos.

Mas não aterrissaram, em vez disso circularam no alto e viram que a cidade estava tão imobilizada quanto os morros circundantes. A sombra deles caiu sobre as casas, riscou as ruas abandonadas. Tão vazia e tão parada estava Wadi Halfa que Jean começou a sentir que a cidade não era real.

Então, de repente, as pedras da rua começaram a saltar, a calçada passou a se mexer, a deslizar para a frente e para trás, o solo marrom irrompeu, borbulhou, ferveu, rocha e areia explodiram em vida.

— O que é isso? — Jean gritou. — O que é isso?

O solo se mexia tão depressa que ela quase ficou enjoada de olhar.

— Devem estar morrendo de fome — gritou o piloto. — E agora vão ser deixados aí. A água virá e eles vão se afogar.

Ele começou a rir, um som amargo, perplexo, horrível.

Jean olhou para ele assustada.

— Quem? — Jean gritou. — Quem vai se afogar?

— São cachorros! — ele disse.

Jean olhou para baixo, o solo fervilhante.

— Só cachorros! — o piloto gritou.

Havia um garotinho no acampamento: ele não era de ninguém. Ganhou o apelido de Macaco: nome nascido da irritação e do afeto. Estava por toda parte, correndo, pendurado de cabeça para baixo, mexendo em ferramentas e cordas. Os engenheiros não tinham paciência com ele e os operários o empurravam. Ele saltava, se pendurava, se agachava. O cozinheiro lhe dava comida para que ele não roubasse.

Jean viu o menino pela primeira vez quando foi à loja do pátio de obras. Ele estava escondido debaixo de uma mesa, se protegendo do sol. Havia algo errado nele, nos ossos dele. As costas eram tortas. Mas ele era ágil e gracioso e tinha um rosto vivo, expressivo. Os pelos nos braços e no pescoço eram finos, como a pele de um pêssego. Tinha dentes grandes demais, uma boca cheia de caroços.

Desde o momento em que o viu, Jean quis dar alguma coisa a ele.

— Nós não gostamos de pensar em medos infantis — disse Marina uma tarde, nas semanas que passou sozinha com Jean. — Ignoramos esses medos para nos concentrar em sua inocência. Mas as crianças são próximas da tristeza, mais próximas da tristeza do que nós. Elas sentem a tristeza, sem diluição, e depois gradualmente crescem e se distanciam desse conhecimento carnal. Elas sabem tudo sobre o terror das florestas, sobre a bruxa-mãe, sobre coisas enterradas e nunca mais vistas de novo. Em cada medo infantil existe sempre o medo de uma coisa pior, da perda da pessoa que elas mais amam.

Eu venho de um país em que os homens imploravam não por suas vidas, mas por não serem mortos na frente dos filhos. Onde as pessoas, comuns sob todos os aspectos, aprenderam o que significa olhar o rosto de um homem que sabe que vai tirar sua vida. Onde as pessoas tinham medo de fechar os olhos e também medo de abrir os olhos de novo. Claro, isso é verdade para muitos outros lugares no mundo. Depois, no Canadá, um colega de William me disse assim: você devia pintar essas coisas. E eu disse que não, não quero dar um chão para essas coisas, um outro lugar onde lançar raízes.

Mesmo no horror, há gradações. E é aí que o detalhe mais importa, porque a gradação é a única esperança. E é isso que mantém um homem vivo até o último segundo. Saber que, se ele perdeu uma perna, pelo menos não foram as duas. Ou, se perdeu os dedos, pelo menos não foi o braço. Para viver um momento mais. Muitas vezes, isto é que é a crença: o último recurso.

Depois da guerra, eu pintei para crianças que não viam nada além de terror em qualquer coisa que eu pintasse, por mais inocente que fosse a cena. Uma vez que a criança conheceu isso, ela não consegue ver nenhum lugar, nenhuma sala, sem terror dentro dela. Mesmo que não possa ser visto, ela vê; ela sabe que está escondido. Agora eu pinto para crianças que não conheceram isso; tento pintar coisas bonitas, armá-las com imagens para o caso de elas precisarem disso. De forma que uma parte dessa beleza possa um dia se transformar numa lembrança, mas que seja apenas uma figura num livro. De forma que, mesmo que essa criança cresça e vire um assassino, ela possa de repente reconhecer em si mesma alguma coisa quando outro homem implorar ser levado para fora para não ser morto diante da família.

Tenho muito poucos segundos para captar a atenção de uma criança. Não vou perder a chance.

Jean ficara sentada quieta, ouvindo, olhando para baixo.

— A gente faz recortes — disse Jean. — Acho que é isso que fazemos. São recortes que levamos conosco.

No mercado de Wadi Halfa, Jean tinha encontrado uma caixa de madeira (um dia, ela contivera três barras de sabonete Yardley) que agora guardava um sortimento de humildes tesouros que só podiam ter pertencido a uma criança: bolinhas de gude, uma bolota de carvalho, uma pena, um pedaço de cordão com uma conta amarrada numa ponta, uma fivela de cinto prateada, um canivete, algumas pedras polidas, cartas de baralho, uma chave. Doía segurar aquilo, ainda pertencia ao fantasma da criança. Mas ela não suportou abandonar a caixinha de bens na confusão do mercado, então a comprou.

De volta ao acampamento, passou a levar a caixa consigo, para o caso de encontrar o Macaco.

— Ah! — disse o menino e atirou o conteúdo na areia. Ficou olhando para ela e deixou bem claro que com toda a certeza ele não ia se abaixar na frente dela para pegar de volta. Um dos engenheiros egípcios que tinha visto a pequena cena se desenrolar veio até o menino e o pegou pelo ombro, mas o Macaco era forte, desvencilhou-se da mão do homem e foi embora correndo. O homem se abaixou. Jean não ia permitir que ele ajoelhasse por ela e caiu na areia, recolhendo o lastimável tesouro.

— Ele é selvagem. Devia ser castigado pela grosseria.

— Não, por favor — disse Jean. — Eu não queria ofender. Devia ter pensado que essas coisas não iam interessar a um menino da idade dele. O erro foi meu.

— O menino tem muita liberdade. Se fosse meu filho... Mas filho meu nunca ia se comportar desse jeito.

Jean estendeu a caixa para ele.

— Talvez seu filho se interesse por essas coisinhas.

O homem riu ruidosamente.

— Meu filho tem trinta anos!

E, pesarosa, Jean riu também.

Uma criança é como um destino; o futuro e o passado de alguém. Todas as histórias Jean contava à criança dentro dela quando passeavam pelo rio debaixo do céu sem profundidade... e a criança não entendia nada além do doce som da voz da mãe, um mundo inteiro. Não havia nada de que Jean não falasse durante aqueles primeiros meses de gravidez. Falou a ela sobre a neve canadense e as maçãs canadenses, sobre os barcos egípcios, sobre as técnicas de enxerto, topiaria e enfileiramento. Contou ao bebê como foram suas primeiras semanas com Avery e como eram as excursões de Avery com o pai dele, falou do motor atmosférico Newcomen, Fairbottom Bobs, que Avery visitou quando criança perto de Ashton-under-Lyne e o rio Medlock. O bebê aprendeu que a mãe de Jean fazia formas de animais na espuma do banho de Jean, que o pai de Jean lia para ela *Milly-Molly-Mandy e Mrs. Easter no trem*. Tudo era descrito, com deslumbramento e amor, para a criança dentro dela. A brisa do rio era diferente do vento que atravessava o deserto, e os dois se encontram no espaço poderoso da margem do rio. Jean ouvia o som dos barcos cruzando a água no escuro; nunca uma luz, os marinheiros navegavam por som. Jean sentava no escuro, também sem uma luz, e escutava; o sussurrar dos cascos, o peso do bebê, o mapa de estrelas.

Ela ficou na cama acordada. O volume agora pressionava a coluna. Um monte de terra. Ela ouviu Avery no convés e um momento depois ele estava na porta da cabine. Devagar, ele desamarrou as botas e jogou-as no corredor. O som revelava todo o seu cansaço.

Ele hesitou junto à cama, calculando se tinha energia para tirar a camisa. Ficou com ela.

Adormeceu quase no mesmo instante em que se deitou. Em seu rosto Jean viu não apenas exaustão, mas desespero. Ela tirou o lápis do bolso da camisa dele.

Jean acordou com Avery e, depois que ele foi para a cabana dos engenheiros, ficou sentada sozinha no deque, ainda meio dormindo, olhando o sol hesitar antes de irromper pela borda do monte, o tremular sobre o rio brilhante de cegar. Por alguns momentos apenas a cada amanhecer o céu cor de romã se abria ao meio com a malha de sementes ainda visível, as estrelas.

Ela ouviu um pequeno chape. Alguma coisa, algum conhecimento que o medo nos dá, de repente a fez olhar um pouco mais adiante rio abaixo. Viu o brilho do pano branco da camisa branca dele primeiro, uma cúpula de pano inchada na água escura. Ela correu em direção a ele e então viu as pontas ondulantes do cabelo encharcado flutuando e agarrou-o, puxou sua camisa, encontrou seus braços e puxou com toda a força. Ela estava gritando; podia ouvir a si mesma berrando quase fora de si, como se um terror que tivesse sempre por dentro, sem saber, acabasse encontrando sua expressão. Ela puxou até sua cabeça morena sair da água, ela podia ver isso mentalmente, podia ver a si mesma puxando-o para fora e pressionando sua barriga até a água esguichar dos pulmões, ela podia vê-lo abrir os olhos ao puxá-lo com toda a força animal que havia nela. Por fim, vieram vozes de longe. Ela continuou puxando, mas o menino era estranhamente pesado, como se alguma coisa prendesse seus pés e o puxasse de volta para dentro da água. Ela sentiu a força de repente desaparecer de seus braços e, chorando, viu a cabeça do menino afundar abaixo da superfície. Tão pesado. Os lábios dele sobre os dentes como se estivesse com a boca cheia de caroços. Então as vozes estavam bem atrás dela, os braços deles mergulharam na água e o Macaco foi retirado do rio, morto há muito.

No sonho, era claro que o menino tinha morrido antes mesmo de estar na água. E que Jean tentara salvar seu cadáver.

Mas isso também ela via no sonho: a visão da cabeça dele subindo da água e ela puxando-o para a margem, a água vertendo de sua boca, os olhos se abrindo, essa imagem tão nítida em sua mente que ela não conseguia afastá-la.

Alguns dias depois, o Macaco foi encontrado no fundo da pedreira. Ele vinha desafiando a sorte havia várias semanas, balançando numa corda estendida sobre o abismo. Só depois que o túmulo estava cavado foi que se deram conta de que ninguém sabia seu nome.

Avery e Jean sentaram-se no convés à luz do lampião, enrolados em cobertores, lendo — um laço de tamanha quietude entre eles que Daub quase foi embora sem parar para dar a notícia da morte do Macaco. Ele ficou só alguns instantes e depois Jean puxou sua cadeira para perto de Avery, na frente dele.

— O menino morreu no meu sonho — Jean sussurrou.

Avery levantou os olhos do livro e viu o rosto dela.

— Não é culpa sua.

Jean levantou-se, uma estranha expressão no olhar.

— Você ter sonhado — Avery repetiu — não faz você ser a culpada.

— Então para que serve a premonição?

Avery não tinha resposta para isso. Ele a puxou para si.

— Não é minha culpa, mas talvez eu pudesse ter evitado. Talvez ambas as coisas sejam verdade.

A lógica de Jean pairou à luz do lampião e permaneceu no escuro quando ela deitou na cama, e ainda estava lá na manhã seguinte e na outra; muitos dias depois, seu primeiro pensamento ao acordar: talvez ambas as coisas sejam verdade.

— Não é o calor — o médico do acampamento disse a Jean dias depois. — Às vezes alguma coisa dá errado e não era para o bebê nascer. Só isso.

Algumas mães dizem que sentem o momento exato em que o filho para de viver. Algumas sentem alguma coisa errada, ou sonham com a morte sem saber por quê; outras só notam depois, quando o movimento cessa, embora mesmo isso seja apenas uma sensação, porque, quando o bebê é grande, ele não tem mesmo mais espaço para se mexer no útero.

Não existe jeito seguro de induzir o nascimento. É melhor deixar o corpo tomar sua própria decisão, embora isso possa ser um perigo se o trabalho de parto for muito prolongado. Você pode ser obrigada a carregar o bebê morto por algumas semanas, talvez até mesmo um mês.

Avery pôs a mão na pele esticada onde ele sentira movimento durante tantas semanas e agora não sentia nada.

— Às vezes — disse o médico — simplesmente não era para ser.

Avery não conseguia evitar pensar: toda a água dentro dela e nosso filho morto.

— Está na hora de ir para o Cairo — disse o médico.

A jovem núbia que tinha se oferecido para abençoar a criança no Nilo mergulhou folhas de palmeira na água e envolveu a barriga distendida de Jean no frescor verde. As folhas removeram o calor da pele. De novo e de novo a mulher fez isso para ela, até que Jean adormeceu.

Não precisava um tradutor entre as duas mulheres agora.

Jean entendeu que tinha de ir embora; esperar seu momento no hospital do Cairo. Mas, em vez disso, durante dias, ficou no escuro na casa-barco. E Avery, embora ansioso e com medo, não conseguia negar esse direito a ela.

Ela não sabia como lamentar; não conseguia separar o corpo do bebê do seu próprio. O que havia sido uma vulnerável madurez, sua forma, ela sentia agora como deformidade. O peso de terra, agora uma criança esculpida em pedra.

Ela se lembrou de uma mulher de meia-idade de seu bairro em Montréal que ia para todo lugar andando para trás, a mãe velha sempre a seu lado, cuidando dela. O amor resignado no rosto da mãe ao olhar eternamente o rosto danificado da filha. Quando Jean era menina, essa imagem a assustava. Agora, vinte anos depois, um poço de pena se encheu em seu coração.

Ela sentou na cabine escura e não conseguia distinguir a diferença entre alma e fantasma.

Lembrou-se da moça de Faras, viajando no trem para sempre sem a mochila da mãe.

Trabalhando horas no convés, Avery não ouviu nada abaixo dele. Mas, quando desceu, descobriu que aquele não era o silêncio do sono, mas do desaparecimento. Jean estava sentada na cama, olhando o escuro; uma vigília. Quando ele tentou chegar perto, sentiu seu invisível arrepio ao toque. Como se ela tivesse dito em voz alta: meu corpo é um túmulo.

O piloto ficou parado a certa distância, esperando.

— Tem certeza de que tem de ir sozinha? — Avery perguntou.

— Tenho — disse Jean. O rosto de pedra, as lágrimas vazando. — Não sei quanto tempo vamos ter de esperar.

Ele se aproximou.

— Se chegar perto — disse ela —, não vou ter coragem de ir.

Passa-se um momento; com todas as suas possibilidades. Tudo o que o amor nos permite e não permite.

Avery sentiu dor quando viu a mão do piloto tocar o braço dela, ajudando-a a embarcar no avião.

Ninguém sabe o que dá início ao trabalho de parto. No fim, simplesmente os loucos hormônios são liberados.

Agarrada às mãos de uma estranha, uma enfermeira que ela nunca tinha visto e que nunca veria de novo, de repente Jean não acreditou que a criança estava morta. Ela correu ao encontro da dor, cada contração uma prova de que a criança lutava para nascer. Dentro da dor, Jean sentia uma insuportável determinação, quase um êxtase. Mas o bebê não saía. Durante todo o trabalho de parto, Jean não desistiu dessa nova noção, da sensação de que a criança estava viva. Ela sentia a presença de uma alma que voltara a ela, dominante, fartando-se do oxigênio de seu sangue. Hora após hora ela focalizou sua convicção direto na dor: uma força de vontade animal. Chorava de gratidão e alegria. E depois uma trêmula atenção quase sobrenatural, uma espécie de oração. A presença da criança encheu a sala, ela sentia a certeza do bater do coração da criança dentro de seu próprio sangue.

Na manhã seguinte, abriram seu corpo. O escalpelo fez um talho vermelho na parte baixa de sua barriga e espremeram para fora o bebê morto.

As enfermeiras enrolaram o bebê, uma filha, como se estivesse viva, em lençóis de algodão branco de cheiro doce, e esperaram a chegada de Avery. Jean segurou a cabeça afundada junto a seu rosto, apertou o bebê agora sem peso, e não soltava; o abraço que nenhuma enfermeira, nenhuma parteira ousava separar. Com infinita ternura, Jean aninhou as faces perfeitas que a morte pressionara com seus polegares.

As enfermeiras não iam tirar dela à força o bebê. Ficaram ali ao lado, as enfermeiras, Avery, diante do sofrimento de Jean. Não tinham como poupá-la; por diferentes razões, não conseguiam participar inteiramente daquilo. Havia um fio de cabelo, um fio de terror em sua empatia.

As enfermeiras iam e vinham, impacientes para levar embora a criança. O quarto escureceu; elas acenderam a luz, ainda esperando.

Avery sentou-se numa cadeira junto à cama. Quando por fim Jean adormeceu, ele tirou a filha dos braços dela.

No momento em que Jean acordou, ela gritou desesperadamente para uma enfermeira trazer de volta sua filha, a criança que tinha morrido duas vezes. Ela então viu a culpa, a desgraça, a traição, no rosto de Avery.

Depois, Jean não tinha como cuidar de si mesma; ficou no hospital, tão desanimada que não conseguia nem escovar os dentes. O leite desceu. Os seios ficaram duros. O bebê foi mandado para Montréal, onde Marina recebeu e enterrou a neta, Elizabeth Willa Escher, ao lado dos pais de Jean, no cemitério de St. Jerome. Jean não estava mais na ala das futuras mães inchadas de vida. Estava agora em um quarto com mulheres à espera, a distâncias diversas da morte; doença cardíaca, problemas renais. No Cairo, o calor pulsava contra as janelas na ala lotada do hospital. Em Montréal, o escuro, o frio, a chuva de primavera. Marina escreveu e perguntou se podia vir. Não, Jean respondeu, não venha.

Durante meses depois do nascimento, uma criança permanece no corpo da mãe; lua e maré. Antes que a criança chore, a mãe se molha de leite. Antes que a criança acorde e chore na noite, a mãe desperta. No fundo da câmara craniana da criança, o olhar da mãe tece as sinapses pendentes.

E, quando a criança é espírito, é exatamente a mesma coisa.

* * *

Durante vários dias Jean notou um velho sentado na escada quando ela voltava de seu lento passeio pelo jardim do hospital. Então, um dia, ela não desviou os olhos depressa o bastante para evitar o olhar dele.

— Você está andando um pouco melhor hoje — ele disse. — Por favor, sente comigo e descanse uns minutos.

Jean hesitou. Depois sentou no degrau abaixo do dele.

— Não, aqui, ao meu lado.

Jean sentou-se ao lado dele. Os dois se debruçaram sobre os joelhos na direção dos pés, como quem se debruça em um parapeito para olhar o abismo lá embaixo.

— Eu sei da sua criança — ele disse. — Perguntei de você e a enfermeira me contou. Mas agora estou falando daquele menino, aquele Macaco. Não pude deixar de ouvir você, com seu marido. Não tinha a intenção de ouvir, as pessoas sempre falam com liberdade do meu lado, mesmo os velhos tendo a maior necessidade de escutar.

Jean podia sentir o tremor dos braços e ombros do velho sentado a seu lado.

— Vamos imaginar que você tenha razão — ele continuou — e a vida dele estivesse, de alguma forma, nas suas mãos. Você foi mandada para ele e foi esse o propósito da sua vinda para este país. Talvez a sua vida inteira, cada escolha, fosse para conduzir você até o momento exato de encontrar o menino e salvar a vida dele. Mas, se assim fosse, você acha que depois de tantos anos de vida se preparando, seu destino ia falhar com você, ou você teria falhado com seu destino? E a sua filha? Quem sabe o que você está vivendo agora ainda seja o seu destino. E você ainda não sabe o que quer dizer.

— Eu não falhei — disse Jean. — Sinto isso por dentro, no mais fundo de mim.

Ela começou a chorar.

O velho continuou olhando os pés.

— Vazio não é falha — ele disse. A voz dele soava tão paternal que Jean não conseguiu controlar as lágrimas.

Com muita delicadeza, ele disse: — Você sente que foi castigada pela morte dele. Você tem de decidir: foi castigada por seu medo ou por sua fé?

Ele olhou para Jean.

— Eu fui castigado uma vez, por meu medo — ele disse —, e isso me destruiu.

Ele se inclinou para a frente, frágil e instável, apoiado na bengala. Mas ela não viu a fragilidade, ela viu força obstinada; quase coragem.

— O senhor não parece destruído — Jean disse, afinal.

— Certos desterros são tão profundos que parecem calma.

Jean sentiu dor no fundo de si, como se ele tivesse pousado a mão em sua barriga.

— Eu nasci em Colônia — disse o velho, cansado. — Vim para a Palestina em 1946. Meu pai era um soldado britânico que serviu na Índia antes de eu nascer. Meus pais se conheceram em Zurique. Sei rezar para os mortos em inglês, alemão, francês, guzerate, árabe, palestino, turco, japonês e chinês.

— Chinês?

O velho pareceu surpreso.

— É — disse ele —, mas isso é outra história. Por favor, não me peça para rezar. Essa alegria é o único segredo que me resta. E se ao rezar eu vejo alguma coisa que não tinha visto antes? Não, muito obrigado.

— Não fique bravo — disse Jean. — Falei bobagem. Desculpe.

— Não estou bravo. Fiquei pensando no que dizer para você desde a primeira vez em que vi você aqui. Na verdade, faz cinquenta anos que penso nisso.

Na sua desgraça você confunde o fado com destino. O fado é morto, é a morte. O destino é líquido, vivo como um pássaro. Tem consequências e tem mistério; e às vezes os dois parecem a mesma coisa. Todo o seu autoconhecimento não vai trazer nenhuma paz. Procure alguma outra coisa. De qualquer jeito, a gente nunca consegue perdoar a si mesmo, perdoar exige outra pessoa, e isso você pode esperar para sempre.

O velho se levantou instável sobre os pés. Pela primeira vez Jean se deu conta de que tinha as costas curvadas; quando ele se levantou, continuava olhando o chão. Ela sentiu vergonha; pena.

— Obrigada — disse Jean.

— Não é educado agradecer a um velho pela sua tristeza.

— Desculpe! — ela exclamou. — Não era isso que eu queria dizer.

O velho assentiu com a cabeça para o chão.

Jean voltou ao acampamento. Lastimavam por ela, de longe. Avery sentia que ele próprio não conseguia pensar, não conseguia puxá-la para perto sem machucá-la. — Ela está abaixo do nível do mar — Daub aconselhou —, você tem de tentar. — Mas Avery sentia que ela não conseguia suportar nem o peso de seu olhar.

À medida que o Grande Templo era removido e a face do rochedo esvaziava até se transformar numa fenda serrilhada, em razão quase simbolicamente inversa, a barriga de Jean havia crescido. Avery estava assombrado, o deserto estava assombrado, pelo vazio das aldeias, por sua destruição, por impotência e lamentação, pela mentira da reprodução. E, no entanto, o tempo todo, a bela abóbada da carne de Jean parecia de alguma forma ter sido o sinal de uma redenção possível: todas as crianças núbias a nascer. Não era racional, não mais racional que Jean fundir seu sonho com a morte do Macaco, ou a sensação da mãe de Jean de ter abandonado seu irmão piloto quando ela deixou para trás o céu noturno da avenida Clarendon. Ele sabia que esses pensamentos eram uma necessidade de pôr ordem na tragédia, e que era preciso admitir essa necessidade para si mesmo. Mas ele sabia também que sua dor moral, seu autoquestionamento não era nada, era absolutamente sem sentido diante da perda de uma filha, da perda de um país. Contudo, ele não conseguia se conter: quando o bebê deles morreu, Avery sentiu o sofrimento de Jean e o dele próprio na dor do rochedo, nas aldeias silentes, no novo assentamento de Khashm el Girba, na abominável consolação dos templos reconstruídos.

Hassan Dafalla chegou a Khashm el Girba pela primeira vez depois da inundação e procurou em torno um lugar para sentar. Mas não havia sombra. Ele e os transferidos de Faras ficaram juntos, arrasados, cada um oprimido pela própria tristeza.

Então um homem falou, como se desse voz a todos: — Uma nação é uma sensação de espaço que a gente nunca pisa com os próprios pés, mas que no entanto sabe nas próprias pernas que pertence a nós. O calor dela é o nosso calor, seus cheiros e sons são nossos: de água jorrando de um cano de metal, ou caindo das tigelas de barro da *sagiya*, gotejando das cordas molhadas, as tâmaras quentes dentro da cesta em cima da cabeça. O som do casco da faluca passando perto no escuro, navegando sempre sem luzes pela longa sala do rio noturno. A gente reconhece a voz do vizinho antes de abrir os olhos, a voz do jovem filho dele, quase um homem, chamando o amigo que também está a caminho de buscar a lentilha e a cevada. As sementes em movimento quando nossa esposa enfia a tigela no saco, depois endireita o braço e as lança no ar, na terra. O som das lentilhas batendo no fundo da tigela. O vento nas janelinhas altas na noite. Mas sobretudo é o rio que está em nossos membros, como se a gente fosse viver para sempre, enquanto correr o Nilo.

E então, quem sou eu em Khashm el Girba? O que é o meu corpo senão uma lembrança de mim? Vir para cá é como envelhecer num instante, é não conhecer o próprio corpo senão como aquilo que foi um dia. Foi assim repentino, foi uma loucura, sentir ainda os montes, a areia, o rio, mesmo à vista do feio Atbara! A gente respira ar diferente, cheira diferente para si mesmo, e sua mulher cheira diferente e seus filhos. E a única hora em que você se sente realmente familiar é quando eles estão dormindo, sonhando com a nossa terra. Então sinto o cheiro do rio neles.

Queria que meu filho pudesse me ver, mas ele está numa camisa engomada em Londres, um lugar onde eu nunca estive. Me lembro do rosto dele com os montes por trás e me pergunto como seria ver o rosto dele com Londres por trás. Quando meu filho vier me enterrar, eu vou repousar num lugar estranho; e meu pai e minha mãe estarão debaixo das ondas.

Eu dizia para minha mulher: enquanto você estiver nos meus braços, vai estar segura. Mas ela não está segura agora e meus filhos não estão seguros.

Jean e Avery subiram o morro. Ramsés estava lavado de luz. Avery conhecia cada centímetro do corpo do rei pelos números: o código de armazenamento de cada unha, de cada pedra de um joelho, das narinas e orelhas.

A ilusão era imaculada. A vista diante deles era tão vasta e inequívoca que Jean quase cambaleou. A fina linha em sua barriga, a cicatriz que já estava ficando branca e desaparecendo em sua carne, fina como a linha que havia sido serrada no peito de Ramsés, essa, ela sentia, era a mentira, algo inexplicável, desagradavelmente pessoal. E, em vez disso, o templo gigantesco diante de seus olhos, com todas as linhas de corte agora visíveis, era prova irrefutável de que os acontecimentos em seu corpo, e em toda a Núbia, não tinham acontecido. Que o propósito do tempo agora se tornara esse esquecer.

A vastidão de deserto que logo se transformaria no lago Nasser se estendia vazia. Numa área de mais de trezentos quilômetros, só um homem restava, em Argin, na sua cabana de palha, e uma família em Dibeira. Eles permaneceriam até suas casas serem inundadas. Eles não sabiam o que seria deles, mas o único lugar em que juravam nunca viver era a "Nova Halfa" de Khashm el Girba. Poucas semanas depois que as aldeias núbias foram evacuadas, uma tempestade de areia atingiu o novo assentamento. Arrancou as coberturas da Aldeia nº 22 (a nova Degeim) e as folhas de metal e as armações voaram como num furacão. Grande número de reses, tão cuidadosamente transportadas, morreu na tempestade de areia. Os telhados e armações não tinham sido devidamente presos. As paredes das casas não estavam bem ancoradas no chão.

E então, numa amarga ironia, dois meses depois da tempestade de areia, houve uma tempestade de raios de tal proporção que todo o assentamento de Khashm el Girba foi submerso em água.

Hassan Dafalla esperou. Finalmente, pouco depois da uma da manhã, o Nilo começou a transbordar no porto de Wadi Halfa. Ele assistiu enquanto a estação ferroviária deslizava e sumia.

A água subiu pelas paredes do hospital, inundou as casas de Tawfikia e Abbasia, depois correu para o Nile Hotel, preenchendo os quartos com seus últimos hóspedes: répteis e escorpiões. Os jardins que vinham murchando por falta de água de repente resplandeceram com abundância e vibração, para morrer afogados apenas um dia depois.

No dia anterior, Hassan Dafalla tinha enviado uma carta de Wadi Halfa, a última carta a estampar o carimbo da cidade. Na última noite, ele dormiu com sua coberta arrastando no chão, para que, no caso de a água atingir seu quarto, o lençol molhado o acordasse. Ele viu a mesquita rachar e se abrir e viu as lojas e as casas de barro "derreterem como biscoito". Ao atravessar a cidade registrando tudo o que podia com sua Rolleiflex, ele viu ratos fugindo com os filhos nos dentes e, de todos os lados, ouviu "o lúgubre troar" de edifícios ruindo. Viu sua própria casa rachar ao meio e desmoronar. Hassan Dafalla, o último homem em Wadi Halfa, levou suas malas ao aeroporto, mas não conseguia manter-se longe da cidade enquanto restasse ainda alguma coisa a ser vista e registrada. Foi preciso acorrentar seu cachorro a um poste no aeroporto, temendo que ele pudesse "voltar para casa, que iria ruir a qualquer momento. Na realidade, quando o cachorro estava amarrado, senti que eu também precisava de uma corrente".

Quando por fim Hassan Dafalla partiu de Wadi Halfa, o único marco da cidade que restava era a ponta do minarete, flutuando como uma boia de pedra.

Nas cidades recém-construídas de Ingleside e Long Sault, os habitantes cujas casas tinham sido transferidas continuaram a acordar, a se vestir e a comer todo dia; e, embora um observador pudesse dizer que tudo nessas casas era exatamente igual, aqueles que viviam ali, aflitos, insones, sabiam que não era. De início, não se conseguia discernir a causa; era só uma sensação. Alguém descreveu aquilo como a sensação de estar sendo observado, outro como se as páginas da mente da pessoa tivessem grudado, que havia outra imagem, muito diferente, por baixo do que era visível e que se podia tocar e, embora a unha mental da pessoa se enfiasse repetidamente nos lados da página fina, ela nunca se separava. Outro acreditava que era simplesmente a luz que era diferente, que não batia do mesmo jeito na mesa ou num livro ou através das cortinas. Ou talvez fosse um truque do vento, uma brisa desconhecida no rosto da pessoa. Alguns sentiam isso na igreja que tinha sido transferida, pedra por pedra, e depois do sermão de domingo, atravessando o pequeno cemitério, só que nesse caso a sensação não era de estar sendo observado, mas o contrário, de que ninguém observava agora, um abandono. Havia uma sensação de que as novas cidades eram as que tinham sido "perdidas" e não as que tinham sido deixadas para trás para serem desmembradas, queimadas, afogadas. De que postais das "cidades perdidas" mostrariam em vez disso as brilhantes novas subdivisões. Era uma intuição, como aquela dos pilotos e navegadores de guerra nos bombardeiros, que tinham perdido quase toda a audição, mas mesmo assim, como veteranos, em terra firme, conseguiam sentir a presença de um avião muito antes de ele ser visto. Alguns diziam que era como a diferença entre um homem e seu cadáver, porque o que é um cadáver senão uma réplica quase perfeita.

Construtores sabem que há um grão na madeira e um grão na pedra: mas existe também um grão na carne.

Dezoito meses depois de iniciado o trabalho de Avery no salvamento, o rosto de Ramsés, com seus lábios de um metro de largura, foi fatiado pouco abaixo das orelhas. Ele então sofreu a indignidade de um operário injetar-lhe um spray nasal de acetato polivinílico. Seu semblante, Bloco nº 120, sustentado pelos bastões de aço que tinham sido inseridos no alto da cabeça, foi lentamente içado ao céu.

Ali ao lado de Avery, Jean podia sentir o calor que irradiava de seu corpo, e de repente a camisa dele ficou molhada num relâmpago e secou instantaneamente debaixo do sol poderoso. Avery sentiu que até o interior de sua boca estava insuportavelmente quente, sentiu que até seus dentes suavam.

O trabalho todo cessou quando a imensa cabeça de Ramsés ascendeu devagar em arames invisíveis no sol. À medida que trinta toneladas de pedra pareciam ascender, pairar, flutuar no ar, todo o campo, três mil homens, parou em silêncio, observando.

Avery terminou de escrever seu diário-sombra, do jeito que seu pai tinha lhe ensinado, um registro pessoal a ser mantido ao lado do outro escrito para o empregador; a última noite deles em Abu Simbel.

Toda ação tem uma causa e uma consequência...

Não acredito que lar seja onde a gente nasceu, ou o lugar onde foi criado, não um direito de nascimento ou uma herança, não um nome, ou sangue, ou país. Não é nem mesmo a parte mole que dói quando tocada que define a nossa solidão do mesmo jeito que uma tigela define a água. Ela não será localizada por um cheiro, um gosto, um talismã, uma palavra...

Lar é o nosso primeiro erro de verdade. É o único erro que muda tudo, a única lição que podemos permitir que nos destrua. É a partir desse momento que começamos a construir nosso lar no mundo. É esse lugar que preenchemos com cheiro, gosto, um talismã, um nome.

II. A PEDRA NO MEIO

Quando Gregor Mendel, o monge que cultivava ervilhas e se tornou o pai da genética, tinha vinte e dois anos, foi mandado à universidade de Viena para estudar. Talvez de manhãzinha ou no longo crepúsculo do verão, ao caminhar pela margem do Danúbio, ele tenha ponderado pela primeira vez sobre a sucessão e o fim das gerações. Talvez buscasse consolo para sua solidão sentando com os fantasmas dos mortos no rio, cujos corpos estavam enterrados num pequeno cemitério nas margens. Talvez sentisse que era uma escolha cruel de local de repouso para os que tinham morrido afogados, ser postos para descansar junto ao som do rio; aqueles cujo último desejo — talvez o último desejo até mesmo dos suicidas — era o abraço maternal da terra. Tão próximos do rio eram os túmulos que insistentemente ao longo dos anos a água que subia ameaçava os mortos, até que afinal o pequeno cemitério foi transferido para um campo atrás da nova represa, onde não haveria perigo de inundação. Foi construída uma pequena capela e plantadas cercas vivas. No local do velho cemitério, onde Gregor Mendel talvez tenha contemplado pela primeira vez os mecanismos da hereditariedade, cresceu um pequeno bosque entre os mortos sem nome deixados para trás. Hoje, ninguém faz piqueniques no bosque cheio de pensamentos, nem na grama da tristeza daquele lado do rio. Embora não haja nenhuma placa indicando que o local um dia foi um cemitério, talvez alguma coisa na luz pareça proibir esses prazeres. Mas, se alguém quiser visitar os mortos, basta tomar o Tram 71 até o fim da linha na Kaiser Ebersdorferstrasse. Dali se pode ir a pé. Não é muito longe.

Jean ficou na porta do jardim de sua mãe, que agora florescia no solo arável do pântano de Marina. As dálias e peônias pendiam com felpuda, cansada vitalidade, bêbadas de calor e sol. Marina cuidara de tudo; na ausência de Jean, uma moça tinha sido contratada para podar, amarrar, virar, cuidar; suas ferramentas tinham sido respeitadas, devolvidas aos ganchos na parede do barracão em fileiras cuidadosas, as lâminas e pontas limpas.

Jean abriu o portão. Não queria nada além de cavar, de enegrecer as mãos. Perguntou a si mesma o que significava esse desejo; não era para tomar posse, disso tinha certeza. Talvez um jeito de se oferecer, como alguém que para na frente do outro, pedindo para entender. O solo estava molhado e frio.

Da varanda de trás da casa, Avery viu Jean se ajoelhar: a curva de suas costas, a saia esticada sobre as coxas, o cabelo preso descuidadamente no alto da cabeça, de forma que a brisa pudesse chegar ao suor de sua nuca e ombros. Ele viu como ela se movimentava diferente agora, como se estivesse acostumada a curvar-se de fadiga, de inutilidade; aquele novo corpo, do qual ele não tinha nenhum conhecimento. A sensação de perda que teve foi tão aguda que ele virou depressa e voltou para dentro. Marina estava trabalhando; a porta dela estava fechada, a casa silenciosa. Avery sentou, os pés descalços frios no piso de ladrilhos da cozinha, e fechou os olhos.

O que era preciso era uma vantagem mecânica, ele pensou, bloco e moitão. Ele tinha de se transformar na polia fixa.

Lembrou-se dos meses que passara em Québec, como Jean tinha arrumado de novo sua mochila depois das semanas que passaram juntos, escondendo cartas para as semanas que passariam separados, cada uma para ser aberta numa determinada hora: poemas, histórias, fotografias. Era um jeito de domesticar o desejo deles no afastamento, de fornecer um outro tributário para esse desejo. Ele acreditara então, ao abrir essas cartas (*depois do jantar, três da manhã de domingo, pouco antes de dormir*), que de alguma forma ele e Jean possuíam entre eles, não adquirida, e possibilitada apenas pelo outro, uma aptidão, uma graduação de felicidade.

Agora ele seria como alguém que testemunhou um milagre e não vai se deixar esquecer; como um crente que se prende a sinais e portentos; ele recusaria a dúvida. Sentia que seu pai teria entendido. Pois William lhe havia ensinado o comércio com forças invisíveis, íons em liga ao longo de enormes distâncias e densidades. Ele continuaria a desejar, a acreditar, até que, tão súbito como alguém que subitamente sente o olhar de alguém do outro lado de uma sala, Jean levantou os olhos. Ele se imobilizou, no tormento dessa determinação.

Jean se virou para olhar o campo e viu a varanda vazia e as janelas fechadas contra o calor. Não conseguia explicar sua derrota, sua desolação, como se todos os anos de felicidade com ele tivessem sido de alguma forma apenas um adiamento de sentença, algo que não era destinado a ela. A pena dele: um tipo de amor a caçoar involuntariamente do outro. Ela trabalharia até suas mãos doerem, até que a luminosidade baixa e intensa do entardecer se espalhasse pelo jardim. Desejava a primeira claridade do outono, imaginando se o frio poderia limpá-la. Mas ela sabia que não poderia. Ela havia desperdiçado todo o tempo que o bebê estivera vivo dentro dela; estivera suplicando aos mortos; sua dor por sua mãe; a de sua mãe, por ela.

Da janela do estúdio, Marina viu Avery e Jean, duas figuras esguias atravessando o pântano. Viu a distância entre eles. A camisa solta de Avery batia vazia atrás dele, no vento.

Desde sua volta, Jean dormia no quartinho que um dia dividira com Avery, e Avery na bicama do estúdio de Marina. Ele sentia uma ligeira satisfação de ver essa cama, prova física de sua separação de Jean, desaparecer toda manhã debaixo do sofá, como se tudo pudesse ser assim tão facilmente restabelecido.

Avery e Jean estavam um pouco separados, agora sempre parecia haver espaço para um outro entre eles. Fileiras de alfaces luminosas balbuciavam na terra negra. Margeando o pântano havia árvores encharcadas de chuva. Estava longe do deserto havia quase um mês e o cheiro da terra molhada ainda era intenso e estranho.

Jean mal conseguia falar.

— Está dizendo que quer a sua liberdade?

— Estou dizendo que devíamos nos sentir livres nós dois — disse Avery — até sabermos o que fazer.

Nessa perversidade, ele tinha certeza, havia uma espécie de verdade, uma integridade ao menos. Assim que falou, ele entendeu que era assim. Não sabia como fazê-la restabelecer-se, era incapaz disso. O desespero de Jean era tão verdadeiro quanto tudo o mais sobre ela. Ele sabia de uma coisa com certeza: nada se curaria assim, nessa órbita de derrota, de ruptura.

Ela estava tão magra, os únicos volumes de carne que lhe restavam eram os seios, o sexo. A visão dela o comovia até o fundo.

Jean estava pensando muito. Por fim, disse:

— Entendo. Voltar para a escola vai ser difícil, você esperou por isso um bom tempo, vai precisar trabalhar sem dispersão...

Marina estava lavando pêssegos na pia, a janela bem aberta para a noite.

— Jean ama você — ela disse.

Marina esperou, mas não houve resposta. Ela se virou e viu Avery, a colher de sopa a meio caminho da boca.

Parada atrás de sua cadeira, ela o abraçou. Nenhuma célula de mãe esquece a sensação, seu filho chorando.

Marina sentou ao lado dele, cruzou os braços sobre a mesa, pousou neles a cabeça, esperando que ele falasse.

O apartamento na Clarendon estava vazio, os sublocadores tinham ido embora, e para lá é que Jean foi. Voltar à Clarendon era terrível. Ela levou uma mala de roupas, uma caixa de livros, uma mesa e duas cadeiras, um colchão para o chão. Tudo o mais foi deixado na casa de Marina no pântano.

Avery encontrou um apartamento de subsolo perto da Escola de Arquitetura, onde ele agora estava matriculado, aluno de graduação. Na primeira noite na avenida Mansfield, ele ficou sentado à sua mesa, confuso com o risco que estava assumindo, de deixá-la livre. Lembrou-se da história que Jean havia lhe contado sobre seus pais, uma das primeiras histórias que ela contou durante a noite que passaram na cabana junto à Long Sault. Elizabeth Shaw tinha voltado tarde para casa, depois das compras no mercadinho. Parecendo afogueada, culpada, ela confessou ao marido que tinha passado quase uma hora de pé na livraria Britnell com seu pesado casado de *tweed* e chapéu de lã, lendo Pablo Neruda. Não tinha dinheiro para comprar o livro, então foi até um joalheiro na mesma rua e vendeu a pulseira que estava usando. Implorou a John: "Não fique bravo". "Bravo!", ele disse. "Não consigo nem dizer o que significa para mim ter casado com uma mulher que vende sua joia para comprar poesia." Avery pensou sobre o que sua própria mãe havia dito naquela mesma manhã, parada na porta dos fundos quando ele foi embora: "A tristeza endurece dentro de nós, endurece até que um dia a lâmina entra e sai limpa".

Era quase meia-noite quando ele telefonou para Jean. Ficaram deitados juntos com poucos quarteirões de cidade entre eles, a voz de Avery no ouvido dela. Ele falou sobre o que ia estudar: o sentido do espaço, as consequências de peso e volume. Depois desligou e se lembrou dela. Não tinha dito o que queria dizer: me mande um sinal do outro lado do rio, com luz de lanterna ou chamado de pássaro, venha sob a capa da escuridão, eu vou reconhecer você pelo cheiro, venha com a chuva...

Jean não entendia o que sua botânica significava para ela agora, nem o que fazer com ela. Por sugestão de Marina, matriculou-se na universidade, meio período. Muitos dias, em vez de ir à aula, ela ia até o pântano para trabalhar no jardim transplantado de sua mãe. Depois, cozinhava para Marina, enquanto Marina trabalhava. Punha na mesa grossas fatias quadradas de pão, queijos redondos, legumes colhidos dos campos negros. Mas ela própria não tinha apetite. Marina não fazia perguntas. Em vez disso, falava de Avery para Jean: — Ele é tão mais velho que os outros alunos. Ele se isola. Com exceção de Avery e do professor, todos nasceram do outro lado da guerra, e esses poucos anos fizeram deles uma outra espécie... Às vezes, Avery conta, ele procura companheirismo no professor, mas o homem desvia os olhos, o ignora completamente, muito ocupado consigo mesmo, tentando se enfiar no barco salva-vidas da juventude. Ele diz que se sente um forasteiro, como se o inglês que fala fosse uma segunda língua...

Quando Marina falava, Jean podia sentir Avery, sua concentração, seu empenho, sua contenção.

Marina contou histórias da infância de Avery, da vida dela durante a guerra, morando com a irmã de William e os primos, a reclusão com William distante; e falou do trabalho dela, pintando a noite inteira, com uma lente de aumento, a trama do tecido do casaco de inverno de uma criança contra a casca de uma árvore, como se fazer um casaco de verdade para essa criança imaginária fosse a coisa mais importante.

Jean sempre voltava para a cidade pouco antes do escurecer. As janelas das casas na Clarendon estavam cheias de luz precoce. O anoitecer era frio, não mais pálido; o começo de um profundo azul de outono. Se o saguão estava vazio quando voltava para casa, ela parava e olhava o teto. As constelações continuavam a flutuar, a rede dourada, em seu mar zodiacal. Depois, deitava em seu colchão no chão, olhando a forma das árvores pela janela. Ela imaginava Carl Schaefer pintando as estrelas com a porta do pátio aberta à veemência da noite outonal; e sua mãe, aos vinte anos e recém-casada, voltando para casa debaixo daquelas estrelas, com o casaco vermelho comprido de botões pretos que Jean lembrava de sua infância. Ela pensava em seu pai. "Eu adorava sua mãe, adorava." Ela imaginava Avery, lendo na avenida Mansfield, a lapiseira pendurada na mão; e Marina dando seu passeio noturno pelo pântano, tentando enxergar no escuro.

Quem foi a última pessoa a carregar nosso bebê? Jean chorava em vez de dirigir seis horas até o cemitério ao norte de Montréal para descobrir e olhar, ela nem sabia se para agradecer ou acusar, a pessoa que cavara o buraco.

* * *

Tendo desistido de dormir, Avery cochilava, no começo da noite, uma ou duas horas antes do nascer do sol, entre as aulas. No momento de acordar, ele instantaneamente mergulhava a mente de volta no trabalho... Cada edificação faz espaço, e grandes edificações fazem espaço para a contemplação da morte... Ele se lembrava de como abrira o lençol para olhar sua filha inteira, e o rosto de Jean ao acordar no hospital, vendo nele a única coisa para a qual sua língua não encontrava palavras... Que cuidado é preciso ter com um telhado, o princípio da contenção, a linha entre o homem e o céu...

A caminho de casa, vindo da universidade uma tarde, Jean encontrou um homem, de uns quarenta anos talvez, bem-vestido com um terno bom e gravata, dormindo na grama de um jardim público. Era surpreendente ver alguém tão bem-vestido esparramado na grama; se estivesse sozinho, ela teria pensado que havia sido derrubado. Mas estava deitado junto a uma velha que seguramente devia ser sua mãe. A mulher, também bem-vestida num casaco leve, estava deitada de costas, um braço dobrado sobre os olhos, ao sol. O homem encolhido ao lado dela, de costas para ela, como se estivessem numa cama. Jean só conseguiu dar uma espiada, tão íntima era a cena. Ela não sabia qual detalhe a fez imaginar que a mulher tinha emigrado, deixado sua terra nos últimos anos de sua vida para juntar-se ao filho, mas Jean tinha certeza de que não podia ser outra coisa. Eles estavam juntos naquele lugar estrangeiro e ele teria de enfrentar a responsabilidade de enterrá-la longe de tudo o que ela conhecia. Quando Jean voltou alguns dias depois àquele ponto do gramado entre dois canteiros de flores, não conseguia olhar o local onde os dois haviam deitado sem sentir que aquilo agora pertencia a eles. Foi então que começou a perceber um propósito; foi então que seu plano lhe veio. Na manhã seguinte, muito cedo, ela voltou ao ponto e, depressa, invadindo o espaço, plantou, nos canteiros existentes, mudas que cresceriam sem ser notadas a não ser pelo perfume. Se soubesse de onde eles vinham, teria plantado com precisão, flores que lembraria a eles a Grécia, a Lituânia, a Ucrânia, a Itália, a Sardenha, Malta... para que, se voltassem a dormir no gramado, perfumes familiares invadissem seus sonhos e lhes dessem uma calma inexplicável. Mas ela não os tinha ouvido falar e portanto não fazia ideia de onde tinham vindo. Então plantou azeda-brava, que cresce em todos os países temperados, e que é tanto comestível como medicinal.

De início Jean plantou nas ravinas, depois em alamedas. Nas margens de estacionamentos, lugares sem donos óbvios, há anos abandonados. Depois ficou mais ousada, plantando à noite nas orlas entre calçadas e sarjetas, entre calçadas e jardins; bordas, fendas, ao longo de cercas públicas.

Ela registrava tudo num caderno e às vezes voltava para investigar o progresso de seu trabalho. Alguém poderia pensar que isso lhe dava prazer. Mas, depois de uma noite plantando, ela estava tonta de solidão, como se tivesse cuidado de túmulos.

Ainda não estava totalmente escuro, mas até mesmo a luz da rua, acima das árvores frondosas, já revelava pouco. Era essa a penumbra que Marina pintava com tanto conhecimento, antes da primeira legítima luz de estrelas, ou mesmo da sombra da lua. Jean se ajoelhou. Sentiu o solo úmido do pequeno parque urbano manchando suas pernas. Agora não haveria mais para ela a possibilidade de a frieza do chão, por mais escuro e úmido, não lembrar o deserto. Ela abriu o solo com a pazinha e, um a um, tirou da bolsa bulbos redondos e os fez deslizar pela lâmina metálica. Trabalhou com constância, as mãos tateando o caminho. Sentiu as unhas se encherem de terra. De longe, sua pazinha, com uma lanterna amarrada nela, era um vaga-lume saltitando a esmo poucos centímetros acima do chão.

Jean cavou, desejando possuir hectares para revolver apenas com uma pazinha de mão; a meditação de levantar a terra uma pazada por vez, mergulhada em pensamentos, durante horas, indo na direção de um entendimento que é de início apenas visceral e depois se torna conhecimento consciente, como se apenas essa ação física pudesse expressar o pensamento em palavras. Ela mergulhava sua mente numa imagem, alguma coisa que percebera no rosto de alguém na rua, ou alguma coisa que Avery lhe dissera, ou uma frase lida quando em frente às estantes da livraria como sua mãe, sem dinheiro para comprar o livro, de forma que depois tinha de terminar o pensamento, às vezes até mesmo a história inteira, em sua cabeça.

Essa noite estava pensando no pai de Avery, em morrer devagar, no tipo de dor que a Natureza atribui a cada um; e a história de Avery sobre seu pai nadando nos lagos frios da Escócia e do norte de Ontário. Era a cerimônia de William Escher e nunca variava. Ele entrava devagar: tornozelos, joelhos, quadris, dizendo o tempo todo para Avery, que esperava na margem: "Não vou entrar! Está muito frio, não vou entrar!", até estar na água até o queixo, ainda dizendo "Não vou entrar!", e então afundando a cabeça. Avery olhava a esteira dos braços e pernas fortes dele que levavam até o ponto no meio do lago onde a cabeça de seu pai reapareceria, gritando: "Não vou entrar! Seria uma loucura nadar numa água fria dessas!". Jean pensava no corpo de menino de Avery dentro do lado até os joelhos, olhando, tremendo, em sua sunga de natação, enquanto seu pai abria o lago com os braços. E ela pensava em Avery se lembrando daquela história no hospital, sentado ao lado do pai quando todos os tubos foram removidos. "Não vou entrar, não vou entrar."

— O que está fazendo?

Jean deu um pulo.

— Devo ter medo de você? — o homem perguntou, apontando a pazinha iluminada. — Você é uma louca? Não sabe que isto é área pública?

Jean percebeu então que ele estava achando graça. Era grande, alto e corpulento. Era mais velho que Jean, mas ela não conseguia dizer quantos anos. Usava um macacão sujo de tinta e um cinto de ferramentas com pincéis. Um trabalhador. De um lado, pendia uma lanterna. Embora estivesse agora bem escuro e o parque vazio, estranhamente Jean não sentiu medo. Havia tinta no cabelo dele, uma mancha no local onde sua mão afastara o cabelo do rosto.

Diante de uma pergunta direta, Jean costumava ser franca, uma criança.

— Estou... plantando — ela disse.

O homem assimilou essa informação.

— *Scilla siberica* — disse Jean, menos firme.

O homem viu que não ia acontecer mais nada. Pensou um momento.

— Não sabe que isto é área pública? — ele perguntou de novo.

Jean recolheu suas coisas depressa.

— Já estou indo.

— Espere — disse o homem —, não tem importância! Hoje eu também desrespeitei a lei de área pública. Estava querendo encontrar alguém para dividir isso quando vi a sua luzinha pulando para cima e para baixo na grama, feito um passarinho. Isso garante a nossa solidariedade!

— Para um criminoso, você está falando muito alto — disse Jean. Ela olhou em torno. Sorriu de leve. — Os vizinhos vão abrir as janelas e jogar sapatos em cima da gente.

— Sapatos — o homem balançou a cabeça. — Ora, isso é coisa séria. Não tenha medo. Eu trabalhei duro — disse — e só queria mostrar para alguém. Posso não ter outra chance. Olhe, podemos andar a vinte passos um do outro.

Ele se afastou, para indicar suas boas intenções.

Ele atravessou o portão e esperou ao lado do tapume do pequeno estacionamento, segurando a lanterna acima da cabeça. Estudou o tapume, movendo a luz devagar para cá e para lá, concentrado.

Jean viu que o que ele havia pintado não era uma réplica estéril, mas tinha extraído vida do próprio tapume. As tábuas quebradas, os buracos dos nós da madeira, a tinta descascada, os retalhos de velhos cartazes, grafites, cabeças de pregos, rachaduras, grampos, cada traço, feito pelo homem, feito pelo tempo, marcado pela intempérie, estava integrado às texturas e formas de pelos, cascos, olhos, chifres. Dessa forma, não apenas os animais de Lascaux, mas o próprio tapume decrépito saltavam à vida. Como se o tapume canadense estivesse esperando que alguém visse o que estava escondido ali dentro, que era, por acaso, pinturas da Europa Cro-Magnon. Cavalos lutando contra a corrente de um rio. Bisões de pernas finas, os olhos enlouquecidos pela perseguição. Os animais saltavam à luz. Era um trabalho rápido, estranho. Ela pensou em Matisse: "Exatidão não é verdade".

Por fim, Jean disse a ele.

— Você é o "Homem das Cavernas"!

Ele assentiu como se o colarinho apertasse.

— Você me conhece — disse, decepcionado.

— Não ainda — disse Jean.

Diante disso, o Homem das Cavernas pareceu contente de novo.

— Tem um café aqui, a dois passos — ele disse.

Jean conhecia o lugar, embora nunca tivesse entrado. Era uma fachada estreita com um quadrado de papelão na vitrine: "Café", dizia a placa, "e mais nada".

O Homem das Cavernas seguiu mansamente à frente, olhando para trás a cada dois minutos para ter certeza de que ela estava indo junto.

— Este café pequenininho é do meu amigo Paweł, é como uma sala de visitas para mim.

Ele segurou a porta para ela. O aroma de café torrado passou por eles até a noite lá fora. Dentro do café vazio, um homem, magro e pálido, numa camisa branca como cera, de mangas curtas, sentado atrás de um balcão de madeira, lendo. Ao lado dele, um livro de ditado musical, como os que as crianças usam na escola. Na caixa registradora antiga, um cartaz pregado com fita, na mesma caligrafia do cartaz na vitrine: "Não tenho a pretensão de dizer quanto lhe custa a sua visão. Não tenha a pretensão de me dizer quanto me custa a minha cegueira". Atrás do balcão, uma parede de janelinhas, como num restaurante automático, cheias de grãos brilhantes, oleosos e aromáticos.

— Paweł conhece café — disse, orgulhoso, o Homem das Cavernas. — É igual a um enólogo com suas vindimas!

Paweł parou de ler e levantou os olhos.

— Paweł, quero que conheça esta... moça com uma pazinha.

Paweł olhou os dois, examinou os joelhos enlameados de Jean, os tênis de lona, a bolsa de plantação com a pazinha-lanterna despontando. Viu como a noite estava pendurada nos dois. Fechou depressa o livro.

— Ewa vai estar em casa hoje à noite. Fiquem quanto quiserem. Só tranque quando sair, Lucjan. Deixe acesa a luz em cima do balcão para os ratos não abusarem.

Jean sentou-se a uma mesinha. Por toda parte, havia mobília descombinada, mesas de madeira e cadeiras plásticas de cozinha, seda de tapeçaria esgarçada, palhinha, rede de plástico.

— Prefere brasileiro, africano, jamaicano, argentino ou cubano? — perguntou o Homem das Cavernas.

— Ou polonês — disse Paweł, fechando depressa a porta ao sair.

— Já viu um homem — perguntou o Homem das Cavernas — tão feliz de ir encontrar a esposa em casa?

— Eles casaram há pouco?

— Paweł e Ewa? Estão casados desde que eram crianças, há pelo menos vinte anos agora — disse o Homem das Cavernas.

— O que é café polonês? — Jean perguntou.

— Instantâneo — disse o Homem das Cavernas. — Sem a água!

O Homem das Cavernas fincou uma pá de metal nos grãos.

— Li no jornal sobre as suas pinturas — disse Jean. — O "Homem das Cavernas" anônimo... estavam elogiando seu trabalho... Alguém fazia uma encomenda...

— Sei — disse o Homem das Cavernas. — Isso é péssimo! Não quero falar disso. Nunca comente boas notícias! — Ele deu mais uma longa olhada para ela, sorriu. — E agora, antes de mais nada, me conte por que você planta coisas em segredo, uma freira deixando um sinal para seu amante.

Jean baixou os olhos para a mesa, culpada. Então, o rápido desafio de dizer a verdade.

— Quando estou plantando — disse Jean —, estou deixando uma espécie de sinal. E espero que a pessoa a quem é dirigido receba o sinal. Se alguém andando na rua sente o perfume de uma flor que não sente há trinta anos, mesmo que não reconheça o perfume, mas se lembre de repente de alguma coisa que lhe dá prazer, então eu fiz alguma coisa que vale a pena.

Jean olhou para ele, arrasada.

— Mas o que você desperta pode ser alguma coisa dolorosa — disse o Homem das Cavernas. — Quando você planta alguma coisa na memória de alguém nunca sabe o que vai brotar.

Ele viu o ar de desânimo no rosto dela. Pensou um momento.

— Talvez você devesse trabalhar num hospital.

— Por que pintar Lascaux? — Jean perguntou. Mas, assim que falou, sentiu uma pontada de entendimento. Ele tinha encontrado a vida dentro do tapume, usando cada cicatriz, adaptando os animais ao seu ambiente. Ela sentiu insinuar-se alguma coisa que entenderia depois, que aquilo não era sobre Lascaux, mas sobre exílio e a conquista da alegria que não vem por si só.

— Meu marido me contou de uma igreja numa cidadezinha no meio da Itália — disse Jean. — Por fora, é uma caixa de pedra suja, sem um único ornamento. Mas, quando você entra e mergulha no escuro saindo do sol italiano, quando seus olhos se ajustam à penumbra, a escala do lugar se descortina; a igreja cresce diante dos seus olhos! A estatuária salta. Acho que estavam todos em busca da mesma coisa: as grutas dos primeiros cristãos, as cavernas pintadas, dar vida à pedra. As igrejas primitivas eram apenas espaços cercados — disse Jean. — Acho que o que realmente mudou o cristianismo foi quando alguém colocou pela primeira vez uma cadeira nesse espaço. As pessoas não sentiam mais o chão quando rezavam. E com certeza essas cadeiras queriam dizer que alguns eram mais iguais que outros aos olhos de Deus.

— O tapume fez você pensar em tudo isso?

— Fez — disse Jean.

— O que me interessa — disse o Homem das Cavernas — é se todos aqueles bisões vão confundir os esquilos.

O Homem das Cavernas, Lucjan, morava num prédio que tinha sido desgarrado. Ao longo do tempo, a cocheira decaída havia sido separada do resto da propriedade e ficou desgarrada atrás das outras casas, sem uma entrada da rua. Mesmo assim, tinha seu próprio endereço entre parênteses: (fundos). Era cercada em três lados por quintais residenciais e no lado restante por um prédio de apartamentos. Dois dias depois de seu encontro no parque, Jean seguiu o estreito caminho que levava da rua Amelia e aceitou o convite de Lucjan para tomar chá. Ela hesitou no portão. As árvores eram grossas, com folhas em todos os tons de amarelo, o sol iluminando a cocheira como um chalé no meio de uma floresta. Sentiu que se virasse veria a rua da cidade se afastando dela, como o litoral recua de um navio, e desejou que Avery estivesse com ela. Sentiu o desamparo do banimento, pela primeira vez sentiu que ele já tinha se esquecido dela. As folhas oscilantes captavam a luz, moviam-se continuamente, entrando e saindo da sombra, uma trama de inquietação; Jean percebeu que aquilo parecia tão triste como o primeiro momento de consciência ao acordar, triste como o momento único a desaparecer continuamente que é uma vida. Triste como uma esperança sufocando num frasco de colecionador, poucos furos na tampa de metal.

Jean descobriu que por dentro o pequeno edifício de Lucjan havia sido reformado aos poucos ao longo de muitos anos. Continha apenas metade de um segundo andar que poderia, modernamente, ser chamado de *loft*, embora na verdade fosse meio andar, ao qual se chegava por uma escada íngreme. Era ali que Lucjan dormia. Ele havia pintado um tapete oriental no centro desse quarto, em cima das tábuas nuas: duas semanas de trabalho. O andar de baixo era um único cômodo grande, uma cozinha junto a uma parede, num canto uma banheira de pés, antiga, elegante. A banheira havia permanecido por causa do encanamento e, além disso, seria simplesmente pesada demais para remover. À noite, com o fogo aceso, Lucjan tomava banho e ouvia música, que enchia o espaço aberto como uma catedral. Ele havia cortado e lixado uma prancha que colocava em cima da banheira toda vez que precisava de uma mesa extra.

Lucjan usava a outra metade do andar inferior como seu estúdio.

Cada superfície da cozinha era branca brilhante, quase vazia e limpa. Mas a outra metade do grande cômodo, a metade usada para trabalho, tinha pilhas de ferramentas de escultor, restos de metal, pedaços de madeira, velhos armários, madeira flutuante, madeira cortada, telas, mobília quebrada. Lucjan seguiu o olhar de Jean.

— Meu amigo Paweł diz: "Não pense em limpeza e sujeira, pense em mente consciente e inconsciente".

Jean ficou sentada calada na cozinha de Lucjan enquanto ele procurava um desenho. Ela havia notado pequenas pedras aqui e ali, nas mesas e na prateleira baixa ao lado da cama, e viu então os livros, no balcão da cozinha, no chão, abertos em diversos graus, e se deu conta de que Lucjan usava essas pedras redondas como marcadores, para marcar o ponto onde estava.

Jean levou as xícaras à pia e as lavou. Depois atravessou a sala e pegou um trem de brinquedo que tinha visto no peitoril da janela. A tinta prateada estava raspada, mas ainda brilhava; e ela viu, na lateral da locomotiva, uma suástica e o signo do raio duplo das SS. Imediatamente Jean largou o brinquedo. Ficou muito quieta. Do outro lado da sala, Lucjan a observava.

Ele olhou para ela e Jean de repente sentiu um grande medo.

— Desculpe — disse Jean. — Acho que tenho de ir.

— Então vá — disse ele.

Jean vestiu o casaco, o cachecol e parou na porta.

— Acha que eu sou muito bobo? — perguntou ele.

Ela abriu a porta.

— Essa locomotiva — disse Lucjan — eu tenho desde que era menino. Eu adorava esse trem, foi meu primeiro brinquedo de verdade, uma coisa comprada na loja, não feita em casa, não esculpida de uma perna de mesa velha, nem costurada de trapos e estofada. Veio da Piotrowski na Krakowskie Przedmieście, tirado diretamente da vitrine da loja. Meu padrasto e eu vimos juntos. Entramos e ele comprou na mesma hora. Ele sabia que alguma coisa estava para acontecer e aquilo foi uma coisa louca, extravagante, gastar dinheiro em uma coisa que certamente seria deixada para trás. Por alguns dias de prazer. Mas ele comprou. Então essas letras feias, esse símbolo feio significam alguma coisa para mim, sim.

Jean ficou parada, calada, olhos no chão.

Sem olhar no rosto dele, ela voltou para a sala e sentou numa cadeira da cozinha, embora não tivesse tirado o casaco.

— Você é muito bonita — disse Lucjan. — Pena que tenha tanto medo de mim.

Ele sentou à mesa. Estendeu a mão e lentamente tirou a bolsa do colo dela, e com surpreendente delicadeza a colocou ao lado dela na mesa.

Toda manhã Avery era acordado pela família que morava no andar de cima. Ele ouvia as crianças em seus triciclos rodando e rodando em volta da mesa de jantar, o pai gritando para elas pararem, a correria, o baque da porta da frente ao bater.

A lavanderia ficava no porão e Avery sabia que, quando a mãe deles estava separando a roupa lavada, às vezes as crianças exploravam seu apartamento. Muitas vezes, elas deixavam brinquedos ou livros (uma vez, o *Animal orchestra*, de Tibor Gergely: "as focas cinzentas latiam, levantavam as barbatanas e tocavam seus violinos..."). Avery não se importava que as crianças fuçassem suas coisas; na verdade, ficava decepcionado quando voltava para casa e não detectava a trilha delas. Encontrar coisas de crianças entre as suas parecia conferir permissão, confirmar seu lugar; ali, que não era o lugar dele.

Avery ficava deitado com a casa vazia acima de si. Seus colegas de escola debruçados fervorosamente sobre projetos de museus, shopping centers, arranha-céus, praças de uso misto, centros urbanos inteiramente remodelados. Eram ardorosos e combativos sobre trama urbana e infraestrutura, gerenciamento de massa e fluxo de tráfego. Avery ouvia o ruído de ambição à sua volta e se via sozinho, louco para descobrir como o simples humanismo seria possível, contra tudo e todos, num edifício industrial, Aalto's Sunila ou a fábrica da Olivetti em Ivres. Começava a se dar conta do que significava construir estruturas da mais direta e mais humilde participação, franca e esparsa, sem ironia, capaz simplesmente tanto de tristeza como de consolação: uma casa que entenda que todo o curso de uma vida pode ser alterado, para melhor ou pior, por alguém que atravessa uma sala. Uma sala capaz de focalizar toda a sua calma em uma única pera, cortada pela metade em um prato junto à janela. Uma sala de aula tão lindamente formada e situada que fosse uma ideia. Playgrounds que as próprias crianças pudessem redesenhar continuamente, com peças móveis para fazer fortes e abrigos. Edifícios de escritório com recantos para ler em voz alta e grandes espaços de trabalho (espaço para pensar). Por que as escolas em particular eram tão feias, tão áridas, tão desprovidas de aspiração ou inspiração, a antítese do que se deveria querer instilar nos alunos; paredes de blocos de concreto, linóleos enjoativos, luz morta, porões horríveis, divisórias institucionais, sem dignidade... Ele sabia que era possível gastar a mesma quantidade de dinheiro construindo uma coisa sem vida ou construindo uma coisa viva... Não bastava fazer as coisas menos ruins; era preciso fazê-las para o bem.

A evolução deslocou o osso de nossa garganta para permitir a fala, aprendemos a andar eretos, a medir, a adorar, a plantar e a colher, a manipular o átomo e explorar os genes, a manipular agulhas, filosóficas ou de outro tipo, com nossos cérebros preênseis, conscientes, a enunciar o mundo em tinta e linguagem, por que não temos destino enquanto espécie?

Essas ideias eram ligadas ao som de crianças correndo para cima e para baixo na escada, ao breve momento de silêncio em que ele imaginava abraços antes de eles todos voarem porta afora, ao insuperável fato da felicidade dos outros, tão inocente como um nome de criança cuidadosamente escrito na primeira página de um livro.

Durante quase um mês, Lucjan desenhou Jean. O vestido de veludo, o suéter pesado. Ela não sabia se tiraria a roupa para ele se ele pedisse, se ele atravessasse a sala até ela; mas ele não pediu. Ele olhava para o jeito como o tecido se franzia ou esticava, relances de altura e ossos. A compreensão que existe antes que o toque nos cegue.

O olhar de Lucjan era doloroso; de início, Jean mal conseguia tolerar o exame de cada parte dela, mesmo sendo partes visíveis para qualquer estranho na rua: seu rosto, os lugares macios entre os dedos, atrás dos joelhos, a curva do pescoço. Toda tarde os olhos dele passeavam pela mesma passagem, no dia seguinte e no outro, com profundidade cada vez maior de conhecimento, e depois de poucos dias ela começou a olhar para ele enquanto desenhava, fazendo a mesma lenta jornada pelo corpo dele.

Tornar-se visível pelo olhar do outro.

Muitas noites nesse primeiro mês, sentaram-se um na frente do outro à mesa de Lucjan, ou Jean no tapete pintado e Lucjan na beirada da cama, os dois viajantes em duas viagens separadas, esperando juntos numa estação ferroviária vazia, levados pelas circunstâncias a uma estranha intimidade.

— Conhece a história de Kokoschka e sua aula de desenho de modelo-vivo? — perguntou Lucjan do outro lado da sala. — Os alunos estavam desenhando uma modelo. Ele achou a produção deles patética, fraca, sem graça. Como podia fazer o olhar deles ganhar vida? Um dia, ele chamou de lado a modelo antes de começar a aula e cochichou no ouvido dela. Na metade do horário, a mulher despencou, Kokoschka correu até ela. "Está morta!", ele gritou. Os alunos ficaram olhando horrorizados aquela carne subitamente sem vida. Então Kokoschka pegou a mão da modelo e ajudou-a a se levantar. Ela retomou a pose. "Agora", disse o mestre, "desenhem a moça de novo."

Em troca, Jean contou para Lucjan sobre as xilogravuras de

Hans Weiditz, as primeiras ilustrações de plantas publicadas em livro impresso. De repente, por toda a Europa, farmacêuticos, ervanários, médicos, parteiras podiam olhar a mesma planta e identificá-la com certeza. Talvez o mesmo se pudesse dizer do primeiro desenho de um rosto humano. — E desde então — disse Jean — o desenho botânico se tornou uma arte; os estudos meticulosos que da Vinci fez de cascas de árvores e do serrilhado e das veias das folhas. As aquarelas de Albrecht Dürer, tão realistas, as íris, as dobras e pregas de pele roxa fina como papel...

— Todas as flores são aquarelas — disse Lucjan.

Lucjan preparou um jantar tarde da noite. Jogou todos os ingredientes dentro de uma panela, os legumes, a carne, os ovos; esmagou ervas e esfregou a poeira delas sobre o óleo borbulhante, depois virou a panela, despejou tudo em dois pratos.

Jean ficou olhando. Ninguém nunca a tinha sentado numa cadeira e cozinhado para ela, em todos os anos desde a morte de sua mãe. Não sabia que isso a machucava. A primeira vez que sentaram para comer juntos, ela chorou ao comer, a comida comum mais deliciosa que ela já havia provado, e ele deixou que ela chorasse, apenas pegou sua mão sobre a mesa, como se fosse a coisa mais natural deste mundo, essa gratidão. Comer e chorar.

Depois do jantar Lucjan disse: — Sussurre no meu ouvido.

— Tudo bem, pequena Jean, Janina — disse Lucjan quando se sentaram inteiramente vestidos, lado a lado na cama dele. — A primeira história de antes de dormir. Se formos honestos, só existe uma. Você quer que eu fale primeiro...

Existem muitos graus de solidariedade. Um que arrisca sua carreira e um que arrisca sua vida; um que arrisca porque os amigos arriscaram, que não suporta a vergonha e a solidão de ser covarde. O amigo que ajuda você quando você precisa, e o amigo que ajuda você antes que você precise.

Temos de aprender o valor das palavras um do outro, quanto elas custam.

Por baixo do suéter, em sua barriga, Jean sentiu o *band-aid* na mão de Lucjan, sentiu os botões da camisa dele, sentiu a pulseira de seu relógio. Nunca mais ela sentiria indiferença por esses objetos.

— Existem milhares de nós, Robinson Kruzoes, vivendo no entulho...

O silêncio de ruínas é o respirar dos mortos...

Era a primeira vez que eu era acordado pela sensação de neve na pele...

Nascemos com lugares de sofrimento dentro de nós, a história é a prova deles...

Só posso falar se você estiver deitada perto de mim — disse ele —, tão perto como minha voz, minhas palavras na extensão inteira do seu corpo, porque o que eu vou contar é a minha vida inteira. E não tenho realmente nada além dessas memórias. Preciso que você escute como se essas memórias fossem suas próprias. Os detalhes desta sala, essa vista da janela, essas roupas amontoadas na cadeira, a escova de cabelos na mesa de cabeceira, o copo no chão... tudo tem de desaparecer. Preciso que você escute tudo o que eu digo, e tudo que não consigo dizer tem de ser escutado também.

É aterrorizante ouvir assim, deixando tudo para trás. Talvez eu esteja pedindo uma coisa impossível...

A fumaça forçou as pessoas a saírem dos porões, empurrou-as por portas de fogo. O som das "vacas mugindo" (as máquinas que punham no lugar as minas), depois a explosão. Os ratos das ruínas diziam: "Não se preocupe, se você ouvir a explosão é porque não morreu...".

Uma multidão parada à beira das ruínas. Ninguém tinha ainda ousado dar um passo adiante. Acima deles, as cabeças inclinadas para trás, sem poder acreditar, ardia a maré de entulho, congelada. Em algum lugar, um homem disse: "Ponha um pé na Polônia e você se vê mergulhado até o joelho em bosta de cavalo". A multidão, fervendo, virou a cabeça para ver quem tinha a audácia de dizer uma coisa dessas e partir para cima dele. Mas quando as pessoas se viraram viram que o velho estava chorando...

Dias depois da retirada alemã, havia vinte mil de nós vivendo nas ruínas e dentro de semanas havia dez vezes mais de nós, Robinson Kruzoes; muitas, muitas crianças que não conheciam outro lugar e tinham medo de tentar a sorte em outra parte, que precisavam estar onde tinham visto sua mãe ou seu pai pela última vez...

Quando meu padrasto voltou a Varsóvia depois da guerra, nós estávamos sentados junto com outros em cima de um monte de pedras que um dia fora a Krakowskie Przedmieście, a mesma rua em que, parecia tanto tempo antes, havíamos encontrado a locomotiva de brinquedo. Ele agarrou o braço de um velho, um estranho, e me mostrou a tatuagem do homem, porque ele estava tão cheio de dor e não tinha cicatriz para mostrar por isso.

Era como se o céu tivesse sido feito de pedra e despencado na terra: um horizonte sem fim de entulho.

A neve conseguia cair, através da fumaça e da poeira de pedra. Não dava para ver nenhuma estrela através da atmosfera densa. O rio negro corria para o norte por cima de pontes explodidas.

A neve caía pacificamente sobre dois milhões cento e seis mil metros cúbicos de entulho. Prendia-se aos restos mastigados, retorcidos, abalados de painéis, forros, vidro, metal, estrados de cama, bibliotecas inteiras, nos restos de jardins da infância e árvores, e em noventa e oito mil minas terrestres.

No meio dessa devastação estava a praça da cidade desmoronada, Plac Teatralny, um dia ponto de intersecção de toda grande rota comercial da Europa: do Báltico ao mar Negro, de Paris a Moscou. No centro dessa praça urbana, uma esguia coluna de pedra ainda se erguia, intocada, o alto mal dava para se ver, uma agulha de bússola entalhada em pé no meio do entulho incompreensível, marcando o lugar: 52 graus 13' de latitude N, 21 graus de longitude. Varsóvia.

O ar estava carregado e sólido; estremecia, como se paredes estivessem subindo do chão para acelerar o ritmo. Depois de alguns minutos de aterrorizada observação, Lucjan viu que o sol estava subindo e que as paredes espectrais eram apenas o efeito do amanhecer em seu avanço através da fumaça. O sol atravessava as paredes de poeira onde paredes reais existiam apenas poucas horas antes; a cidade, uma imagem póstuma. Quando a poeira assentou, a carne brilhante se dissolveu, deixando apenas os esqueletos de prédios, duras pilhas de pedra, pás de ventilador, barras de ferro mutiladas, vigas de madeira em frangalhos, pedras de calçamento, dutos de chaminé, beirais, telhas, armários de copa com suas maçanetas redondas de madeira, maçanetas de porta de vidro e metal, diferentes tipos de cano torcido, de fio elétrico, de estuque desintegrado, cartilagem, osso, matéria encefálica. Fibras e estofamento e cabelo queimado flutuavam no vento de janeiro; trapos de vestido de lã, botões derretidos, e a fumaça oleosa das avalanches de corpos ainda queimando. O ar cintilava com partículas infinitesimais de vidro.

Os mortos eram invisíveis e estavam em toda parte; em outra dimensão, onde nunca seriam encontrados.

* * *

Emergiam da devastação objetos deixados surpreendentemente indigeridos junto às paredes tombadas e aos incêndios: uma escova de cabelo, uma roda de carrinho, um dedo. Um caixilho de janela se projetava para fora, a cortina ainda presa nele; flores de algodão amarelo-pálido flutuavam lânguidas pelo ar, em busca da cozinha desaparecida.

Cidades, como pessoas, nasciam com uma alma, um espírito do lugar que continua a se fazer conhecido, aflorando até mesmo depois da devastação, uma velha palavra em busca de sentido na nova boca que a fala. Porque, embora não restassem edifícios e houvesse devastação além do horizonte, Varsóvia nunca deixou de ser uma cidade.

No escuro, dava para sentir rabos de fumaça se retorcendo ao vento, subindo das fendas entre as pedras. Então se sabia que ali havia um porão, grande o suficiente para um incêndio subterrâneo. Só à noite se via quantos viviam nas ruínas.

Sempre as entradas dessas *meliny*, essas covas, esses túneis no entulho, eram marcadas por um vaso de flores. Gerânios. Um toque de vermelho, um jato de sangue entre ossos.

— Uma vez, uma mulher, provavelmente esposa de um jornalista, havia multidões deles na cidade nas primeiras semanas depois da guerra, me ofereceu uma barra de chocolate — disse Lucjan — embrulhada num pedaço de papel-alumínio. O cheiro do pó de arroz dentro da bolsa dela tinha grudado no papel brilhante. Me lembro de olhar um bom tempo para aquilo, para mim o primeiro chocolate desde antes da guerra. Quando finalmente pus na boca, senti o calor atravessar meu corpo e, olhando aquela mulher com seu casaco de pele e o fecho dourado na bolsa brilhante, senti vontade de deitar a cabeça naquela maciez. Em vez disso, em retribuição à sua gentileza, olhei bem e demoradamente para ela, como se tivesse ódio dela, e me afastei depressa antes que ela dissesse alguma coisa.

Cavei até encontrar uma sala quase perfeitamente intacta e, enquanto procurava por comida, alguém mais tomou a sala para eles. Desci por um buraco e encontrei um homem coberto de sangue, sangue por toda parte, dava para ver até as pegadas dele. Olhei para ele. "Não fique tão preocupado", ele disse. "É só um ferimento na cabeça." Uma vez, dormi num lugar que encontrei quando já estava quase escuro. Ao acordar, estava deitado cara a cara com uma boneca espetada nas pedras. Mas não era uma boneca... Uma vez, encontrei o porão de uma loja, ainda cheio de caixas de papelão com sapatos. Fiz algumas trocas úteis antes que alguém mais descobrisse aquele porão de sapatos... A gente tem outro par de sapatos ou um segundo casaco. Fica parado na rua e estende o braço, pronto, a gente vira uma loja... Aprendi depressa que um buraco sem nada a oferecer era o melhor e ninguém me incomodava. Eu tinha um cobertor, uma tigela. Às vezes, uma cabeça espiava para dentro, me via sentado ali e desaparecia.

Uma vez, veio uma garota. Ela devia ter visto a luz de minha vela vazando pelas frestas. Eu já estava dormindo e ela me sacudiu. Tinha, no máximo, doze ou treze anos. Perguntou se podia ficar até de manhã. Tinha uma grande cruz de madeira pendurada num cordão em cima do peito estreito, os braços da cruz cobriam quase toda a largura dela. Antes que eu pudesse responder, ela estava atrás de mim, deitada com a testa apoiada em minhas costas, o braço em cima de mim, e dentro de um minuto tinha dormido. Eu fiquei apavorado com o toque dela. Mal conseguia respirar com a dor daquele braço fino em cima do meu casaco.

Uma vez, procurando no entulho, encontrei um pedaço de tecido de algodão amarrado em torno do pescoço de uma mulher. Aquele pedaço de pano estampado e colorido estava saturado de vida. Não a mulher, nem a pulsação em seu pescoço; mas a tira de pano, vermelha e azul na neve. De início achei que a testa dela estava brilhando de suor. Mas era gelo.

Quando as pessoas voltaram a Varsóvia, apareceram, cada vez mais, espetados aqui e ali na devastação, galhos com um pedaço de papel embrulhado; marcando o lugar onde alguém achava que antes estava sua casa ou loja, onde tinham visto pela última vez a pessoa que procuravam...

Some-se a isso o cheiro, o fedor gritante dos *karbidówki*, os lampiões de carbureto que recendiam toda manhã quando eram limpos...

Uma vez, ouvi um casal de velhos arrumando suas acomodações num monte de refugos. O homem abria um espaço para ele quando de repente gritou: "Olhe, um copo, sem quebrar, sem um arranhão. Incrível! Agora podemos beber!". "Não", a mulher disse, "vamos pôr flores no copo. Podemos beber com as mãos."

As pessoas têm o instinto de deixar flores num lugar em que aconteceu alguma coisa terrível, ao lado da estrada onde houve um acidente, na frente de um prédio onde alguém levou um tiro. Não é igual a levar flores ao túmulo onde o corpo de alguém foi posto para descansar. As flores não são as mesmas. Alguém morre de uma morte terrível e de repente aparece um buquê. É um instinto desesperado de deixar uma marca de inocência numa ferida violenta, marcar o lugar onde aquele último nervo trêmulo de inocência se aquietou. A primeira, a primeiríssima, loja a abrir nas ruínas da cidade, nos primeiros dias seguintes à ocupação alemã, empoleirada nas ruínas, na neve!, foi a de um florista. Mesmo antes de um bonde meio destruído que continha o primeiro café, que vendia sopa e café de mentira, havia um florista. Todos os jornalistas estrangeiros se deslumbraram com isso, tamanho sentido de vida, tamanha fortaleza, tamanho espírito, toda a baboseira que aqueles jornalistas despejavam. Blá-blá-blá! Et cetera, et cetera, et cetera! Mas ninguém disse o que era certamente simples e óbvio: a gente precisa de flores para um túmulo. Precisa de flores para um local de morte violenta. Flores eram a primeiríssima coisa de que precisávamos. Antes de pão. E muito antes de palavras.

Os soldados alemães eram forçados a cumprir um estrito esquema de demolição — disse Lucjan —, cada prédio, rua a rua, tinha sido numerado com tinta branca. Nesse sentido, os números pintados nas laterais daqueles edifícios eram como as tatuagens nos braços dos prisioneiros dos campos; podia-se dizer que os números significavam a data da destruição.

Do outro lado do Vístula, os soviéticos esperavam pacientemente, enquanto a Wehrmacht, com grande eficiência, aplainava a cidade vazia. Quando o espetáculo terminou, quase três meses mais tarde, o exército soviético depressa lançou uma plataforma sobre o Vístula, o mesmo rio que ao longo de todo o levante e durante a demolição da cidade eles tinham declarado "intransitável", e tomou Varsóvia para eles.

Vamos supor — disse Lucjan, deitado tranquilo ao lado de Jean debaixo dos cobertores — que você quisesse me convencer da cor do cabelo de um homem. Você me mostraria um homem que tivesse a cabeça coberta de cabelo denso como prova? Não, com certeza o cabelo dele teria sido tingido, ou a foto, alterada. Não, em vez disso você me mostraria um homem careca.

E diria: o cabelo dele era castanho. Nós examinamos a pele dele, as sobrancelhas. Não é fácil dizer. Por fim, admitimos: sim, talvez o cabelo do homem careca tenha sido castanho. Alguns anos depois, você vê a mesma fotografia, o rosto parece familiar, mas tudo de que consegue se lembrar é que o homem tinha cabelo castanho...

Tudo bem — disse Lucjan. Vamos supor que você quer que eu esqueça o significado de determinado nome... Numa clareira perto de Minsk, os soviéticos erigem um monumento nacional de guerra para marcar o local onde a aldeia de Khatyn foi arrasada pelos alemães. Dia após dia, durante décadas, mandam ônibus cheios de crianças ao memorial. Por que esse local é escolhido para monumento nacional quando existem tantos outros lugares onde os mortos foram muito mais numerosos que as pobres almas de Khatyn? Simplesmente porque em outra determinada clareira, numa floresta perto de Smolensk, existe um lugar chamado Katyn. Nesse lugar, onde se sente uma presença invisível (de início se pensa que é apenas o efeito do sol se movendo pelas árvores), centenas de oficiais poloneses foram assassinados e enterrados numa vala comum pelos soviéticos em 1939.

Os soviéticos tentaram fazer os alemães levarem a culpa disso, mas no fim só havia um jeito de nos fazer "esquecer" Katyn, que era construir um memorial de guerra em Khatyn. Os acontecimentos se confundem até que passa a existir apenas um evento, tornado verdadeiro pela prova irrefutável de uma estátua gigantesca.

E quando você senta para tomar um drinque com aquele mesmo homem careca e ele fala de solidão, bem, é solidão russa ou solidão polonesa, é solidão de católico ou de judeu? É solidão de um verdadeiro marxista? É incrível, mas havia até um barco soviético ancorado em Varsóvia naqueles anos depois da guerra chamado *Conto de Fadas*...

Muitas vezes, Jean ficava sentada na biblioteca da universidade, esperando até a hora de ir a pé para a casa de Lucjan, às nove ou dez da noite, quando ela sabia que ele teria terminado no estúdio. Saía da luminosidade brilhante das baias da biblioteca, da taxonomia, da genética de epífitas, as flores de vidro de Blaschka, as réplicas de cera de Minton, para a escura rua de novembro, com sua exposição de intimidades, janelas âmbar cheias de misteriosos e normais viventes. Ela e Lucjan tomavam chá e, se Lucjan não tinha ainda acabado, ele voltava ao trabalho, vasculhando em busca da forma certa de metal, pintando, soldando, enquanto Jean lia. Depois, uma última xícara de chá, às vezes com um trago de alguma coisa mais forte para Lucjan; e ir para a cama, onde Jean deitava vestida e toda noite, durante talvez dez minutos, Lucjan desenhava seu rosto. Havia agora trinta e tantos retratos; rápidos, precisos, amorosos. Um registro de seu conhecimento cambiante dela. Depois, a história de antes de dormir que continuava a se desenrolar, ambos reconhecendo isso pelo que era: um acordo de confiança. Egito, Montréal, mas sobretudo Varsóvia, a pedido de Jean. As palavras dele abriam um escuro refulgir, uma fosforescência numa caverna. O que ficava iluminado não era o mundo, mas um escuro interior. Não a flor, mas as tinturas feitas com a flor. Muitas vezes eles adormeciam ainda vestidos, agora não como se estivessem numa estação de trem, mas como se num voo noturno; na janelinha do quarto de dormir, a neve caía como cinza sobre o Vístula negro.

Uma manhã, eles acordaram e a casa estava fria, as janelas enevoadas de branco. Lucjan desceu para acender o fogo. Usou as páginas de uma velha lista telefônica como combustível, escolhendo uma letra ao acaso e declamando nomes e endereços em voz alta antes de amassar as páginas. Jean assistia, chocada.

— Você tem carinho até por uma lista telefônica — disse Lucjan. — O que eu faço com você?

Ele se acocorou na frente da lareira e olhou para ela.

— Por que você fica tão triste com isso?

— Não tenho certeza — disse Jean.

Ela hesitou.

— Demore quanto precisar. Vamos ficar sentados aqui no frio enquanto você pensa. Sinto muito — ele disse.

— É como se entre esses nomes houvesse uma ligação que nós nunca vamos entender — disse Jean, baixo. — Como se alguma coisa importante fosse desprezada.

Lucjan sentou-se ao lado dela no chão.

— Me lembro de meu padrasto levantando cedo à luz do fogo na sala de estar, onde tomávamos o café da manhã — disse Lucjan. — Eu não conheci meu pai de verdade, que morreu antes de eu nascer. Eu tinha dois anos quando minha mãe casou de novo. Ela era tão bonita. Educada, fina, assimilada. Era a encarnação de uma era, de um momento, a primeira e a última das debutantes judias da Polônia. Meu padrasto, que não era judeu, ficou fora do gueto e ingressou no Exército Nacional porque achou que ia nos salvar. Nesses anos em que minha mãe e eu estávamos sozinhos juntos, ela falava comigo o tempo todo. Nos enfiávamos debaixo dos cobertores para nos aquecer e ela me contava histórias, tudo que conseguia se lembrar de quando era menina e como foi quando ela encontrou meu padrasto, sempre acariciando meu cabelo e me fazendo dar risada. Depois da guerra, quando ele voltou e me encontrou, eu podia ver a perturbação no rosto dele, todas as coisas que ele tinha se obrigado a fazer por nós, para quê? Realmente era só por minha mãe e ela estava morta. Ele mal me viu durante quase sete anos... Revistamos o entulho, carregamos meia cidade com nossas mãos, pedra por pedra. Ele se recusava a acreditar que não íamos encontrá-la. Ele me arrastava de um lugar para outro. Parávamos na frente de uma pilha de pedra atrás da outra, dia após dia. Eu sempre chorando. Até que afinal ele me sacudiu e me disse para ficar quieto. Ele devia estar ficando louco por minha causa. Ele disse que ia para a Cracóvia. Me disse para esperar por ele. No fim, eu não sei se ele foi pego pelo Exército Vermelho antes de poder voltar para mim ou não. Durante um bom tempo, achei que aquele simples fato era mais importante que qualquer coisa. Mas muitos meses depois houve um momento em que entendi que ele nunca tinha tido a intenção de voltar. Eu estava trabalhando na Cidade Nova, ajudando a esvaziar no leito do rio caminhões carregados de casas quebradas. Estava chovendo. Um homem quase foi esmagado debaixo de uma carga. Ele gritou e sua voz na chuva foi o som mais triste que eu já ouvi. Se a chuva tivesse voz, seria aquela voz. Naquele exato momento, totalmente encharcado, ouvindo aquele homem gritar e gritar, senti alguma coisa voar do centro de mim mesmo. Meu padrasto, o soldado valente, nobre, cavalheiro que minha mãe tinha me convencido a amar, de repente eu estava livre, absolutamente livre dele. Não tenho como expressar o alívio que um desespero desses pode ser. Um dia eu conto para você o fim da história... Não olhe para mim desse jeito, com esse olhar de pena.

— Não é pena — disse Jean.

— Bom, para mim parece pena.

— Você reconheceria um olhar de pena?

Durante um bom tempo, Lucjan não disse nada. Ficou sentado no chão, na frente da lareira, muito quieto.

— Ninguém nunca me perguntou isso. Você tem razão. Que experiência eu tenho com pena?

— Por favor, não queime essa lista telefônica — disse Jean. — Pode ser bobagem, mas não aguento ver esses nomes queimando. É como se ninguém mais fosse capaz de encontrar alguém de novo. É como quebrar um encantamento.

Lucjan empurrou o livro pelo chão até o canto.

— Está frio aqui — ele disse.

— Venha comigo para baixo das cobertas — disse Jean —, por favor.

Ele entrou e ela puxou seu rosto para perto dela. Ficaram deitados, calados, e depois de algum tempo Lucjan disse:

— Você tem razão, Janina. Todos esses nomes num livro, como se estivessem ligados uns nos outros. Como se toda a cidade fosse uma história só.

Os colegas de classe de Avery, depois da sondagem inicial, perderam interesse por ele. Voltaram suas atenções para o controle intelectual da sala, o encontro de mentes afins, a conquista de amantes; não lhe incomodava não ter importância em nenhuma dessas categorias.

Ele sentia ambição agora. Tinha uma aguda lembrança dos edifícios que tinha visto com seu pai e, dos anos de trabalho, um instinto puro e destilado para estresse, equilíbrio, sombras. Livros se empilhavam no chão em torno de sua cama. Ele dormia com a luz acesa e, quando acordava no meio da noite, intencionalmente tirava da cabeça o calor de Jean.

Vivia de cereais, pão e chá. Para o jantar, Avery arrumava o bule de chá, a barra aluminizada de manteiga e um pão em cima da mesa.

O tempo, a luz despertavam dor reflexa, detalhes dela. A sensação do antebraço dela em sua coluna, a mão dela entre seus ombros. A curva quente dela nas manhãs em que acordava antes dele, deitada, contente, de lado, lendo, sua consciência da absoluta delicadeza dela, mesmo antes de ele abrir os olhos. Nesses momentos, o medo o pressionava a terminar a separação. Mas, como metades criadas por uma única lâmina, havia um segundo medo determinando suas ações, o qual o compelia à paciência, o medo de desperdiçar sua última chance com ela.

No fim de novembro, durante uma tarde de muito vento e chuva de inverno, Avery esperou Jean no Sgana, um minúsculo café em um estacionamento à beira do lago. Ficou sentado junto à janela olhando as velhas cadeiras de cozinha e mesas que tinham ficado fora desde o verão, empilhadas no pátio. Ninguém as trouxe para dentro. O lago lambia a barragem de concreto. As janelas do café estavam cristalizadas de água, e o vento entrava pelas bordas do vidro. Então ela apareceu na porta, o casaco pingando, o cabelo molhado debaixo do lenço molhado. Assim que Jean chegou à mesa, Avery percebeu, embora não houvesse nenhuma alteração externa, ele sentiu de imediato, que alguém, um outro homem, tinha mudado a própria aparência dela, mudado seu rosto. Ele desejara aquilo durante tanto tempo, a suspensão, a remoção da desesperança, e agora acontecera, ou estava começando a acontecer, a coisa que ele próprio não tinha conseguido fazer.

Eles não falaram muito nem ficaram muito tempo. Era insuportável ficar tão perto dela e sentir essa transformação. Avery não conseguia descrever aquilo para si mesmo. Para ele, ela estava agora quase insuportavelmente mais bonita. Parecia ter removido alguma coisa invisível e estava, em cada parte dela, nova e incompleta. Ela esperou que ele falasse. Ela perguntou afinal, perto das lágrimas: "Você não pode me dizer o que é, o que é que nós devemos fazer?" "Não ainda", ele disse, "eu não sei. Não." O cheiro dela.

Muitas vezes, nas noites em que Jean não estava com Lucjan, o telefone tocava e ela deitava com a voz de Avery apertada no ouvido. Ele falava apenas sobre o que estava aprendendo. Mas falava como se não houvesse um punhado de quarteirões urbanos entre eles, mas uma montanha, um oceano, fusos horários, fazendo cada frase ser importante. Quando desligavam e o silêncio baixava, Jean padecia para tentar entender o que era importante, de quem era a necessidade maior, uma esmagadora incapacidade de captar o imperativo moral, sua tarefa, o princípio organizador desse desarranjo, dessa saudade. Alguns jardins são organizados por taxonomia, outros por origem geográfica, alguns por aspecto. Ela sabia que alguém que ouvisse a conversa deles, tão saturada de contexto, não entenderia nada. A urgência deles pareceria, a um estranho, tudo menos isso; em vez de... quase incoerente.

Durante todo o outono, Jean e Lucjan se encontraram tarde da noite na casa da rua Amelia. Às vezes, ele a despia na porta, primeiro só por um momento, como um pai cujo filho acaba de entrar depois de brincar na neve. As mãos dele em seus cabelos para soltar a boina, desenrolando o cachecol. O suéter puxado pela cabeça. Jean, que não conhecera nenhum homem além de Avery, cedia, apoiando as mãos nos ombros de Lucjan enquanto ele baixava suas meias pelas coxas frias. O banho quente estava esperando; música enchia a escuridão. Quando ela entrava na água invisível, era como entrar numa voz. Ela não sabia os nomes dos cantores, nem entendia as letras. Mas sentia o calor daquelas mulheres cantando o amor, cada pequeno pedaço quebrado dele. A voz era a cidade, era a floresta polonesa, terra complicada. Eram lanternas levadas ao verdadeiro túmulo de Katyn, era um encontro na escada de inocência, era a seda que tinha o cheiro dela, era um quarto de hotel em Le Havre, era a última vez. A água quase insuportavelmente quente, o chocolate escuro de uma voz de mulher. As mãos de Lucjan nunca faziam nenhuma pergunta. Ele sabia e ele tocava. Ele a rebatizou com o nome dela.

A música era o menino com caroços na boca, era uma mulher no palco, cuja nudez é seu disfarce, era a *gargara* negra, eram as horrendas capas de papel contra traças, em tamanho de corpo inteiro, enroladas nos braços dos vendedoras na rua Marszałkowska, as sombras de papel, as almas de papel, era o cheiro dentro de um chapéu, o cheiro de gás vazando pelo entulho, eram cravos e noz-moscada antes do café amargo, era o cheiro do café no escuro, era o fedor do *karbidówki*, era a seda que tinha o cheiro dela.

— Eu deslizei entre as pedras — disse Lucjan — para um bom esconderijo e encontrei um impermeável no chão e um pedaço de pão inteiro numa estante de madeira. Peguei o pão e comecei a subir quando ouvi uma voz.

"Eu não tenho muita coisa. Pode se servir."

A voz falou sem sarcasmo. Me virei e vi um homem sentado de pernas cruzadas no chão, na penumbra, encostado à parede. A generosidade dele me deixou com tanta vergonha que eu queria arrancar a cabeça dele, acabar com ele. Mas, em vez disso, parti o pão bem na frente dele, enfiei na boca e deixei para ele só um pedacinho.

Mesmo assim ele não se mexeu. Ficou sentado, olhando para mim.

Senti realmente vontade de lhe dar uma porrada. Mas eu estava curioso também. Então fiquei ali e olhei para ele. Por fim, ele disse: "Vai ficar aqui a noite inteira?".

"O que você estava fazendo", perguntei, "quando eu entrei?"

"Pensando."

"No que você estava pensando?"

"Na cidade. Na rua Nowy Świat."

Comecei a escalar para sair.

"Espere", ele disse. "Você é forte como um touro... dois touros. Por que não ajuda a gente? Eu garanto a sua comida. Um pão inteiro e um cupom para sapatos."

Eu dispensei o homem com um gesto.

"Não quer ajudar? Nós vamos nos reerguer, você vai ver. Tem certeza de que não quer mesmo nenhuma ajuda?"

Ele olhou duro para mim. E de repente entendeu.

"Você é judeu?"

Ficamos olhando um para o outro por um bom tempo, talvez um minuto. Até — coisa desagradável! — que me vieram lágrimas aos olhos. Lágrimas me vieram aos olhos, mas mesmo assim eu não afastei o olhar.

"Ah", ele disse e finalmente desviou os olhos.

E foi quando eu senti o poder que é afastar as pessoas. Me deu uma satisfação e uma tristeza de arrancar os cabelos ver quando ele baixou os olhos.

"Me dá pão todo dia?"

"Dou."

"Só para levar coisas?"

"É."

Voltei à sala e comi o último pedacinho de casca que tinha deixado para ele. Comi tudo o que ele tinha e não deixei nada para ele, nem uma migalha.

* * *

— Quem tinha sapatos trabalhava no entulho. Quem não tinha ajudava a fazer planos. Não se falava, mas todo mundo que removia os detritos e trabalhava na reconstrução da cidade sentia que, quando Varsóvia estivesse reconstruída, os mortos poderiam voltar. Não apenas os mortos, mas os fantasmas mortais, os fantasmas de carne e sangue.

Depois da guerra, ficou decidido que o velho bairro, a Cidade Velha, seria reconstruído, não apenas construído de novo mas... uma cópia exata. Cada lintel e cornija, cada pórtico e entalhe, cada poste de luz. Pode imaginar o debate. Mas no fim houve acordo: até mesmo os que discordavam entendiam a necessidade.

Biegański, Zachwalowicz, Kuzma, e os outros, baseavam seu projeto dessa reconstrução da Cidade Velha, do mercado e das ruas Piwna e Zapiecek, nas pinturas que Canaletto fez de Varsóvia no século XVIII, em fotos e nos exercícios de desenho feitos pelos alunos do professor Sosnowski na Politécnica. Quando Sosnowski morreu, durante o cerco de 1939, a escola de arquitetura continuou na clandestinidade. Estudantes saíam às ruas para esboçar um cuidadoso inventário de memoriais, estátuas e prédios. Esses esboços estavam escondidos no porão da universidade. E em 1944, quando a universidade pegou fogo, os desenhos foram salvos. Estavam escondidos no meio de uma pilha de documentos jurídicos e foram contrabandeados para fora da cidade e entregues à custódia dos mortos; isto é, foram escondidos numa tumba no mosteiro de Piotrków. Os alunos do professor Lorentz faziam raides noturnos às ruínas do castelo real e levavam para lugar seguro qualquer coisa que tivesse detalhes arquitetônicos: as portas almofadadas da capela, pranchas de murais de estuque e lareiras de mármore, esquadrias de janela, milhares de peças.

Sei disso porque fui recrutado. Eu era pequeno e rápido e não tinha ninguém que se preocupasse comigo. Portanto, eu era de alguma utilidade. À noite, eu acompanhava essas caçadas no lixo e depois me alimentavam. Eu recolhia maçanetas de porta, pedaços de ferro batido, e ornatos de pedra em troca de pão e abrigo. Aprendi muito ouvindo aqueles estudantes, sobre todo tipo de coisa. Ninguém prestava atenção em mim, eu tinha só doze anos. Ouvi muitas conversas, sobre democracia e paredes de suporte de peso, que livros ler e "se uma mulher está presente, deve-se sempre oferecer para ela o primeiro gole de uma garrafa". Devia haver uma porção de sugestões úteis sobre sexo, se eu conseguisse entender do que estavam falando. Quando vivi entre os estudantes da Politécnica, havia tantos relacionamentos, as paixões eram tão fluidas, tão confusas, tão adultas; eu via aquilo acontecendo à minha volta, e só depois, já mais velho, foi que participei. E muito depois, quando tinha meus vinte anos, escutava de novo, a tribo teatral de Paweł e Ewa, todos tentando encontrar uma casa. Com os politécnicos, eu geralmente sentava num canto ouvindo e adormecia assim que me davam meu pão, e eles nunca me abandonaram. Devo tanto a esses estudantes, muita gente cujos nomes eu nunca soube. Eles me ensinaram tudo. O que ler e como discutir o que se leu. Como olhar uma pintura. Uma educação completa.

Mas para mim o mais importante de todos os politécnicos era um aluno chamado Piotr. O pai dele era britânico, e todos se reuniam em torno dele para aprender algumas palavras de inglês. Acho que todo mundo sentia a mesma coisa que eu, curvando-se para catar migalhas, com fome de um mundo lá fora. Ele nos ensinou primeiro os nomes de barcos, porque adorava velejar: *skiff* [esquife], *yacht* [iate], *rowboat* [barco a remo], *ferryboat* [balsa], *steamer* [vapor]. Não era polonês nem russo, mas uma amarga e clara língua de escape. Dava para pronunciar quase qualquer palavra de inglês com os dentes cerrados. Não havia nem *jsz*, nem *cj*, nem *ł* para afrouxar a determinação da pessoa. O bem mais valioso de Piotr era um dicionário polonês-inglês. Era do tamanho de um tijolo pequeno e todo mundo queria pegar emprestado. Ele podia ter trocado por um preço exorbitante: um sobretudo, uma maçã. Mas, em vez disso, ele veio até onde eu estava dormindo no chão e enfiou debaixo de mim. Acordei quando senti aquilo espetando minhas costas. Dentro dele, um recado, em inglês: "Não pare de correr enquanto não aprender todas as palavras". Quando fui agradecer, ele me empurrou, delicadamente, como um irmão mais velho. Disse: "Quero língua polonesa agora, só polonesa", e apontou na direção de uma garota. Aquele olhar foi meu primeiro real balbucio de sexo, senti aquilo nele, o desejo furioso, a insaciável humildade daquilo — insaciável: página 467. Memorizei o número da página de muitas palavras, uma dupla garantia para elas não se perderem. Duplamente lembradas. Poucos dias depois, Piotr e a garota dele foram mortos num raide no castelo, levando junto um pedaço de pedra. Um outro rapaz também estava lá e fugiu; quando voltou ao local, eles ainda estavam lá. Ele voltou correndo ao esconderijo e contou para os outros, retorcendo as mãos de culpa: "*dalej tam leżaly, dalej tam leżaly*". À noite, os mortos se disseminavam, se espalhavam, "*ainda lá, ainda lá*", às vezes no escuro sem uma gota de sangue visível, como se a própria lua os tivesse abatido. A cada dia depois disso, eu lia meia página daquele grosso livro inglês, um pequeno memorial que eu estava fazendo. Cada palavra que eu falo, cada palavra de inglês, foi lascada daquele tijolo de dicionário, e tento zelar por isso, me faz lembrar dele. Está na gaveta ao seu lado — disse Lucjan, inclinando-se para a mesa de cabeceira e colocando o dicionário no colo de Jean. De início Jean, profundamente imersa na história, mal conseguia acreditar que fosse verdade, surgido do nada como num truque de mágico, mas segurou o livro sólido, com a lombada rachada e a capa comum, sebosa, sem cor, e sentiu um pequeno choque com isso, como se Lucjan tivesse apresentado uma sarça ardente ou uma pedra de Nínive.

— Porém, Janina, a questão é a seguinte. Quem podia dizer se a cidade reconstruída valia mais ou menos que a original? O desejo é a única determinação de valor? Eu não sei. Com certeza o pão é menos importante para um homem que acabou de comer. É como a desagradável ironia daquelas bombas incendiárias alemãs que acabaram expondo as muralhas da cidade medieval ao longo das ruas Podwale e Brzozowa, um sítio arqueológico que ninguém conhecia até aquelas bombas explodirem.

Quando a reconstrução da Cidade Velha estava completa, as pessoas tremiam só de olhar. Primeiro, olhavam a Krakowskie Przedmieście da periferia, com medo de entrar na miragem e ser engolidas. Mas, depois que alguns se aventuraram e não desapareceram, os espectadores, nós todos, acorremos à Cidade Velha. Havia um amortecido silêncio no começo, depois um zumbido e um trovejar de euforia. Um uivo nervoso de choro e riso.

Ninguém podia subir os degraus íngremes da rua Kamienne Schodki reconstruída nem olhar o relógio de ferro imaculadamente copiado, nem o dragão de ferro, e os navios de pedras gravados nas paredes reconstruídas sem deixar de sentir que tinha enlouquecido.

As velhas ruas, cada porta, luz, varanda, eram familiares, mas não totalmente; de alguma forma, quase mais reais do que lembrávamos. Então havia coisas de que não lembrávamos nada, e sentíamos que algum pedaço de nosso cérebro tinha sido apagado. Todo mundo andava pelas ruas do mesmo jeito, vagamente temerosos, como se o pai ou a mãe mortos, a esposa ou a irmã morta pudessem de repente saltar de trás de uma porta. E, no coração disso tudo, um orgulho cívico, um júbilo, e uma humilhação não expressa, nossa carência tão aberta, e tão inconsolável.

Em Varsóvia, durante os anos 50, as pessoas estavam ávidas por esperança. Faziam as alegações mais extravagantes: "Durante décadas, os físicos vêm tentando entender por que uma casca de ovo não pode ficar inteira de novo, por que um copo quebrado não se reconstitui, será que o tempo flui tanto para o futuro como para o passado? E em Varsóvia, no entanto, estamos conseguindo exatamente isso! Ainda não descobrimos como levantar os mortos ou recuperar o amor perdido, mas estamos trabalhando duro, e se acontecer em algum lugar será na Varsóvia reconstruída!". E, enquanto as pessoas rodavam apregoando essas coisas, eu só conseguia pensar que tudo existe por causa da perda. Dos tijolos dos nossos edifícios, do cimento até as células humanas, tudo existe por causa de transformações químicas, e toda transformação química é acompanhada de perda. E quando levanto os olhos para o céu à noite eu penso: os astrônomos deram um número para cada estrela.

Lucjan rasgou um pedaço de papel de seu bloco de desenho e amassou numa bola.

— É assim que é o mundo. Uma bola onde tudo está amassado, conluio, cumplicidade, aqueles projetos alemães para as represas egípcias de que você falou, e incontáveis outros exemplos...

Ele jogou a bola de papel na lareira.

— Eu não sei — disse Lucjan — se fazemos parte do lugar onde nascemos ou do lugar onde somos enterrados.

— Você fala da Cidade Velha — disse Jean — e de falso consolo. Era isso que Avery não suportava no trabalho dele no Egito: esse falso consolo.

Ela sentiu a atenção de Lucjan, sentiu a natureza da escuridão mudar, embora ele não tivesse se mexido. Sempre que ela falava de Avery, Jean sentia que ele mobilizava todo seu poder de escuta.

— Eu quero que você fale sobre ele — sussurrou Lucjan — porque torna mais real o fato de nós estarmos deitados aqui, porque você está comigo em parte porque ama o Avery. E, para conhecer você, tenho de conhecer ele. Por favor, continue.

Jean sentou na cama e puxou os joelhos para baixo do queixo.

— Ele tem aversão pela ideia de falso consolo. No fim, ele acreditava que era isso a mudança do templo. Porque tantos já acreditavam que a represa era um erro.

— Eu me pergunto o que significa salvar alguma coisa — disse Lucjan — quando primeiro tornamos necessário salvar essa coisa. Primeiro nós destruímos e depois tentamos salvar. E então nos sentimos virtuosos pelo salvamento. E quem ainda pode dizer que a represa foi um erro?

— O que se perdeu é mais do que foi ganho — disse Jean.

— Talvez. — Lucjan fez uma pausa. — E talvez seja isso que você sente sobre sua vida, talvez sobre seu casamento também.

Aquela injúria se moveu por dentro dela.

— Não se zangue — disse Lucjan. — É antiquado, mas digamos que existe uma hierarquia... de sofrimento. Podíamos abrir uma bolsa de valores morais e ações de "necessidades" humanas. Se alguém estivesse interessado. Então poderíamos de fato comparar o valor das coisas, sem a ambiguidade da moeda. Só bens. Meio quilo de café de Paweł em Toronto e cem sacos de grão no Sudão. Uma garrafa de uísque em Varsóvia e um livro inglês em Moscou por um exilado dissidente. Um carro, água corrente. Um templo, cinquenta aldeias, mil artefatos arqueológicos pelo preço de uma represa. A perda de uma criança e a perda de três milhões de crianças.

Jean segurou a cabeça com as mãos.

Lucjan suspirou. Ele a puxou para si.

— Tudo o que a gente faz é falso consolo — disse Lucjan. — Ou, dizendo de outro jeito, todo consolo é de verdade.

— Durante o Levante, as crianças entregavam mensagens, ajudavam nos hospitais temporários, transportavam armas de porão para porão. A coragem nos vinha — disse Lucjan — na forma de uma mosca, de uma partícula de vida, de um parasita, pousando em nosso braço nu. Vinha até nós na forma de fome.

Todo mundo recolhia tudo o que podia do entulho: agulhas de tricô, molduras de quadros, o braço de uma cadeira, um pedaço de tecido, era o mercado dos mortos. Havia uso para tudo, alguém estava sempre querendo trocar por alguma coisa...

Ele apertou Jean contra si.

— Não falo dessas coisas há muito tempo — ele disse, baixo. — Desde que minha ex-esposa, Władka, e eu éramos jovens, deitados no convés do barco de maçãs do pai dela, enterrados em frutas frias, só com a cabeça para fora.

Sua pele é tão branca. Quando você fica deitada assim em cima de mim, com as pernas ao longo das minhas, tão morenas, e seus bracinhos fortes ao longo dos meus, é como...

Todo o peso dela estava em cima dele, e Lucjan a sentia...

— Como neve num galho.

— Tem muito serviço para crianças numa batalha — disse Lucjan. — A gente era bom no esconde-esconde, sentíamos que não tínhamos nada a perder. Eu me enfiava pelos buracos e encontrava todo tipo de coisas, todo tipo de situações. Uma vez, me vi no meio de uma conversa de dois homens com uma moça.

O homem mais velho perguntou: "Você é rabino mesmo?".

"Agora não é hora de fingir ser rabino", disse o jovem com um leve sorriso. "Além disso, seria um pecado."

O homem mais velho olhou a moça encostada nele, dormindo.

"A gente gostaria de casar", ele disse. "Você poderia fazer isso? Aqui e agora?"

Aqui e agora. Minha infância foi cheia dessas pequenas palavras: *zrób to w tej chwili*.

"Até no escuro", disse o rabino. "Vocês precisam de um dossel."

O homem tirou o casaco e pediu para o outro segurar em cima da cabeça deles. Debaixo do casaco não havia nada. Sua pele nua, seus pelos negros. "Mas você não pode casar sem camisa", eu disse. Que coisa idiota de dizer, não sei por que eu disse aquilo. O homem olhou para mim surpreso e riu. "Acho que Deus sabe como eu sou sem camisa."

Até então a mulher não tinha dito nada. Então ela falou: "Vai ficar com frio sem casaco".

Todo mundo, menos a mulher, olhou o horrível tórax do homem, branco como papel. Os pelos do peito pareciam linhas pretas costurando sua pele. Ele me entregou o casaco e eu segurei o melhor que pude acima da cabeça deles.

Depois, não havia nada para comer, nem falar, nem fazer. A mulher chorava. O homem passou o braço em torno dela. Depois de algum tempo, eu dormi.

Me lembro de pensar que eu tinha dormido muitas vezes

ouvindo choro. Tentei contar quantas vezes para ver se caía no sono, mas não consegui.

Dias depois da ocupação de Varsóvia pelo Exército Vermelho, as pessoas voltaram. À primeira vista da cidade, muitos sentaram à margem das ruínas, simplesmente sentaram, como se de repente tivessem esquecido como andar.

Eu estava escondido fora do gueto quando ele foi esvaziado, e quando Varsóvia caiu eu estava fugindo para o Exército Nacional, e para o professor S., entrando e saindo de qualquer situação em que eu pudesse comer. No fim, saí da cidade com os outros e voltei com os primeiros que voltaram, dias depois que os soviéticos se instalaram.

Ajudei a resgatar fragmentos da cultura polonesa, resíduos arquitetônicos. Agora eu trabalhava na reconstrução da cidade, pedra por pedra. Eu era criança e era judeu; você pode dizer que não era minha cidade, nem minha cultura, e mesmo assim se podia dizer que era. Quando seu braço está na água, você é parte dela; quando você tira, não fica nenhum traço do que você deixou para trás.

Morávamos nas ruínas e revirávamos o entulho com nossas mãos nuas, carregando caminhões e tapando buracos. A cidade era um cemitério carregado de explosivos: trinta e cinco mil minas foram desmontadas nas primeiras semanas. E, nos primeiros meses, sete pontes foram construídas e centenas de milhares de árvores plantadas. Todo domingo, vagões cheios de voluntários, famílias inteiras, vinham à cidade para ajudar a cavar e carregar. E todo dia 22 de julho as autoridades armavam uma comemoração pública para abrir oficialmente um setor recém-construído da cidade, para garantir que entendíamos que esse milagre não era conquista do músculo e do suor polonês, mas um feito do socialismo soviético. Fui a cada um desses espetáculos de julho: a abertura da ponte Poniatowski, a abertura da via Leste-Oeste, a reconstituição da Cidade Velha... e a inauguração do Palácio da Cultura, para a qual os soviéticos tinham posto abaixo os únicos edifícios que haviam sobrevivido à guerra.

Um dia eu vi, sentado no meio das ruínas, o farmacêutico que cuidava do dispensário por trás de seu alto balcão de mármore na rua Nalewski; reconheci o homem porque eu costumava ir lá com minha mãe quando ela comprava seus comprimidos para dor de cabeça e creme para mãos. Agora ele estava acocorado com sua malinha na montanha de destruição, ainda usando seu jaleco branco, o anjo que sempre cuidava se você fazia suas inalações ou dissolvia seu pó digestivo, usava a colher de tamanho certo para o xarope contra tosse ou misturava a pasta na consistência certa para seu cataplasma, sempre tão cortês e preocupado com cada detalhe, com o tamanho e a pressão do curativo, com cada pequena dor. Ele sempre parecia saber exatamente o que dizer para um homem com dor de dente ou juntas doloridas ou bronquite... e ali estava ele sentado, olhando o solo fraturado entre seus pés, sem uma palavra de conselho.

E com o tempo, assentando nas ruínas, todos os velhos hábitos persistiam, os gestos comuns: mães alisavam o cabelo de seus filhos e arrumavam seus casacos; homens tiravam lenços e cuidadosamente limpavam dos sapatos a poeira das explosões.

Para Lucjan, Toronto era um lugar de superfícies usadas, gastas, superfícies para sua pintura: tapumes escondidos, velhas barricadas de trânsito, as costas de outdoors pendurados à beira da ravina. No circuito do “Homem das Cavernas”, ele e Jean se espremiam para passar entre edifícios que se abriam para outras passagens, docas de carga, abrigos de trânsito, estações de trem abandonadas, paredes de tijolos pintadas com desbotados anúncios de lojas que tinham fechado quarenta anos antes, silos escondidos entre árvores, trilhos terminando em moitas. Lucjan revirava em busca de materiais quando saíam, seu olho atento para plástico e arame, alvenaria, madeira descartados. Portas velhas, cadeiras quebradas, o entulho de reformas. Uma vez, arrastaram para casa uma viga de madeira de um metro e oitenta que ainda exibia as alturas e as idades de crianças; outra vez, uma caixa de primeiros volumes de umas trinta enciclopédias: *Enciclopédia de mamíferos A-B*, *Geografia A-B*, *História britânica A-B*, *Árvores norte-americanas A-B*, toda uma biblioteca de assinaturas canceladas depois da primeira amostra grátis pelo correio. "Imagine conhecer apenas o mundo de coisas começadas por A ou B", disse Lucjan, e então Jean imaginou de fato: álamo, anêmona, áster, begônia, buxo, enquanto levavam seus achados de volta e os empilhavam no pequeno estúdio.

Depois, com a água da lavagem da louça ainda nas mãos, Lucjan ensaboando as costas dela debaixo das alças.

Às vezes, Jean ou Lucjan escolhiam uma pintura numa galeria (*Dama com cachorrinho*, de Rembrandt) ou determinado livro numa biblioteca (*A dama do cachorrinho*, de Tchékhov, ou *Em busca de um teatro pobre*, de Grotowski) e se encontravam ali. Jean preferia se encontrar via *Classificação Decimal de Dewey*, como as coordenadas de um mapa. Às vezes, eles escolhiam um edifício ou os restos de um edifício: a última calha de carvão Dominion, uma portinha de madeira recortada na encosta do morro para entrada dos operários da rede de energia no reservatório, a igreja da avenida Kendal que tinha ficado inacabada durante a Segunda Guerra Mundial, metade de um transepto pendurada.

Passavam por outros locais de esperanças perdidas, locais de amputações e cicatrizes; terrenos baldios coalhados de restos de um prédio demolido havia tanto tempo que o entulho estava coberto com grama, um banco abandonado encostado na beira da ravina. Lucjan era perito em identificar Hydro Houses, pequenas estações de força elétrica espalhadas pela cidade com fachadas falsas construídas no estilo do bairro: por fora, casas de aparência perfeitamente inocente, mas, caso se abrisse a porta, dava-se de cara com dois andares de maquinaria cintilante, mostradores e tubos. Essas casas eram difíceis de detectar e só se revelavam por uma vaga aura de inabitabilidade, janelas permanentemente fechadas, ausência de jardim, nada de luz na varanda. Eles exploravam uma cidade alternativa de alamedas: garagens de placas metálicas e barracões de madeira. Procuravam todas as ruas que davam nos trilhos ferroviários, onde trens noturnos faziam estremecer cercas de quintais e o grito da luz rasgava paredes de quartos.

— Havia pelo menos dois bons rios atravessando esta cidade e o que fizeram com eles? — perguntou Lucjan. — Cobriram os dois e drenaram, transformaram em vias expressas. Em vez delas era possível usar barcos para ir ao trabalho! E ter mercados aquáticos, barcaças de flores, cafés e lojas flutuantes. Daria para descer a sua ruazinha residencial até a pequena doca do bairro e tomar a balsa até um outro ponto do outro lado da cidade, para ir trabalhar, ir à escola. Quase daria para fazer isso ainda...

Uma tarde de outono, as árvores nuas e negras contra o céu branco, eles atravessaram a porta dos fundos de uma loja de material de construção e saíram para o silêncio de um cemitério católico escondido: o destino de imigrantes que tinham fugido da fome da batata na Irlanda, agora um quadrado de grama oculto atrás de lojas. Tinham se encontrado ali diversas vezes antes, debaixo de uma castanheira, entre lápides caídas com nomes agora dissolvidos, apenas reentrâncias indecifráveis, Jean pensou, como a linha que um dedo desenha na areia.

Nenhum ruído da rua vazava para esse lugar escondido; a grama alta crescia tão densamente emaranhada em torno dos plintos que, mesmo que a pessoa caísse, não faria ruído; apenas as árvores tatalavam ao vento. O solo era frio e úmido, mas, mesmo assim, eles estendiam o cobertor que Lucjan tinha trazido e deitavam ao abrigo de uma parede de calcário de um pequeno prédio octogonal, de belas proporções, com venezianas instaladas bem no fundo, fechadas e trancadas.

— Quando o chão está congelado demais para cavar túmulos — disse Lucjan —, os mortos esperam nessas câmaras de inverno. Esse edifícios têm sempre uma dignidade, sejam feitos de tijolo, sejam feitos de pedra com guarnições caras de latão ou apenas um barracão de madeira humilde, porque são construídos com respeito por aqueles que vão ficar dentro de suas paredes.

Mas, em tempos de guerra ou de cerco — ele continuou —, quando havia civis demais para essas câmaras, tiveram de encontrar outros abrigos improvisados. Em Varsóvia, durante o duro inverno de 1944-5, os mortos repousaram em despensas subterrâneas, em jardins destruídos por minas, no meio do entulho das ruas, debaixo de folhas de jornal. Durante o cerco de Leningrado, ao longo da estrada para o cemitério Piskarióvskoie, milhares foram amontoados, uma pilha tão alta que os mortos envoltos em gelo formaram um túnel que se atravessava em terror. Bondes lotados imóveis no gelo e na neve, tumbas que não podiam ser deslocadas até a primavera. Os mortos eram ternamente envoltos em xales, toalhas, tapetes, cortinas, papel de embrulho amarrado com barbante. Em apartamentos frios, corpos eram colocados na banheira, deixados na cama, estendidos em mesas. Amontoavam-se na calçada, embebidos em terebintina. No clima de trinta graus abaixo de zero, o solo era, como diz o hino, duro como aço, e só com dinamite dava para fazer uma vala comum. Os corpos congelados eram então jogados no buraco, grudados uns nos outros.

Os mortos de inverno esperavam — disse Lucjan — a terra abrandar para serem recebidos por ela. Esperavam, em histórias de milhares de páginas, em que a palavra amor nunca é mencionada.

Pássaros marrons se alinhavam nos beirais do teto da câmara. Equilibravam-se na borda, pequenas pedras escuras contra o céu, agora rajado de cinza: entardecer.

— Foi em janeiro — Jean disse a Lucjan — que minha mãe morreu. Meus pais uma vez passaram juntos por um cemitério num caminho, ao norte de Montréal, e pararam para dar uma volta. Minha mãe se lembrou daquele lugar tranquilo e do nome da aldeia próxima, e foi lá que ela escolheu ser enterrada.

Mas o solo estava frio demais para cavar o túmulo.

Durante quase dois meses, várias vezes por semana, meu pai e eu passávamos pelos campos, passávamos pela floresta, para ir sentar em cadeiras de campanha na porta da câmara. E sabe o que meu pai fazia? Ele lia para ela. Keats, Masefield, Tennyson, Sara Teasdale, T. S. Eliot, Kathleen Raine. A câmara em si era bem pequena e a porta imensa, toda desproporcional, grossa, com enfeites de metal nas dobradiças. No começo, eu não suportava a ideia de minha mãe ouvindo por trás daquela porta pesada, fechada. Mas aos poucos, com o passar dos dias, comecei a sentir que, embora o querido corpo dela estivesse ali dentro, de alguma forma sua alma não estava. O som da voz de meu pai lendo passou a ser uma espécie de bênção, uma absolvição. Nevava sempre. Abríamos os guarda-chuvas, pegávamos nossas garrafas térmicas de chá com leite fumegante e, enquanto ele lia, eu ficava sentada debaixo do velho guarda-chuva de minha mãe e olhava as árvores molhadas e o céu enegrecido de nuvens entre os ramos nus. Um cavalo sempre passeava pelo campo perto do cemitério, preto líquido contra a neve. Durante essas vigílias, nunca encontramos ninguém. O dia em que finalmente enterramos minha mãe foi a última vez que visitamos juntos aquele lugar. Eu entendi o que meu pai sentia, uma coisa que nunca poderíamos ter imaginado: que mesmo um túmulo pode ser uma espécie de redenção.

Caminharam pela rua Amelia, em meio às folhas que voavam pelas ruas vazias. O cabelo de Jean estava solto, brilhando debaixo da luz da rua, e esvoaçava na água escura da noite de outubro. Chegaram a um semicírculo de casas estreitas cujos jardins davam para um parque da cidade. Uma fita de calçada, talvez de quarenta e cinco centímetros de largura, marcando onde terminava a propriedade privada e começava o parque.

Lucjan apontou.

— É aí que eu ganho a vida de vez em quando, na última casa da fileira. Está vendo o fio elétrico que vai da casa para dentro das árvores? Meu chefe iluminou metade do parque com lampadazinhas. Ele acha divertido e ninguém reclamou. Ele é como você, Janina, cuidando do mundo, embora não seja tão perigoso. Você é uma trapaceira da memória. Mas quem há de se incomodar com luzinhas que parecem vaga-lumes na floresta? A via expressa que iam construir teria cortado bem no meio este lugar sossegado.

— Talvez seja por isso que ele ilumina o parque — disse Jean. — Para lembrar a si mesmo que o que nós tomamos por garantido já tem de ser salvo.

Lucjan pegou a mão dela, fria, e pôs em seu bolso.

— Ele ainda é um bom encadernador, mas está velho agora, e não consegue mais trabalhar sozinho. Eu gosto de ficar sentado ao lado dele diante da mesa grande, com a prensa, a cola e o cheiro de couro. Às vezes não falamos nada o dia inteiro. Nem sei dizer quanto gosto dele, do jeito como ele toca o couro, gosto de ele ser organizado, cada florão, filete, musselina e pente de marmorização em seu lugar, cada frasco de água-régia e tanino de amendoeira bem limpos depois do uso, cada capa catalogada por cor, textura, época, e depois guardadas em gavetas quadradas, num armário que ele mesmo fez. Gosto de ele guardar as cartas de Edgar Mansfield bem à mão em uma caixa de madeira em sua mesa de trabalho. Ele coleciona musgo e cogumelos e tira fotografias deles. Vem gente bater na porta com espécimes, quadrados de musgo em caixinhas, como joias, ou envelopes de fungos do mundo inteiro: da Bolívia, da Índia, Nova Zelândia, Peru. Ele põe as amostras no microscópio e desenha o que vê. Às vezes, usa as formas desses desenhos entalhadas no couro dos livros, um belo efeito, quase marmorizado. Quando nos sentamos juntos, sinto que até o silêncio dele tem ordem, como se ele dissesse a si mesmo: tudo bem, hoje não vamos falar do que aconteceu em 1954, hoje não vamos falar do que aconteceu quando minha mulher foi ao médico, hoje não vamos falar de Stálin e de como era durante a guerra, hoje não vamos discutir a dor no meu joelho ou a tristeza que incha de repente às vezes por não ter filhos, hoje não vamos discutir Jakob Bohme, nem esporos, nem o que a chuva me faz lembrar. É uma sensação boa, sentar à mesa com um homem e não falar sobre nada específico. Ele pensa e eu penso, fazemos companhia um ao outro, e no fim do dia é como se tivéssemos passado horas em conversas íntimas.

Marina encontrou um emprego de meio período para Jean, três tardes por semana, na Mumford, uma casa editora de livros infantis para a qual às vezes fazia ilustrações, uma minúscula editora, literalmente uma casa, perto da universidade, uma empresa cooperativada de mães que trabalham, batizada em honra da avó suffragette de uma das editoras, Jo Mumford. Seu apelido entre os editores era Mum's the Word, "O nome é mãe". O trabalho de Jean era fazer tudo o que lhe pedissem: digitar faturas, entregar pacotes, fazer cópias, coar café.

Marina tinha dito a elas que Jean sabia cozinhar, então às vezes ela fazia isso também, na minúscula cozinha nos fundos da encadernadora. Ela aprendeu a imprimir manualmente e produziu pequenas levas de marcadores de livros, um objeto cult na batalha pela supremacia feminina com os marcadores da University Press, que trazia desenhos irônicos sobre culinária desinteressante: o "marcador batata assada", o "marcador ovo cozido". Mum's the Word revidou com sua própria série de cortantes símbolos da domesticidade sem nenhum brilho: o "marcador chaleira" e o "marcador aspirador de pó".

No caminho para a universidade ou para o trabalho, signos da cidade agora se revelavam como fontes. Ela pensou em Lucjan marmorizando capas para o encadernador do parque. Pensou no papel, as primeiras folhas a serem produzidas em comprimentos sem fim, sem emendas, rolando das máquinas em Frogmore em 1803.

Jean começou a imaginar um tipo botânico. Começou com A e E, áster e eglantina. Avery e Escher. Ela não desenhava bem, mas conseguia visualizar mentalmente com todos os detalhes. Pensou em pedir a Marina para ilustrar um livrinho popular dos remédios de Jean para doenças imaginárias, se Jean pudesse compor a matriz ela mesma, com um único exemplar para Avery, encadernado à mão. Marina estava ilustrando uma série de pequenos romances clássicos de aventura, em capa dura: *A ilha do tesouro*, *A volta ao mundo em oitenta dias*, *A máquina do tempo*, cada um seguido de uma edição irmã contando a mesma história do ponto de vista de uma heroína feminina. "Embora eu conheça as tramas, é claro", disse Marina, "continuo lendo ansiosamente, febril, na esperança de que as coisas aconteçam de um jeito diferente do que eu me lembro, esperando melhor sorte a cada momento, esperando que toda minha esperança consiga fazer alguma diferença..."

Jean sentou-se à mesa com seus livros de sementes e um mapa da cidade aberto em torno dela, caneta no ar, enquanto a tristeza se deslocava do coração para a cabeça, como uma paralisia a se esgueirar. A dolorosa tristeza de não ter conhecido o pai de Avery. Avery menino, com medo, no café de Turim com um curativo de gaze no queixo. Cada detalhe e tristeza acompanhado do medo de que sua história com Avery estivesse sendo apagada pelo toque de Lucjan, pelas histórias de Lucjan. Ele emprestou para ela um livro de fotografias de Varsóvia, comparando aspectos dos mesmos quarteirões da cidade antes e depois da destruição, uma única árvore ou uma única parede como prova exclusiva de que o fotógrafo tinha parado no mesmo ponto. Ela sentia Lucjan e o que era parar naquele ponto.

Agora estava frio demais para plantas, e os planos de Jean para os bairros, para o Bairro Chinês, o Bairro Grego, Pequena Itália, Pequena Índia, Tibete, Jamaica, Armênia, teriam de esperar pela primavera.

Ela encontrou um aliado imprevisto em seus planos para a cidade: Daub Arab. Ao longo dos meses, ele viera mandando sementes e plantando conselhos dos lugares onde trabalhava. E a Daub Jean confiou uma pergunta penosa. Ela esperava que ele fosse encontrar palavras para ela, acreditava nele desde a viagem a Ashkeit. E em razão de, ao voltarem do hospital do Cairo para o campo, Daub ter dito: "Você chora por todas as razões diárias, você chora porque nunca vai escovar o cabelo de sua filha".

Tanto quanto a crença, também essa dúvida é visceral. A dúvida tinha tomado forma dentro dela quando se viu diante do templo reerguido; e fizera seu sofrimento pessoal parecer quase irracional. O que era a perda pessoal diante da devastação universal: a perda da Núbia, a devastação de cidades. Sua desgraça a deixava envergonhada. E, no entanto, sua vergonha não era correta, ela sabia que não era. Estar de luto é honrar. Não se render a essa pungência, a essa ausência: uma desonra.

"Sua carta me alcançou em Bombaim", escreveu Daub, "e amanhã começo a longa viagem, centenas de quilômetros ao longo de um rio, a primeira obra para uma represa. No táxi do aeroporto, as multidões se apertavam contra o carro, mãos e rostos pressionados contra o vidro, batiam as mãos no capô e nas janelas, que eu mantinha fechadas, sufocando com o calor e a miséria à minha volta, como se eu estivesse dentro de um tanque blindado. Depois me estiquei, culpado, numa cama de hotel.

"Se eu tivesse esposa, não estaria aqui, estaria em algum lugar perto de casa, construindo alguma coisa inofensiva, uma ponte ou uma escola. Mas em vez disso saio vagando, minha solidão espetada como uma rebarba. Por que Avery não está com você? Se você fosse minha esposa, eu estaria a seu lado. Se o amor encontra você, não há um único dia a perder. Observei você andando pelo campo nas últimas semanas antes de sua filha nascer, seu horror e sua tristeza, e não consegui entender na época, como não consigo entender agora, a relutância de Avery. Eu acredito sempre que a questão é tomar nos braços a quem se ama. Mas não entendo nada de casamento e quais silêncios são necessários. Quanto à sua consulta, querida Jean, estou aqui deitado tentando pensar o que dizer para você.

"Talvez exista um morto coletivo. Mas não existe algo como uma morte coletiva. Cada morte, cada nascimento, uma morte única, um nascimento único. A morte de um homem não pode ser comparada à de milhões, tampouco a morte de um homem pode ser comparada à de outro. Eu imploro que você não se atormente a esse respeito. Passamos juntos no deserto muitos meses e conheço um pouco como funciona seu coração. Por favor, fique sentada quietinha ao ler isto e escute o que eu digo: não há por que substituir sua tristeza por penitência."

Tem areia demais no cimento, Avery dissera, e Jean escutara, deitada ao lado dele no escuro, no limite do controle, aninhando a imobilidade em sua barriga. Não é culpa dos trabalhadores, ele continuara, eles estão sendo supervisionados. Cimento não endurece com o ar, como a maior parte das pessoas acredita, mas por uma reação química... E agora, na cozinha da avenida Clarendon, Jean ouviu o desespero de Avery. Cimento que não ia secar.

Lucjan estava trabalhando numa série de mapas, dimensionados para, quando dobrados, caber no porta-luvas de um carro. Ele pintou cada detalhe com cuidado, como a decoração medieval de um manuscrito com iluminuras. Cada profissão, explicou ele a Jean, tem o seu próprio mapa da cidade: o exterminador de ratos e baratas, os caçadores de racuns, os operários de conservação de encanamentos, esgotos e ruas. Existe o mapa das mães que trazem marcados os locais de loja de animais, banheiros públicos e pontos para recolher pinhas, com a largura das calçadas e a profundidade dos buracos indicadas para os carrinhos de bebê, triciclos e carrinhos de brinquedo. As tricoteiras têm seu próprio mapa, com todos os fornecedores de lã da cidade marcados. Lucjan fez um mapa de raízes de árvores excepcionais, de corredores de vento e vazamentos de água. Fez um mapa de cafés (com apenas um local marcado), um mapa de açúcar, um mapa de chocolate, um mapa de árvores de ginkgo, um mapa de salgueiros, um mapa de pontes, de bebedouros públicos, de pedras com mais de um metro e meio de diâmetro. Um mapa de sapateiros. Um mapa de caramanchões de parreiras, um mapa de espaços para empinar pipa (sem fios elétricos aéreos), um mapa de trenó (morros com estradas ou cercas embaixo). Depois, havia mapas pessoais. O mapa de remorso. O mapa de vergonha. O mapa de discussões. O mapa de decepções (amargas e brandas). O mapa dos mortos; os cemitérios construídos em encostas verticais. E o mapa em que estava trabalhando quando conheceu Jean, talvez o mais bonito de todos, um mapa de coisas invisíveis, um mapa de pensamentos, indicando onde pessoas tinham experimentado uma ideia, um medo, uma esperança secreta; alguns eram bem conhecidos, outros, particulares. Um cruzamento onde um romance foi inicialmente imaginado, um parque onde uma criança foi sonhada. A praia onde um arquiteto visualizou sua linha do horizonte. O banco onde um pintor teve uma premonição da própria morte. "Como se pinta o que não está lá?", Jean perguntou. "Pinta-se o lugar exatamente como se vê", disse Lucjan. "Depois, pinta-se de novo."

Paweł, o amigo de Lucjan, era integrante da Stray Dogs, uma orquestra de jazz de velhos, velhos exceto Paweł, diversas décadas mais novo que os outros. Lucjan era um integrante silencioso; ele não tocava nenhum instrumento, mas era bom para encontrar coisas estranhas para batucar, porque as entendia, seu conselho era inestimável; às vezes ele era chamado para resolver uma disputa. O trompetista, Janusz, era o segundo mais novo e se orgulhava de sua juventude, apresentando-se a Jean como "mal chegado aos setenta anos". Alguns tinham um ar de romance permanente, ressecado, enquanto o rosto de outros, inclusive o líder, "Mr. Snow", continha tamanha devastação de dor que mal se suportava olhar para eles. Mr. Snow, Jan Piletski, havia trabalhado com o pai dele no mercado de peixe da rua Rynkowa, em Varsóvia, antes da guerra. "A um quarteirão de distância", Lucjan explicou a Jean, "já dava para ver as mesas de cavalete, brilhando prateadas, um lago cintilante pairando à meia distância. Mas tratava-se de uma miragem malcheirosa. Quando soprava o vento, o fedor do peixe flutuava quinhentos metros em todas as direções. Uma vez por semana, eu ia com minha mãe e nós sempre olhávamos o homem que costumava estar ali com seu cavalete, pintando as mercadorias. Seus peixes eram fiéis à realidade, cada escama rebrilhando, até no mau cheiro. A esposa de Jan, Beata, se referia ao aroma específico do mercado como o perfume de Piletski, e o próprio Jan Piletski ganhou dos Stray Dogs o mesmo apelido de um pescador de arenques de uma canção do musical *Carrossel*. Mr. Snow passou a ser o nome artístico de Jan Piletski, e isso foi também em honra de seu pai peixeiro que tinha morrido no Levante.

Todos os Dogs se lembravam dos dias do Crocodile Club, do Quid Pro Quo, do Czarny Kot (o Gato Negro) e do Perskie Oko (o Olho Persa). Eles ainda sonhavam com a rainha da canção popular, Hanka Ordonówna, e falavam com desdém e ciúme de seu prolongado *affair* com "aquele velho" Juliusz "Minha codorninha voou" Osterwafor. Os Stray Dogs eram unidos na idade, na inexprimível infelicidade, no exílio que os definia a tal ponto que era difícil imaginar para eles qualquer outro destino, nem em seu mergulho sincronizado em progressões harmônicas e som distorcido. A uni-los também estava a consciência de que a vida de uma pessoa nunca é lembrada em suas vicissitudes e variedade, mas apenas como uma destilação, uma redução de sessenta ou setenta anos a um ou dois momentos únicos, a algumas imagens. Ou, como teria dito Hors Forzwer, o mestre de cerimônias do Round Club de Varsóvia, do suco à seca. Para cada um deles os conceitos de "música" e "mulher" eram inseparáveis, tão inseparáveis como "música" e "solidão". Como ideias, não dava para desembaraçar "música" de "mulheres", que, de fato, constituíam um todo irredutível, como uma molécula que é definida por seus componentes e, se alterada, se transforma em algo irreconhecível. Assim como "morte" e "vida" não têm sentido uma sem a outra, também "música", "mulheres", "solidão". Tudo isso era evidente numa única nota distorcida além de identificação, num único acorde pesado como a coxa de uma mulher cruzada por cima do peito de um homem na noite. Eles tocavam uma carrada de abandono, o ar culpado de um momento desprevenido, o círculo de café endurecido no esmalte do fundo da xícara, o toco de uma vela queimada até o fim num pires de louça. E, mesmo assim, havia uma espécie de consolo também, o consolo de surgir das ruínas e descobrir que ao menos não lhe resta mais nenhum cabelo que possa pegar fogo ou que, por enquanto, sua prótese não está doendo. "Queremos que a nossa música", explicava Mr. Snow, "faça as pessoas sentirem saudade de casa e", gabava-se, "se o recinto ainda estiver só metade vazio quando terminamos uma seleção, ficamos exultantes. Porque, pelo menos uma vez, vai parecer melhor estar em casa sozinho com toda a própria desgraça do que sair para nos ouvir. Esse é o tipo de felicidade que somos capazes de provocar!"

Os Stray Dogs — também conhecidos por Hooligans [Valentões], Troublemakers [Encrenqueiros], Bandits [Bandidos], Carbon Club (este uma referência aos últimos dias do levante, quando o segundo-tenente do Exército Nacional, Kazimierz Marczewski, que era, por acaso, arquiteto e urbanista, se postara no meio de Varsóvia, enquanto caíam as bombas incendiárias e explodiam as minas à sua volta, esboçando em papel-carbono plantas para a reconstrução da cidade) — se permitiam estranhas obsessões musicais, inclusive musicais da Broadway que eles mutilavam e transformavam em algo agoniante, certamente desolador, removendo toda doce esperança e empenho e extraindo traição e desespero com o que Lucjan chamava de "acupuntura emocional". E tocavam "Stoned soul picnic" e "Kamienny Koniec" (Final de pedra), de Laura Nyro, porque Nyro, ao que parece, era na verdade uma réplica física perfeita de Beata na juventude, que todos relembravam com grande emoção. Que linda ela havia sido: *Jakże była piękna.*

"Eu nasci do amor — *Jestem dzieckiem miłości*", engrolava Mr. Snow, sua voz machucando o ouvido de Jean. "E minha pobre mãe trabalhava nas minas — A *moja biedna matka pracowała w kopalni*... E jamais quis chegar ao final de pedra — *do kamiennego końca*... Mamãe, deixe eu começar de novo, Me embale no berço outra vez."

Havia, é claro, as *zakazane piosenki*, as "canções proibidas", todas as clássicas da Orquestra da rua Chmielna: "Um coração na mochila", "Chuva de outono", "Ataque aéreo", "No mercado negro você vai sobreviver" e "Hoje não posso te encontrar". E, nem é preciso dizer, a assinatura de Hanka Ordonówna "O amor tudo perdoa", que Mr. Snow cantava com uma voz de sarcasmo tão rançoso que Jean tinha vontade de tapar as orelhas para seu coração não murchar. "Ele é a única pessoa viva no mundo", disse Lucjan, "que olha com censura até para um gatinho." Mr. Snow cantava *Miłość Ci wszystko wybaczy*, "o amor tudo perdoa, perdoa traição e mentiras", e, no momento em que chegava ao verso final, *Bo miłość, mój miły, to ja*, "o amor, minha querida, sou eu", com grunhido estrangulado, dava a sensação de que era preferível morrer sozinho numa vala a se apaixonar outra vez.

Os Stray Dogs desmembravam cada canção, desmontavam a melodia, aplicadamente, dolorosamente, sapadores desmontando uma mentira, e revolviam tantas vezes cada componente isolado que ele se desintegrava. Depois remontavam tudo de novo do nada, notas e fragmentos de notas, notas distorcidas e respirações, guinchos dos metais e as madeiras destampadas rebatendo as notas. Quando a melodia reaparecia, a pessoa estava doente de esperar por ela. "No começo", disse o trompetista Janusz, "acompanhar Mr. Snow era como perseguir a trilha de um coelho: eu nunca sabia onde ele ia parar. Mas depois de algum tempo eu conseguia adivinhar para onde a cabeça sentimental e demente dele podia ir e uma ou duas vezes ao longo dos anos eu até cheguei lá na frente. Você devia ver o sorriso dele: como se ele tivesse aberto uma porta e finalmente se encontrasse em casa. Acho que essa foi a melhor coisa que já fiz por alguém, acabar com aquela solidão durante um ou dois compassos."

Paweł (contrabaixo) usava uma camisa abotoada e um paletó esporte de padronagem *houndstooth* fino, Tomasz (trombone) usava um cardigã sem forma que escorria numa poça em seus quadris; Paweł tinha cabelo comprido, Piotr não tinha cabelo. Tadeusz (saxes), que era chamado de Ranger, abreviação de *arranger* [arranjador], usava sempre uma camisa de flanela pregueada, no inverno e no verão. Ranger era o que estava havia mais tempo no Canadá e aprendera inglês erudito com uma professora de eslavos que considerava ter tido dois grandes *insights* em sua vida, primeiro casar com Ranger e depois se divorciar dele.

A primeira vez que Jean ouviu os Dogs, eles estavam ensaiando no café de Paweł, depois do expediente, uma canção entrecortada. Ela atormentava o ar com sua irregularidade mecânica, um maquinismo quebrado de paradas e começos, notas remoendo, raspando, oscilando, mancando. Era a música de farristas velhos demais para ficarem acordados a noite inteira, muito desgastados para dar um passo mais. Impaciente e triste. Uma escassez tonal. Um a um os músicos foram parando até haver silêncio. Jean ouviu, hipnotizada, do mesmo jeito que se olha uma bacia que caiu ficar rodando e rodando no chão, à espera da inevitável imobilidade.

Ela pensou em pedras perigosas despencando intermitentemente por uma encosta, em tráfego engarrafado, em conversas que param e começam, não preguiçosas, mas, ao contrário, indicando o fim de tudo.

— À noite — disse Lucjan —, eu ficava deitado em minha *melina* ouvindo a chuva de pedra. Pedaços de tijolo ou de estuque precariamente equilibrados em algum lugar no escuro em ruínas atingiam o momento da queda, por causa do vento, da gravidade, da bota de um soldado. Aos poucos, me acostumei com aquilo, não havia escolha senão enlouquecer à espera do próximo som que não vinha nunca até eu estar quase dormindo e ser despertado para esperar outra vez. Eu costumava pensar como aquilo estava longe da chuva que eu ficava ouvindo com minha mãe nas noites de primavera na rua Freta, quando meu único problema era resolver qual conto de fadas ler antes de ir para a cama, ou qual sobremesa escolher aquela noite, bolo de maçã ou bolo de semente de papoula.

— Agora eu entendo — disse Jean — o que os Stray Dogs tocam... a chuva de pedra.

* * *

O único integrante dos Stray Dogs (antigo e não oficial) que conhecia os outros de Varsóvia era Jan, um lituano de Saskatchewan que, tarde da noite, num verão, a caminho de casa depois de tocar piano no *lounge* de um hotel, encontrara Lucjan sentado numa calçada contemplando uma imensa cama de metal, se perguntando como poderia transportá-la para casa. Jan se ofereceu para levar um lado e Lucjan pegou do outro. Ficaram até amanhecer sentados no estúdio de Lucjan tomando chá de hortelã gelado com vodca. Depois, Jan se encarregou de espalhar cebolas verdes no fundo de uma panela e despejar em cima delas os últimos três ovos de Lucjan. "É assim", Lucjan disse para Jean, "que se selam amizades."

Os Stray Dogs se encontravam regularmente na casa de Lucjan para acertar as coisas, financeiras e outras. Eles diziam que se encontravam lá toda primeira quinta-feira do mês, mas o dia sempre mudava no último minuto e até agora, em dez anos, nunca tinha sido numa quinta-feira. Isso era o mais perto de um horário que eles jamais chegaram: o horário Nunca às Quintas. "É importante manter ilusões", disse Lucjan, "em favor da ordem."

Paweł sempre levava para essas reuniões seu cachorrinho branco de focinho pontudo: um cone branco que terminava num plugue preto. Jean ficava olhando o cachorro comer delicadamente na mão de Paweł. Certamente não se podia dizer que Paweł fosse seu "dono" porque em todos os gestos o homem revelava sua solicitude. No tempo frio, o cachorro usava um digno agasalho tricotado azul-marinho. No verão, Paweł levava uma garrafa de água que servia na mão em concha para o cachorro beber.

Era em honra desse cachorro, seu mascote, que os homens tinham batizado sua orquestra, referindo-se também a certo café em São Petersburgo frequentado antes das guerras por poetas fora da lei. Era a sua triste piadinha soviética; um outro jeito de esconder; uma homenagem dilapidada; uma onda através do abismo. Assentava incômodo, bem do jeito que eles preferiam as coisas. Durante algum tempo, pensaram em conservar o nome pelo qual eram conhecidos em Varsóvia, os Valentões, mas no fim os deixava tristes demais e abandonaram o nome como todo o resto.

Lucjan e Jean seguiam pelas ruas molhadas de chuva a cintilar escuras para ouvir os Stray Dogs no Porta de Uma Dobradiça Só, um clube noturno que só abria aos sábados.

— Em Varsóvia — disse Lucjan, chutando pelas sarjetas brilhantes de folhas molhadas —, Paweł e Ewa tinham seu próprio teatro. Era no apartamento deles, com espetáculos uma vez por semana, e eles eram invadidos o tempo todo. Isso foi antes das incríveis companhias teatrais como a Pomarańczowa Alternatywa, Alternativa Laranja. Ewa e Paweł foram a vanguarda, com todas as suas escapadas: teatro de rua com peças inteiras que duravam cinco minutos e se dispersavam antes que chegasse a polícia, ou épicos que tinham lugar numa série de locais predeterminados por toda a cidade no decorrer de um dia. Agora, Ewa faz o cenário para todos os pequenos teatros daqui. Às vezes eu pinto para ela. Tem gente que continua forasteiro, por mais tempo que viva num lugar e por mais coisas que tenha conseguido fazer, e outras simplesmente encontram a corrente, não importa onde estejam; sempre sabem o que está sendo comentado, quem está pensando o quê, de onde vem a próxima onda. Ewa é assim: uma iconoclasta suprema. Quando Varsóvia estava sendo reconstruída a toda velocidade, ela organizava concursos de beleza mensais para o prédio mais atraente e uma maquete do vencedor era coroada como "Mr. Varsóvia" numa cerimônia realizada todo mês no apartamento deles.

Ewa convoca não só o marido, Paweł, mas todos os Dogs para ajudar. Para a produção de Godot, fizemos mais de cinquenta visitas à ravina para recolher sacos de folhas de outono; Paweł passou dias indo do parque para o teatro, que era uma sala em cima de uma gráfica, o Volkswagen completamente cheio. Os filhos deles ajudavam a esvaziar os sacos no chão do teatro e percorriam o espaço com um secador de cabelo até as folhas estarem secas e quebradiças como osso. Quando a peça estreou, as folhas chegavam à altura da cintura e a sala toda estremecia a cada passo. Uma eternidade de folhas das duas árvores nuas de Beckett no meio da sala. Para o *Círculo de giz*, de Brecht, Ewa usou pedras, que Paweł, os Dogs e eu tiramos do lago. Todos os pequenos teatros adoram Ewa porque ela não custa nunca nem um centavo para eles.

Lucjan e Jean partiam às dez ou onze da noite para encontrar os Stray Dogs, que estavam morrendo de fome depois de uma noite de trabalho. Até o frio ficar demasiado, eles gostavam de fazer piqueniques no gramado burguês que parecia uma mesa de bilhar no reservatório Rosehill, com vista da cidade em todas as direções. Comiam batatas frias e queijo, pão doce e ameixas azedas. Ewa e Paweł vinham depois de alguma das peças de Ewa, com o cachorrinho de Paweł que saía correndo, um vaga-lume, pelo gramado escuro. Pratos de comida passavam de mão em mão, garrafas térmicas de chá. Os homens se esticavam e olhavam as estrelas. Jean ficava ali deitada também, no frescor verde da grama. No escuro, escutava as histórias, os ressentimentos, os remorsos... o olhar provocante que uma mulher lançara ao passar, cinquenta anos antes, no trem para Wrocław. A cerveja fria no barco de Sielce para Bielany. As mulheres, as mulheres, as mulheres: a forma de uma panturrilha quando uma passageira procurava a bagagem na prateleira alta do barco, como as nádegas daquela cantora de Łódź se contraíam, musculosas, quando ela cantava as notas agudas; quantos casos amorosos de um minuto aqueles velhos tinham vivido, plenos, não apenas de desejo, mas de complexa paixão e promessa, e nunca realizado, nem num piscar de olhos, de forma que jamais havia o peso de um final infeliz. Nunca não correspondido, sempre possível exceto "nas circunstâncias". Nesse assunto específico, as esposas tinham parado de ouvir seus maridos havia trinta anos e ficavam deitadas juntas, os vestidos estendidos em torno delas ou apertados em sua carne majestosa, falando entre si de filhos e netos, de dor de dentes e remédios, de talentos e realizações.

Jean sentia-se um espantalho entre essas mulheres, o harém polonês, do mesmo jeito que se sentira entre as mulheres núbias.

Ela ouvia as escapadas políticas dos homens, as escapadas românticas, os concertos em pocilgas e cafés pela Polônia e pela França, enquanto iam trabalhando na direção do mar. Tudo isso no parque, à meia-noite, os homens e mulheres estendidos e calmos no gramado, "como mortos", disse Lucjan, "trocando mexericos num campo de batalha". Jean ouvia com a mão de Lucjan a procurá-la; sentia que ele era capaz de tocá-la em todos os pontos ao mesmo tempo, com uma única mão. Ele punha seu cinto grosso na cintura dela, apertava e afivelava. Puxava o cabelo dela para cima com firmeza até ela sentir cada parte de si doer, a boca aberta. Tudo isso na fria grama noturna. A noite eram vozes e em sua submissão Jean sentia o murmurar dos amigos de Lucjan em seu próprio corpo.

* * *

Lucjan levou uma melancia; tinha pintado a fruta de branco para que parecesse um grande gato branco dormindo enrodilhado. Jean levou uma torta de *cappuccino*, uma especialidade do Café Sgana, embrulhada com gelo. Chegaram a uma das casas enfileiradas na rua Gertrude.

Da varanda da frente de Ewa e Paweł, Jean conseguia atravessar com o olhar a casa estreita e sair de novo para o minúsculo quintal dos fundos. O hall da frente era tomado por objetos de cena, bicicletas com decorações excêntricas, brinquedos de criança e livros de desenho gigantes encostados pelas paredes. Até a rua era cheia, com carros parados de ambos os lados, casas repartidas com uma varanda comum e um mesmo jardim. Cada dono havia feito sua pequena tentativa de diferenciar seu lado da propriedade de acordo com seu gosto superior. As casas estavam no limiar do que era possível fazer com elas, por dentro e por fora. Antes mesmo de passar pela porta, Jean sentiu a força de uma nova afeição.

A sala de Ewa e Paweł estava cheia de crianças e dos Dogs. Convidados sentados nos braços das poltronas, no colo, de pernas cruzadas no chão.

A parede do corredor era coberta com pinturas de crianças: borboletas, flores, um grande sol amarelo.

— As crianças pintam as paredes do jeito que querem — disse Ewa. — Aí, todo mês a gente pinta por cima e elas começam de novo.

Ewa desapareceu e voltou com uma bandeja de chá e bolo que entregou a Paweł, e ele serviu a todos.

Jean e Lucjan acompanharam Ewa à cozinha. Alguém disse: "É a namorada de Lucjan", e Jean se viu cercada. As mulheres tocavam seu cabelo e alisavam seus braços, examinavam-na, avaliando, como se ela fosse um tecido, ou uma bolsa cara, ou um colar, ou um prodígio em exibição. Jean quase ficou tonta com o perfume e a suavidade delas e, acima de tudo, com sua arrulhante aprovação. Estava sentada à mesa da cozinha com um copo de vinho na mão e as vozes das mulheres como um encantamento à sua volta. Ela viu Lucjan observando, divertido, do outro lado da sala.

— O Lucjan me contou que você descobriu quem ele era pelo trabalho dele — disse Ewa. Ela riu. — Ele gosta do que os jornais daqui chamam de "celebridade local".

Jean sorriu.

— Só gosto — disse Lucjan — porque ninguém sabe quem sou eu e nunca enfrento o meu público.

— A menos que alguém te pegue no ato — disse Ewa.

— É. — Ele franziu a testa. — Por isso é que eu só saio para pintar à noite.

Os filhos de Ewa e Paweł, de cinco e sete anos, subiram no colo de Jean e começaram a mexer com ela. Jean ficou imóvel enquanto eles investigavam seus atributos, examinavam seu cabelo, cutucavam com os dedos. Fizeram brincos de cerejas e penduraram em suas orelhas, onde ficaram balançando como bolinhas plásticas.

— Eles querem ser médicos ou cabeleireiros? — Jean perguntou, rindo.

— As duas coisas, claro — disse Lucjan na porta, evidentemente satisfeito com a iniciação de Jean.

Jean logo descobriu que nas festas de Ewa sempre havia um projeto em andamento. Grandes rolos de papel pardo foram estendidos e todo mundo pintou um mural; pregaram um lençol na parede e foi projetado um filme enquanto os Dogs tocavam, costurando uma melodia com o silêncio e o ronronar do projetor. Atores se reuniram no meio da sala e, sem nada além de uma colher e um pano de prato, transformaram a realidade: uma remada de domingo numa lagoa ou flutuando num barco salva-vidas no mar do Norte; de repente, eram amantes num cobertor de piquenique ou ladrões, ou crianças num balanço. Jean entendeu que esses atores trabalhavam juntos a vida inteira, havia uma história corporal entre eles. Ela havia visto Avery realizar milagres com objetos, com pedras na praia, com réguas e blocos de madeira criar pontes, castelos, cidades inteiras. Mas a magia dele era solitária e intelectual comparada com a complexa comunicação instantânea entre aqueles corpos, a contínua mudança do momento, se aprofundando em humor ou tristeza. E às vezes essa atmosfera era intensa, abria-se um buraco e todos que a assistiam pelas beiradas da sala descobriam sua própria verdade vertendo para ali dentro. Craque!, a terra da cena se abria e todos despencavam juntos num naufrágio de memórias. E então os atores se misturavam de novo à festa, a comida e as garrafas voltavam a circular.

O cabelo de Jean estava preso num nó, desembaraçando-se com suavidade. Ela estava com o suéter de Lucjan nos ombros.

— Você está irradiando felicidade — disse Ranger.

Ele se sentou ao lado dela.

— Lucjan conversa com você? — ele perguntou.

Jean olhou para ele, perplexa.

— Conversa, sim, Lucjan conversa comigo.

Ranger estendeu as pernas.

— Eu estou bêbado — ele disse.

Apoiou a cabeça no ombro de Jean.

— E se — disse Ranger — o momento mais importante, mais significativo, mais íntimo da sua vida fosse também o mais importante, mais íntimo de centenas de milhares de outros? Todo homem que sobreviveu a uma batalha, ao bombardeio de uma cidade, a um cerco, compartilhou o momento particular com milhares de outros. As pessoas fingem que isso é uma irmandade. Mas o que pertence a você? Nada. Nem mesmo o momento mais importante da sua vida é seu. Tudo bem, então nós entendemos isso. Mas e aquilo que acontece entre um homem e uma mulher no escuro, na privacidade, na cama? Eu digo que não tem nada íntimo nisso também. Você segura a mão dela na rua, todo mundo sabe o que vocês fazem de noite. Vocês têm um filho, todo mundo sabe o que vocês dois fizeram.

Jean manteve silêncio. Sentia o peso da cabeça úmida de Ranger contra seu corpo, uma terrível tristeza. Ela disse então, com voz suave:

— Você está querendo dizer que todos os homens e mulheres são iguais, que uma mulher é exatamente igual a outra? Ou está querendo me dizer que Lucjan teve muitas mulheres? Se for isso, não se preocupe, ele mesmo já me contou.

— E que importância têm os detalhes? — Roger continuou. — O pai dela, o pai dele, a mãe dela, a mãe dele, a infância carente, a infância feliz... Até as características dos nossos corpos: no momento da paixão, naquele momento preciso, ela é qualquer corpo, qualquer corpo serve.

— Você nunca se apaixonou?

— Claro que já. Tenho setenta e quatro anos. Mas a experiência do amor, o que você sente, é sempre a mesma, a despeito de quem seja o objeto desse amor.

Lucjan chegou com a bebida de Jean.

— Jean, ele está te assustando? Ranger, queria que não fizesse isso: é minha função.

Ranger inclinou a cabeça e estendeu a mão para pegar o copo de Jean.

— Não — disse Lucjan, tranquilo. — A língua é só aproximada; a violência é que é precisa.

— Não — disse Ranger, levantando a voz. — A violência é um uivo, o uivo final, desarticulado.

— Não — disse Lucjan — A violência é precisa, sempre exatamente objetiva.

— É só uma discussão filosófica — disse Ranger. — Tome um drinque.

— Você está louco? — Lucjan gritou.

Lucjan agarrou Ranger pelos ombros e estava a ponto de sacudi-lo. Mas viu o rosto desamparado de Ranger e em vez disso lhe deu um beijo na testa.

— Você me faz mal — disse Lucjan.

— A mim também — disse Ranger.

De repente Ranger se virou para Jean.

— Sangue novo — disse Ewa, cutucando Lucjan.

— O que você me diz, Jean? Você é a minha última chance.

— Tenho de pensar.

— Ah — disse Ranger.

— Não, ela está falando sério — disse Lucjan.

Então deram a ela dez minutos de sossego. Jean saiu da balbúrdia da festa e subiu para o quarto das crianças, sentou-se numa cama pequena.

Ao lado dela, numa mesinha havia uma caixa transbordando de tampas de garrafa metálicas. Havia um gato de pano e o desenho de um coração com asas flutuando sobre o mar. O coração tinha também uma corrente de âncora que desaparecia nas ondas. Ela ficou com dor de cabeça de pensar.

A violência é uma forma de discurso. A violência é uma forma de ausência de discurso. Claro que é.

— Você ainda quer acreditar em alguma coisa — disse Ranger. — Ainda quer pensar que existem qualidades como altruísmo, ou sociabilidade, ou até mesmo desinteresse. Você ainda acha que alguém vai dar um passo à frente com um projeto! Ainda acredita que os belos livros ou as belas músicas de um homem são escritos por amor, e não como um jeito de reclamar de todas as mulheres que teve. Você ainda acha que o amor é uma bênção e não um desastre. Ainda acredita no laço sagrado selado durante uma noite de amor em busca da alma nos gostos, cicatrizes, mapas, na voz de uma mulher cantando sobre o amor, no beijo quente de uísque entre as pernas dela, no solo de sax tocado por um velho polonês de suéter com uma voz que é como um erro. Você ainda acredita que um homem vai sonhar com uma mulher pelo resto da vida. Eu acredito em pegar o que eu quero até não sobrar mais nada. Acredito em dormir com uma mulher pelo que ela pode me ensinar. Acredito na lealdade entre homens que sabem que vão se afastar dos outros na primeira boa oportunidade que tiverem. Acredito que você só pode acreditar em alguém que perdeu tudo, que não acredita em nada além do interesse pessoal. Mas vocês — disse ele, sacudindo a mão para todos que estavam reunidos na sala de Ewa e Paweł — vão sair na rua com a possibilidade de que alguma coisa boa possa acontecer. Vocês ainda acreditam que serão amados, realmente amados, para além de toda fragilidade, equívocos e traições. Vi um homem se despedir da esposa com um olhar de confiança tão penetrante de um para o outro que dava para sentir o cheiro do café da manhã e das promessas, da vigília com os filhos doentes, do amor feito depois que as crianças foram dormir, o cheiro doce do remédio das crianças ainda pegajoso em suas mãos. E aí esse mesmo homem vai direto desse quarto para a sua amante, que abre as pernas como uma aleluia enquanto sua mulher esfrega as panelas do jantar da noite passada e depois senta à mesa da cozinha e paga as contas. Assim que uma guerra termina nós revivemos a propaganda da paz: que os homens fazem coisas terríveis nos momentos extremos, que os homens são heroicos por nobreza de alma mais que por medo ou por algum tipo de dever, ou simplesmente por acaso. Os homens honram suas promessas por medo, medo de atravessar uma linha que pode dilacerar suas vidas. Então chamamos esse medo de amor ou fidelidade, religião ou lealdade a princípios. Tem lixo boiando até no meio do oceano, a milhares de quilômetros de qualquer terra. Os homens injetam produtos químicos num cadáver humano e põem em exposição e ninguém prende ninguém! Quando você tira do corpo humano o direito de apodrecer na terra ou ir para o ar, você tira dele sua última sacralidade. Está me entendendo? A última sacralidade. As pessoas faziam piquenique nas ruínas. A caminho do almoço, os poloneses passavam por cima dos judeus mortos na rua. Tínhamos medo de abrir uma mala no entulho porque podia conter uma criança morta, um bebê que a mãe levava escondido, a mala batendo em sua perna, de Łódź até Poznań, até a Cracóvia, até Varsóvia, querendo morrer ela própria. Crianças denunciavam os pais ao Estado. Duas palavras imundas: ocupação militar.

Ranger levantou-se. Lucjan avançou para pegar seu braço e Ranger evitou o contato.

— Não estou tão bêbado quanto você pensa.

Ranger pegou o paletó e saiu.

Ewa começou a recolher os cinzeiros e a esvaziá-los num cesto. Ninguém dizia uma palavra. Jean olhou para Lucjan, que desviou os olhos, com um encolher de ombros.

— Vou dormir — disse Ewa, subindo a escada. — Vocês, vão embora.

Jean despiu tudo, depois puxou o suéter de Lucjan por cima da cabeça; as mangas pendiam até os joelhos. A lã conservava o abraço e a forma dele. Então cozinhou apenas à pouca luz do fogão, trabalhando só na cozinha em penumbra. Ia cozinhar algo que exigisse calor lento, prolongado, os sabores se intensificando. Sentiu o cheiro das ervas nos dedos, o cheiro dele em seu cabelo, o aroma de eucalipto da própria pele. Ficou olhando o repolho, as cebolas e os cogumelos amolecerem e encolherem com o fogo. O amor permeia tudo, o mundo está saturado dele, ou está esvaziado dele. Sempre essa beleza ou essa privação. Ela esmagou o alecrim entre as palmas das mãos, em seguida passou as mãos no suéter para que ele encontrasse o cheiro depois. Tudo o que um corpo havia sido: os bolsos de vergonha, de estranho orgulho, cicatrizes escondidas ou conhecidas. E depois o eu que nasce apenas com o toque do outro: cada pedacinho de prazer, de força e fraqueza, cada dobra de dúvida e humilhação, cada penosa esperança, por menor que seja.

Era um começo de noite de domingo em janeiro, neve nas janelas. Jean levava uma bandeja com café jamaicano de Paweł e duas grossas fatias de pão preto, um vidro de geleia com uma colher dentro. Lucjan estava deitado na cama com um livro em cima do rosto.

— Fale comigo, Janina. Me conte de algum domingo seu — ele disse, por baixo do livro.

Jean serviu a xícara e a colocou no chão ao lado dele.

Ela pensou em Avery, uma saudade súbita, ardente. O que eles tinham conhecido juntos: terra negra e árvores de pedra, picadas na mata, um relance de estrelas. As relvas de Kintyre revoando ao vento acima de suas cabeças num mar aéreo. Coletar pedras na areia dura do inverno e construir casas com elas, a maior até a cintura, a menor no meio da mesa de cozinha quadrada no chalé que tinham alugado naquela Escócia que amavam, seu grande hausto de vento frio antes do calor do deserto. Os cobertores amontoados na cama, tão pesados que era difícil se mexer no perfeito sono que tinham juntos. Não havia por que perguntar a Avery se ele lembrava. Ela sabia que ele lembrava.

— Um domingo — Jean disse, devagar — um arqueólogo apareceu de repente na nossa casa-barco. Ele estava caçando canadenses; era de Toronto e sentiu melancolia, e pareceu a coisa mais natural do mundo sentar ao lado dele no Nilo num entardecer de domingo, ouvindo ele descrever um concerto de Segóvia a que tinha assistido no Massey Hall.

Em Faras — Jean continuou — havia arqueólogos de Varsóvia, e um grande acampamento soviético na represa. Às vezes, nós víamos essa gente no mercado em Wadi Halfa. Os russos, principalmente, pareciam desolados. Sentavam-se à sombra das barracas de café fumando e assobiando canções de Yves Montand. O deserto estava cheio de estrangeiros, da Argentina, da Espanha, da Escandinávia, do México, da França, e havia um vivo comércio dos pequenos cigarros amargos de cada país. E, onde quer que os arqueólogos estivessem trabalhando, os beduínos rondavam como sombras o local, observando, à espera, de longe, sem nunca se aproximar.

— Espere um pouco — disse Lucjan.

Ele pulou da cama e ela viu que se movimentava na penumbra, desceu a escada e entrou na cozinha. Por um momento, a luz da geladeira tocou o teto, depois de novo escuridão.

Ela ouviu os ruídos dele tateando uma pilha de discos. Depois, uma voz masculina flutuou escada acima.

Lucjan estava no alto da escada, relembrando.

— Yves Montand... Houve um momento em Varsóvia — disse Lucjan — em que de cada janela aberta se ouvia na rua

"C'est à l'aube" ou "Les grands boulevards" ou "Les feuilles mortes". Quando Montand cantou no Palácio da Cultura, trinta e cinco mil pessoas foram ouvir. Quinze minutos depois de ele deixar o palco, as pessoas ainda estavam gritando, pedindo bis. A burocracia não se opôs porque Montand era um homem do povo; era o homem que tinha tomado a iniciativa de dar um concerto espontâneo para oito mil trabalhadores na fábrica de automóveis Likhatchov. Khruschov sabia que Montand faria lotar todos os dezoito mil lugares do estádio Lujniki. Mas em Varsóvia nós gostávamos dele apesar dessas coisas; em parte porque ele cantava numa língua que não era língua que usávamos para fazer escambo de comida, brigar pelo osso da sopa, xingar nosso mecânico ou implorar um cigarro ao homem parado ao nosso lado no pátio da prisão. A língua dele não era contaminada por aquele "h" de Khatyn, aquela gota de sangue tinto que envenenava o corpo todo. E gostávamos dele ainda mais porque ele dizia o que pensava sobre a opressão na Hungria: "Eu continuo a esperar, mas parei de acreditar". Quando os soviéticos entraram na Tchecoslováquia, ele disse a um jornalista: "Quando as coisas fedem, a gente tem de falar". Esse último comentário foi a gota-d'água: da noite para o dia, Montand foi banido. Assim que as palavras saíram da boca dele, tivemos de esconder os LPs e fingir que nunca tínhamos ouvido falar dele, de Montand!, que até um minuto antes vendia aos milhões. E foi por isso que meu amigo Ostap, que tinha acabado de acordar depois de uma farra, desapareceu e nunca mais foi visto: porque, distraído, ele estava cantarolando "Quand tu dors" ao andar na rua. Essas regras sempre mudam da noite para o dia e azar seu se você dorme pesado. É assim que o mapa muda; como um homem que resolve repartir o cabelo de outro jeito certa manhã: de repente, Mittel Europe é Europa Oriental. Até Mr. Snow respeita Montand e os Dogs não tocam nele. Escutam as músicas dele e nunca mutilam nada.

Jean olhou o vulto de Lucjan atravessando o quarto em sua direção, cruzando o escuro ao som da voz de Montand.

Na banheira, escutando. A água do banho tão quente que Lucjan e Jean mal podiam suportar; impregnando cada extremo de amor: humilhação, fome, ignorância, traição, lealdade, farsa. Jean recostou-se nele, seu cabelo de alga no rosto dele. Ela sentiu Lucjan deslizando para o sono, Jean imaginou o amor entre Montand e Piaf, quando ele era muito jovem, o caso que daria forma a todo o resto da vida dele. Ela imaginou o que significava ouvir Montand em Moscou ou em Varsóvia. Logo Lucjan iria se levantar e colocar Piaf na vitrola, e eles ouviriam a sombra de Montand na voz dela. E então ouviriam Montand outra vez. Escutariam toda aquela biografia na voz deles.

Lucjan deslizou as mãos no calor do pescoço de Jean e desenrolou seu cachecol. Enfiou as mãos debaixo da boina e com dedos em pente soltou seu cabelo, frio como metal, por causa do inverno da rua. Jean levantou os braços e ele puxou o suéter por cima de sua cabeça. Peça por peça, as roupas de inverno caíram no chão. Ela não sabia mais quais partes suas estavam frias e quais estavam fervendo. Sentiu a aspereza do suéter e da calça dele ao longo de todo o corpo e seria essa aspereza que ela lembraria para sempre: esfregada em sua nudez pelas roupas e pelo cheiro dele.

Noite após noite de inverno, Jean e Lucjan se encontravam assim. Jean sabia que Lucjan nunca falaria de si mesmo sem a vulnerabilidade da pele entre eles. Como se, numa inversão de tudo o que ela conhecia, aquela vulnerabilidade os tivesse feito reféns de um pacto de palavras mais profundo. Lucjan sentia nela uma escuta aguda e isso, acima de tudo, Jean concluiu, era o desejo dele. Muito lentamente ela começou a sentir a força dessa marca de fogo, que, de maneiras diferentes, a levava, cada noite, a se render, e às palavras dele. Ela sabia que esse era o contrato particular com Lucjan e que se ela não tivesse concordado sem nada dizer teria perdido toda a história dele.

Ela começou a entender que esse tipo de intimidade era, à sua própria maneira, um renomear. Um explorador chega à terra; o local descoberto já tem um nome, mas o explorador põe outro em seu lugar. Aquele renomear secreto do corpo pelo outro: é assim que o corpo se torna um mapa e é por isso que anseia o explorador, marcar a fogo a pele.

Às vezes, Jean voltava para casa e havia uma mensagem de Avery no telefone à noite, uma confusa dissertação sobre o modo como os telhados do bairro podem criar um plano horizontal secundário para a construção, paralelo ao chão, ou como o concreto pode receber um acabamento para parecer mármore. Às vezes, ele deixava para ela uma peça musical, algo que sabia que ela gostava, Radu Lupu ou Rosalyn Tureck, o som do piano solitário gasto e cansado por sua viagem pela secretária eletrônica. Falavam-se talvez duas vezes por semana, em geral no começo da noite, às vezes até jantando juntos pelo telefone. Ela não conseguia definir o conteúdo dessas conversas. Sabia que eram uma espécie de código que ele queria que ela entendesse, mas tudo o que ela ouvia era um formalismo de cortar o coração, uma cortesia, mas também não exatamente isso; um doloroso decoro que brota das ruínas da intimidade, tão íntimo quanto.

— Faz alguns dias, tivemos um seminário — disse Avery — sobre uma estação ferroviária. Um aluno projetou um complexo estabelecimento para "se restaurar" depois de uma viagem: um *boudoir* com cabines, banquetas e espelhos, pias e chuveiros individuais. Ele ficou falando que esse "spa" acabaria se tornando o próprio destino. "Será imensamente prático", ele disse. "O trem leva as pessoas direto aos chuveiros"; ele ficava repetindo isso: "o trem leva as pessoas direto aos chuveiros, direto aos chuveiros...". E continuou falando até eu me sentir mal. Só conseguia pensar nos trens de Amsterdã e Treblinka e acabei falando isso. A classe inteira virou para olhar para mim como se eu fosse maluco. Eu pensei: pronto, agora eu estraguei tudo, vão pensar que eu sou pirado, obcecado. Até que, finalmente, uma garota perguntou: "O que é Treblinka?"...

Ontem estávamos falando de pontes. Eu disse que sim, achava que uma ponte podia ser também um shopping center e um estacionamento, mas por que deveríamos disfarçar uma ponte, a sua função? Qual a essência de um melão? A sua redondez! Talvez um dia a gente produza um melão quadrado, mas aí será alguma outra coisa, um brinquedo, uma gozação de melão, uma humilhação. Olharam para mim de novo como se eu tivesse perdido a cabeça. Mas aí alguém disse: "Melão quadrado, por que não pensei nisso antes?".

Jean ouviu, pelo telefone, o ruído de papéis se esfregando e adivinhou que Avery tinha deitado a cabeça na mesa.

— Hoje eu estava pensando — disse Avery — que, no momento em que se usa pedra numa construção, isso significa mudança. Todo aquele tempo geológico se transforma em tempo humano, fica aprisionado. E, quando aquela pedra cai em ruínas, mesmo assim ela não é liberada: sua escala continua mortal.

Avery saiu andando pelo pântano. Não havia lua, mas o chão refulgia com a neve. O escuro acima e a brancura abaixo faziam sentir que a cada passo ele podia cair de um precipício. Um sinalizador brilhava acima do canal. Ele foi nessa direção.

Deitou-se junto à vala e o solo pareceu quase quente. Não havia ninguém em muitos quilômetros de pântano, a fazenda mais próxima era uma pintinha de luz. Ouviu a água deslizando sob o gelo. Vergonha não é o fim da história, pensou, é o meio da história.

Com a lama congelada a lhe penetrar nas costas, Avery se viu pensando em Georgiana Foyle. Imaginou se ela estaria viva, e se havia escolhido onde seria enterrada, agora que seu lugar ao lado do marido não existia mais. Pensou em Daub Arbab, que, pela primeira vez, Avery se dava conta de que fazia lembrar seu pai, uma seriedade que se expressa em delicadeza. Pensou que a coisa que sentia mais próxima a uma crença de qualquer tipo era o amor por sua mulher.

O pintor Bonnard, na véspera de sua morte, viajou horas para uma exposição de sua obra só para poder acrescentar uma única gota de tinta dourada às flores de uma pintura. Suas mãos estavam muito trêmulas, então ele pediu que um filho o acompanhasse para ajudar a segurar o pincel. Avery achava que, mesmo que Bonnard soubesse que eram suas últimas horas, ele ainda assim teria feito a viagem, em função de um único segundo de pigmento. Que vida abençoada, viver de forma que nossas escolhas sejam as mesmas, mesmo no último dia.

Ele pensou no que seu pai tinha lhe dito quando estavam sentados aquela tarde nas montanhas, depois da guerra: Uma única questão importa. Nos braços de quem você quer morrer.

As luzes da casa de Marina estavam acesas; ela as deixara assim para Avery; para ele navegar, para arar as profundezas.

Quando Avery entrou, Marina estava esperando.

— Você usa esse pântano como o deserto — ela disse.

Jean passou vários dias ajudando Lucjan a fazer nós em pedaços de corda grossa para uma escultura; dez ou quinze nós, cada um do tamanho de um punho, em cada pedaço. Ela não sabia como Lucjan pretendia usar esses pedaços de corda, estranhos e volumosos. Trabalhavam com as luzes acesas, a pálida luz da tarde de fevereiro mal ultrapassando as janelas.

Eles sempre pediam um ao outro para descrever uma paisagem, era a chave para uma porta entre eles, um jeito de contar uma história. Ali, na cozinha invernal de Lucjan, o chão e a mesa cobertos com pedaços de corda, Jean descreveu serenamente um crepúsculo no deserto.

— A areia ficava da cor da pele, e a pedra do tempo parecia carne. A primeira vez que os cortadores de pedra cortaram as pernas de Ramsés naquela luz, eu me encolhi, como se quase esperasse que a pedra fosse sangrar.

Ela colocou sua corda junto às outras no chão, os nós começando a parecer um monte de pedras.

— E estas aqui — disse ela, enrolando a corda no colo — são tão compridas como as rédeas de um camelo.

— O mais perto que eu cheguei de ver um camelo — disse Lucjan — foi durante a guerra, mas eu também podia ter estado do outro lado do mundo. Me lembro de alguém dizendo para minha mãe e para mim que tinham chegado camelos à Plac Teatralny, camelos que se ajoelhavam na calçada para as crianças poderem subir e dar uma volta neles. "E eu que achava que nada mais ia me surpreender", minha mãe disse... Depois da guerra, eu descobri que, viajando bem atrás do exército alemão, vinha um circo. Era a mesma coisa em todo território ocupado. A grande tenda chegava à cidade e recolhia as últimas moedas dos trouxas...

Continuaram um momento em silêncio, a neve caía.

— Dizem que as crianças encontram um jeito. Às vezes — disse Lucjan. — Não uma saída, mas um jeito. Igual a ossos: eles se consertam sozinhos, mas não ficam mais retos. Os ratos das ruínas tinham um jogo da desgraça: ver quem superava os outros. Se você perdia um irmão além da mãe e do pai, pior. E uma irmã também: pior ainda. Perdeu uma parte do seu próprio corpo? Pior do que pior. Havia sempre um "pior ainda": *jeszcze straszniejsze*.

Meu padrasto tinha sempre um ar em sua cara, aquela careta de alerta, de alguém que sabe que está fazendo coisa errada, mas não consegue pensar no que fazer no lugar, e então vai em frente, desafiador, como se estivesse certo. Saber que estava errado dava a ele um ar de verdadeira convicção. Quando nos vimos de novo pela primeira vez depois da guerra, olhamos um para o outro, tentando entender que ligação existia entre nós dois. Naqueles primeiros segundos, tudo foi dito em total silêncio. Ele era só meu padrasto, "afinal de contas" — *w końcu*. O que a guerra tinha feito com ele? Como se fosse um animal numa armadilha, ele havia mordido pedaços dele mesmo para sobreviver: compaixão, generosidade, paciência, paternidade. A maior parte da minha vida tinha sido sem ele. Ele nunca apareceu quando eu mais precisava. Me lembro de olhar aquele repartido branco como osso no farto cabelo preto dele, tentando imaginar que minha mãe tinha tocado aquele cabelo...

Uma mulher podia ficar colada a Lucjan uma vida inteira e, mesmo que a desolação dele se encolhesse ao tamanho de um átomo de tinta, esse átomo continuaria molhado. Jean tinha atribuído muitos sentidos à obra que o estava ajudando a fazer; era um rosário gigante, os nós de um xale de oração, uma forma antiga de contar. E ela pensou, então, no pior nó de todos: desconfiança amarrada em desejo.

— Os nomes eram roubados enquanto a gente dormia.

A gente dormia em Breslau e acordava em Wrocław. Dormia em Dantzig e, claro, admito, se mexia e rolava um pouco, mas não tanto a ponto de explicar como acordávamos em Gdańsk. Quando nos enfiávamos entre os lençóis frios da cama, isso era inegavelmente na cidade de Konigsberg, Falkenberg, Bunzlau ou Marienburg, e, no entanto, quando a gente acordava e baixava os pés pela beira da mesma cama, nossos pés tocavam ainda inegavelmente num tapetinho em Chojna, Niemodlin, Bolesławiec ou Malbork.

Andávamos pela mesma rua onde sempre andávamos, parávamos para tomar café no mesmo café de esquina cujo menu não mudava havia anos, mas quando antes pedíamos *ciasta* agora pedíamos *piróјnoe*, que era servido na mesma louça com o mesmo copo de água. As moedas deixadas em cima da mesa de mármore eram diferentes, mas a mesa em si era a mesma.

Depois, havia os lugares que tinham mudado tudo, menos os nomes. Após sua destruição, quando as cidades foram construídas, Varsóvia virou Varsóvia, Dresden virou Dresden, Berlim, Berlim. Podia-se dizer, claro, que essas cidades não tinham morrido por completo, mas cresceram de novo dos seus cacos, do que restara. Mas uma cidade não precisa queimar nem se afogar; ela pode morrer diante dos nossos olhos, invisivelmente.

Em Varsóvia, a Cidade Velha virou a ideia da Cidade Velha, uma réplica. Os atendentes de bar usavam roupas antigas, placas antiquadas eram penduradas acima das vitrines das lojas. Aos poucos, a cidade do Vístula começou a sonhar seus velhos sonhos. Às vezes, uma ideia crescia e virava cidade; às vezes uma cidade crescia e virava uma ideia. Em todo caso, Stálin não conseguia impedir que o rio penetrasse de novo no sonho das pessoas, o rio com sua prolongada memória e seu eterno presente.

A Europa estava dilacerada e recosturada. De manhã, uma mulher se debruçava na janela da cozinha e pendurava a roupa lavada em seu quintal de Berlim; à tarde, quando estava seca, ela teria de atravessar o Checkpoint Charlie para recolher as camisas do marido.

E o que dizer dos mortos que um dia tiveram a sorte de possuir um túmulo? Claro que, ao menos, se alguém morria em Stettin, o fantasma da pessoa tinha o direito de continuar lá, naquele passado, não se esperava que fosse assombrar Szczecin também...

Os mortos têm seus próprios mapas e vagam à vontade tanto em Fraustadt como em Wschowa, tanto em Mollwitz como em Malujowice, tanto em Steinau am Oder como em Ścinawa; em Zlín e Gottwaldov e Zlín outra vez. Pela rua Vinohradská, em Praga, pela Franz Josef Strasse, pela avenida Marechal Foch, pelas Hermann Goering Strasse e avenida Marechal Foch outra vez, sem dar um único passo e tremulando apenas através de tempo, na rua Vinohradská.

Quanto ao local de nascimento da pessoa, depende de quem pergunta.

Claro que ao longo da tarde os rolos de nós aumentaram, mudos e pesados no chão, debaixo da mesa.

A sopa estava fervendo no fogão. Mais cedo, Ewa tinha trazido uma galinha assada para Lucjan e agora ela estava estalando no forno. A luz havia quase acabado. Lucjan fez fogo e acendeu velas.

Sentou-se no chão na metade "inconsciente" da casa, encostou-se à parede, olhando de longe o emaranhado de nós, trabalho da tarde deles. Jean estava lendo um livro, calada, à mesa da cozinha. Com falsa dramaticidade, Lucjan gemeu:

— Estou com fome.

Jean levantou os olhos do livro.

— O que você está lendo? — Lucjan perguntou. — É comestível?

— Este capítulo é sobre vigor híbrido. Mas — ela sorriu — pode dizer que estou lendo sobre repolhos.

— Melhor assim — disse Lucjan.

Ele sentou à mesa ao lado dela.

— Na escola te ensinaram sobre os viúvos *koksagiz*? Quando os alemães invadiram a União Soviética, eles procuraram plantas de borracha por toda parte. Mulheres e crianças russas foram levadas a campos de trabalho para colher nos campos de *koksagiz* e extrair das raízes até a mais minúscula quantidade de borracha...

O grande projeto de prédios residenciais na parte sul do bairro de Muranów em Varsóvia foi construído em cima do que fora o gueto. Havia tanto entulho (quase quatro metros de profundidade) que não tínhamos máquinas para remover. Então, em vez de remover, os detritos foram quebrados ainda mais, e as casas construídas por cima. Depois semearam a grama e plantaram canteiros de flores nesse terraço dos mortos. É o "jardim de sangue e chão" deles.

A poucos quarteirões da Escola de Arquitetura, onde Avery estava trabalhando a uma mesa no porão, Jean sentou ao lado de

Lucjan e Ranger no Cinéma Lumière, esperando começar o filme *O Boulevard do Crime*.

Lucjan entregou a Jean um saco encaroçado.

— Batatas assadas com sal — disse Lucjan.

Ranger inclinou-se por cima de Lucjan e pôs a mão no saco.

— É um filme longo, dura pelo menos duas batatas — ele disse a Jean, já removendo o papel-alumínio. Me lembro de ter ido com Mr. Snow e Beata ao Polonia, com tanta fome que a gente mal conseguia ficar sentado. Não tinha água nem lugar para morar, mas, quatro meses depois da guerra, havia um cinema. O Polonia parecia um cenário na confusão da rua Marszałkowska. Muitas vezes eu fiquei na fila para ver um filme e depois fiquei na fila outra vez mais adiante na rua para encher um balde de metal na bomba de água que jorrava do chão. As pessoas levavam os recipientes com elas aonde fossem. Havia sempre um barulho antes de qualquer um sentar em qualquer parte, quando a pessoa punha a seus pés vidros, frascos, baldes.

— Depois do barulho, geralmente vinha o farfalhar de papel-jornal — disse Lucjan —, quando as pessoas tiravam do bolso a *Skarpa Warszawska*, uma revista semanal, Janina, que nos mantinha informados do andamento da reconstrução. Após a guerra, apareceram muitos jornais: de repente, cinco ou seis jornais diários. Nunca bastava o tanto que a gente ouvia sobre como estávamos indo bem: duzentos mil metros cúbicos de entulho removido em carroças, sessenta quilômetros de ruas livres de detritos, mil edifícios livres de minas...

— Camaradas — dizia Ranger —, começaram os trabalhos na praça do mercado, no teto de flandres do palácio, na igreja da rua Leszno... A biblioteca está aberta na rua Rejtan!

Peregrinos convergiam aos mesmos locais, os mesmos metros quadrados de entulho, cada pessoa lamentando uma perda diferente. Ficavam agrupados no mesmo ponto e choravam seus vários mortos: judeus, poloneses, soldados, civis, guerreiros do gueto, oficiais do Exército Nacional, dezenas de lealdades enterradas no mesmo monte de pedras.

— Como uma cidade se reconstrói? — perguntou Lucjan. — Em questão de dias alguém põe vasos no meio das ruínas e abre uma floricultura. Poucos dias depois, alguém põe uma prancha em cima de dois tijolos e abre uma livraria.

— Em Londres, depois dos bombardeios — disse Jean —, epilóbios enraizavam e se espalhavam pelas ruínas...

— Janina — disse Lucjan —, não se trata de um romance. Não estou falando de flores silvestres, estou falando de comércio: é assim que se reconstrói uma cidade. Você pode arranjar todas as flores silvestres que quiser, mas no fim alguém tem de abrir uma loja.

Na rua, Lucjan pegou no braço de Jean. Tinha começado a nevar enquanto estavam no cinema, na Paris do século XIX, e quando chegaram à rua Amelia estava tudo branco e silencioso.

Deitaram juntos na banheira, olhando a neve cair pelas janelas da cozinha.

— É um final de filme triste — disse Lucjan. — Um homem abrindo caminho na multidão para chegar até a mulher que ama e não consegue chegar a ela nunca, por toda a eternidade.

Ele olhou as pilhas de cordas em torno deles.

— Está quase pronto — disse Lucjan. — Quando tiver demais e estiver pesado demais para mexer, vai estar pronto.

Isso me faz pensar no meu avô, pai da minha mãe, que era fabricante de armários. Minha mãe me contou uma vez que ele tinha feito uma peça de mobília magnífica, a escrivaninha mais especial já criada no mundo, digna de um imperador, mas não tinha pensado numa coisa, que era a porta da sala, pequena demais, e então tiveram de abrir um buraco maior para ela passar. Ela disse que eu devia tomar isso como uma lição de humildade. Ela me contou também de uma enorme vitrine curva que ele havia feito para uma loja: a madeira brilhava como âmbar, a parte de cima era de vidro pesado com bordas bisotadas que pareciam, disse minha mãe, com a borda da água quando o gelo está se formando, e dentro havia gavetas largas, rasas, forradas de veludo, para meias, renda, sedas. Cada gaveta tinha um puxadorzinho de latão. Ele se gabava de que era preciso dez homens para levantar o móvel. O armário tinha esculturas elaboradas nos cantos: vinhas de madeira desciam fartas, ricas, até o chão. As gavetas deslizavam, suavemente, silenciosas, e a vendedora podia tirar a gaveta inteira para o cliente ver as pequenas peças de seda brilhando como poças de água colorida no veludo escuro.

Essa vitrine atraiu para meu avô muitas encomendas de trabalhos sob medida.

A família de meu padrasto era de Łódź; tinham uma fábrica de meias e lingerie. Ele havia sido mandado a Varsóvia para distribuir os produtos familiares. Foi para essa loja que meu avô fez um dos seus famosos armários e foi assim que ele conheceu minha mãe. Ela era tão jovem: sua pele macia e cabeleira farta eram leite e canela, seu rosto era doce. Tinha dezenove anos.

Me lembro do ponto do bonde com um relógio ao lado onde minha mãe e eu costumávamos esperar o bonde antes da guerra. O relógio tinha linhazinhas em lugar de números. Me incomodava tanto não haver números naquele relógio, só risquinhos anônimos, como se o tempo não fosse nada e apenas oscilasse sem fim, sem sentido, anonimamente. Eu costumava tentar prever quando o ponteiro de minutos ia pular adiante. Tentava contar os segundos, adivinhar quando ia de repente tomar o próximo risquinho, mas ele sempre mudava sem mim.

Enquanto eu esperava naquele ponto pelo bonde nº 14, minha mãe comentava que era realmente um lugar muito bobo para pôr um relógio porque sempre nos lembrava de quanto o bonde estava atrasado e quanto tempo a gente tinha esperado, quanto estava atrasada. Me lembro da sensação do casaco de lã dela contra meu rosto, parado ali a seu lado, os dedos dela firmes em torno dos meus. Aquele ponteirinho do relógio pulando para a frente sem mim é para mim o símbolo de como minha mãe desapareceu...

Uma parede não separa; ela liga duas coisas.

No gueto, uma mulher veio visitar minha mãe. Era uma velha colega de escola ou uma parenta; não me lembro, mas para minha mãe a natureza desse relacionamento sem dúvida seria o coração desta história. Eu me lembro bem do chapéu dela, uma coisa em forma de prato de bolo inclinado para um lado, que ela não tirou durante o chá. Eu fiquei esperando que aquilo caísse em cima da xícara. Sentado na cadeira no canto perto de uma mesinha de madeira com minha xícara de "chá de mentirinha": água quente e leite. A mulher deu para minha mãe umas fotografias tiradas quando elas eram crianças. Depois que ela foi embora, minha mãe e eu sentamos juntos e olhamos as fotos. A estação nas fotos era o verão, mas do outro lado da nossa janela estava nevando aquela tarde. Me lembro de pensar nesse fato, a primeira vez que me ocorreu que o tempo se preservava nas fotografias. E, como o sol era muito forte, havia muitas sombras. Em uma foto, sobretudo, a sombra de minha mãe era muito pronunciada ao lado dela, e eu não conseguia tirar os olhos dela, aquela sombra na calçada era quase da altura dela. E em outra, havia a sombra de alguém que estava evidentemente parado ao lado dela, mas fora do campo da foto. Depois, eu não conseguia parar de pensar naquilo, que minha mãe estava ao lado de alguém, um quarto de século antes, cuja identidade eu nunca saberia, mas cuja sombra estava registrada para sempre.

As fotos daquela época tinham outra intensidade; não porque registrem um mundo perdido e não porque são uma espécie de testemunho: isso qualquer fotografia é. Não. Isso porque a partir de 1940 era ilegal para qualquer polonês, ainda mais um judeu polonês, usar uma câmera. Então cada foto tirada por um polonês, nessa época e lugar, é uma foto proibida, seja de uma execução pública, seja de uma mulher lendo tranquilamente um romance em sua cama.

Soldados alemães, por outro lado, eram encorajados a levar suas Kine-Exakta ou Leica com eles à guerra, para documentar a conquista. E muitas dessas fotos sobrevivem em arquivos públicos como os de Willy Georg, Joachim Goerke, Hauptmann Fleischer, Franz Konrad... Outras permanecem em álbuns de família, fotos mandadas para os pais ou namoradas: a torre Eiffel, as ruas do gueto, o Parthenon, enforcamentos públicos, um teatro de ópera, um túmulo coletivo, peruas de gás, e outros signos do "turismo" alemão... Essas fotos eram mandadas para casa, e conservadas ao lado de fotos familiares de casamentos, bodas, festas de aniversário, férias à beira do lago. Embora houvesse, sem dúvida, fotojornalistas cuja função era fotografar para propaganda, muitos dos fotossoldados continuam anônimos, seus instantâneos, parte de uma grande quantidade de imagens que constituem o século XX...

Eu costumava passar muitas horas olhando pela janela em nosso canto do gueto, e, uma vez, vi um velho pôr no chão uma caixa de madeira e se ajoelhar dolorosamente ao lado dela. Um ponto de engraxate instantâneo. Primeiro, achei que aquilo era uma escolha tão má quanto armar uma barraca para vender fósforos perto de um incêndio; quem naquela cidade faminta iria pagar para engraxar seus sapatos velhos, que mal se mantinham inteiros? Mas inacreditavelmente ele ganhou o suficiente para jantar aquele dia. E engraxava as botas dos soldados alemães: usava muita graxa preta e para eles era de graça. Me deixava com falta de ar ver a bota dos soldados tão perto da cabeça do velho.

Os lugares onde as pessoas eram mortas nunca apresentavam nenhuma marca; momentos depois, a calçada estava exatamente como antes. De minha janela, eu ficava procurando um traço do assassinato do velho, mas não havia nenhum.

Meu padrasto acabou encontrando um esconderijo para minha mãe e eu, muito mais difícil encontrar alguém disposto a receber nós dois. Nas paredes do gueto havia buracos nas paredes para fazer esses transportes e as pessoas eram mortas na metade do trajeto, com a cabeça ou os pés para fora. Poucos dias antes de fazermos nossa tentativa, fiquei olhando pela janela a rua lá embaixo, onde minha mãe esperava alguém para fazer uma troca por comida. Ela estava ali na rua por minha causa, para me alimentar. Foi isso o que meu padrasto pensou depois e por isso nunca me perdoou... Isso e o fato de minha mãe e eu estarmos sempre de cabeças próximas, debruçados sobre um livro ou um desenho, rindo de alguma coisa tão pequena que nunca conseguíamos explicar de fato para ele... Desviei os olhos da janela um momento, não mais que poucos segundos, ou talvez eu estivesse divagando, e, quando olhei de novo, minha mãe tinha sumido, simplesmente sumido, assim. Nunca mais vi minha mãe. Ainda tenho a certeza de que, se eu não tivesse desviado os olhos justo naquele momento, nada teria acontecido com ela.

Uma revelação simplória, infantil: que podemos morrer sem deixar traço.

No fundo da ravina, um filete captava a luz; a neve do rio havia sido descascada e respingava com a água de um balde metálico. Todo dia um dos Dogs renovava esse verniz líquido. O gelo brilhante do rio parecia líquido à luz da lanterna, refletindo até as lanternas penduradas nas árvores, como se houvessem lançado um encanto sobre a água, impedindo que congelasse. Tão natural era essa miragem que Jean prendeu a respiração ao ver o primeiro esquiador pisar na superfície, como se ele pudesse afundar com seus patins pesados, engolido sem um som pelo encantamento do rio.

— Vá, diga logo no que está pensando: nos camponeses de Breughel. — Jean olhou surpresa para Lucjan.

— Você pronunciou as palavras sem som — Lucjan sorriu.

— Por causa das cores fortes do casaco deles contra a neve, acho.

Então, Jean viu Ewa aparecer com seu casaco de pele falsa cor-de-rosa, cachecol rosa, as pernas finas e nuas calçadas com patins cor-de-rosa. Jean riu.

— Um flamingo — disse Lucjan, que parecia saber sempre para onde ela estava olhando.

— Está certo eu dizer que adoro a Ewa mesmo tendo estado com ela só duas vezes?

— Nós todos amamos Ewa — Lucjan disse, sério.

Jean viu Ewa apontar e sabia que ela estava gritando ordens. Apareceram uma prancha e cavaletes e em um momento a mesa estava coberta com formas de bolo e garrafas térmicas de todo tamanho. Jean sorriu diante da teatralidade de cena: um banquete, o rio encantado, os ramos cobertos de gelo batendo ao vento do norte, as lanternas como gotas de tinta amarela entre as árvores.

Jean e Lucjan ficaram no alto do monte, olhando os patinadores lá embaixo. A cena fez Jean se lembrar da paleta de Marina, tão ligada a texturas: retalhos de cachecóis de lã, xales, colchas, vestidos, a pelagem de um cachorro molhado; cada cor: solo, céu noturno, auroras boreais, gelo, figos, chá-preto, líquen, os lodaçais de Jura, cada toque de tinta uma destilação de uma ideia, de um sentimento.

— No escuro do inverno, os Robinson Kruzoes desciam ao Vístula com suas lanternas e pás. O rio congelado era raspado até revelar seu brilho cinzento. Osso raspado até o tutano com uma colher. Havia enormes festas de patinação. Orquestras de rua, crianças, cachorros. Vendedores oferecendo café apareciam nas margens. Doces embrulhados em papel encerado. As pessoas vinham até quando as boates se esvaziavam às duas ou três da manhã, ficavam sóbrias ao luar, no súbito frio. Foi numa dessas que conheci minha mulher — disse Lucjan.

Eu também conheci meu marido num rio, Jean pensou. Embora não estivesse congelado. E não contivesse água nenhuma. E talvez não fosse mais um rio.

— Poucas noites depois que a gente se conheceu, Władka e eu sentamos na margem do rio. O vento estava gelado. O Vístula não estava nem sólido nem líquido; pedaços enormes de gelo oscilavam, saltavam, batiam, abrindo fendas de água negra, que se fechavam em seguida. Então ouvimos um barulho imenso e bem diante dos nossos olhos a ponte perto da Cidadela se rompeu e começou a descer na nossa direção, rio abaixo, pedaços enormes dela batendo no gelo, afundando no negrume e voltando à tona. Em um instante as duas margens do rio ficaram separadas. Władka disse depois que "se a ponte tão tivesse caído bem na nossa frente talvez a gente tivesse descoberto como ficar juntos, mas com um símbolo desses...". Władka tem um senso de humor muito peculiar.

Uma noite, anos antes de Władka e da ponte, eu estava deitado em meu esconderijo, ouvindo os ratos. Depois de algum tempo, soprei a vela. Mas igual a hoje, nesta neve clara, não ficou inteiramente escuro. Eu podia ver minha mão diante do meu rosto. Alguma coisa estava queimando? Eu me levantei e olhei para fora. Havia um vago refulgir de luz. Havia um barulho de multidão que ia ficando mais alto. Mas não havia fumaça. Subi no entulho na direção da luz. A rua Targowa tinha eletricidade! Centenas de pessoas estavam saindo, desorientadas, como sobreviventes de um desastre...

Lembra quando nos conhecemos e você me falou de uma igreja que aumentava de tamanho quando se entrava nela? Eu posso contar a história de uma igreja que mudava de lugar sozinha — disse Lucjan. — Eu estava trabalhando com uma equipe, reconstruindo uma estrada, a via Leste-Oeste, e alguém olhou para cima e notou que a cúpula de Santana estava sorrindo. Não demos maior importância a essa primeira rachadura na pedra, mas no dia seguinte havia muitas rachaduras e elas foram ficando mais largas; de repente toda a ponta nordeste da igreja balançou e se soltou como um dente de leite. Todas as equipes foram correndo reforçar o resto da igreja com aço e experimentamos até a ideia de eletro-osmose do professor Cebertowicz, mas a Santana e a terra continuaram a se mover, o campanário entornando até um centímetro por dia. No fim a terra parou...

Jean e Lucjan começaram a descer o morro.

— O que aconteceu — Jean perguntou de repente — com aquele arquiteto, aquele que deu pão para você?

Como ele não respondeu, ela olhou para ele e sentiu que nunca tinha visto uma expressão de tristeza tão fria em seu rosto.

— As pessoas desapareciam. Às vezes, elas voltavam, mas na maior parte das vezes não. Durante meses falaram das *stojki*, "paradas", quando uma lâmpada elétrica ficava acesa a dois centímetros dos olhos abertos do prisioneiro que mantinham acordado com injeções. Quando alguém morria da tortura, diziam: "ele caiu da mesa". Palavras comuns, palavras banais que uma criança aprende a soletrar no primeiro ano. "O homem caiu da mesa." Talvez esse não fosse exatamente o seu destino, mas... Sem desconfiar de nada, as pessoas eram encurraladas em "caldeirões": qualquer um que fosse visitar por acaso um suspeito num apartamento era preso, os alemães faziam isso e os soviéticos faziam isso. A pessoa tinha sobrevivido à guerra, mas não sobrevivia aos soviéticos.

Os Dogs fazem piada com as reuniões de quinta-feira à noite, mas isso é um costume antigo, uma velha instituição, não aparecer quando você é esperado.

Ouviram a voz de Mr. Snow entre as árvores.

— Vamos ouvir Mr. Snow cantar — disse Lucjan. — Ele tem a voz de um machado. Os Dogs serram e chiam e quando morrerem pode ter certeza de que os ossos deles vão chacoalhar. Se tem uma coisa que eu aprendi é que a coragem é só outro tipo de medo. E se você é um antifascista — disse Lucjan batendo na barriga — tem de ter barriga de antifascista e não cabeça de antifascista. Apetite é mais útil que febre.

Lucjan jogou por cima do ombro os patins como um caçador que leva para casa uma penca de pássaros e voltou pela ravina. A distância, no escuro, Jean ainda escutava o som das lâminas no gelo duro. Os Stray Dogs quase sempre chegavam lá antes deles e ficavam, quase sempre, até depois deles. Olhando para trás, Jean viu a respiração deles no escuro. A própria ravina rebrilhava como um hausto branco, encerrada pelas margens nevadas, as árvores cobertas de neve, e o luar que circundava com suavidade seus rostos enquanto patinavam no gelo. O ar estava quebradiço de tão frio, o gelo cintilante e duro. Ela sabia que havia calor dentro de suas roupas por causa do movimento das pernas e dos braços, e frio doloroso em seus rostos e pulmões.

Jean e Lucjan percorreram juntos a rua Amelia, fizeram compras na padaria Quality, onde os fornos ficavam acesos a noite inteira. O cheiro de pão ocupava a rua College, transformando em maná a neve que caía, Jean pensou.

— Não dá para se desesperar totalmente — disse Lucjan com a boca cheia de pão.

Todos podiam entrar pela porta dos fundos da padaria, direto na cozinha, e pagar em dinheiro os pães que tinham acabado de sair do forno. Os padeiros todos conheciam Lucjan e os Stray Dogs. O boleiro, Willy, sempre tocava piano com eles até conseguir o emprego na padaria e não poder mais tocar de noite. "A padaria roubou todo o *walk* do meu *cakewalk*"*, Willy reclamava.

Então Jean e Lucjan sentaram-se no pequeno parque ao final da rua Amelia, com a velha garrafa térmica de chá de Lucjan entre eles e cada um com um saco de papel nos braços. Eles recolhiam punhados de migalhas das longas bengalas de pão, Lucjan dava com os dedos na boca de Jean. Às vezes, depois de toda uma noite junto com Lucjan e os Dogs, esse era o primeiro gosto dele que ela sentia.

Depois, sentavam-se na banheira no escuro, escutando. E Lucjan ainda não a havia tocado, a não ser pela ponta dos dedos cheias de pão em sua boca. Era uma espécie de racionamento, uma valorização de cada prazer. Nada era desperdiçado, principalmente o desejo.

* Literalmente, "passo do bolo". Os melhores dançarinos dessa dança originária do sul dos Estados Unidos eram premiados com fatias de bolo. (N. T.)

Lucjan olhou Jean dormindo a seu lado na luz da tarde de inverno. O cabelo dela estava amarrado para trás com um pano torcido, seu rosto liso e pálido.

No que ela acreditava? Qual trama de suposições orientava sua vida, qual emaranhado de convicções semiformadas e deduções não comprovadas, desde o momento em que abria os olhos de manhã ou, a rigor, mesmo quando estava dormindo? Qual mecânica a orientava: ela acreditava nas almas de Platão, na harmonia de Kepler, na constante de Planck? No marxismo, no darwinismo; nos evangelhos, nos dez mandamentos, nas parábolas budistas; em Hegel, na superstição dos gatos negros e nas histórias de Mr. Snow sobre o Czarny Kot, em migalhas da teoria genética, em sabe Deus quais lendas e intrigas familiares; na convicção de que o mingau fica mais gostoso polvilhado com açúcar do que com sal? Na reencarnação, um pouco, no ateísmo; um pouco na Santíssima Trindade, um pouco. Em Husserl, na navalha de Occam, no Meridiano de Tempo de Greenwich, na monogamia, na teoria atômica segundo a qual sua chaleira ferve a água toda manhã para sua xícara de chá... Ela acreditava em humildade, ele sabia, e no estremecimento de vergonha que nos conduz à ação correta, embora ela chamasse isso de alguma outra coisa, talvez até de amor. Essa rede de suposições, se Lucjan movesse uma ou duas ou duzentas de suas próprias suposições centímetros para cá ou para lá, ele não seria a mesma pessoa que ela, ou seu marido, ou a maioria dos membros da espécie humana? Lucjan pôs a mão na cintura de Jean. Observou sua respiração encher-lhe os pulmões; deitada de lado, ele olhou a curva de seus quadris, a dobra atrás do joelho, o peso relaxado da panturrilha suspensa. Por isto aqui erigimos monumentos, nos matamos, abrimos lojas, explodimos coisas, acordamos de manhã...

Jean estacionou seu carro no começo do longo caminho de entrada e foi andando o resto através do pântano até a casa de Marina. Estava tudo branco, azul e preto, a neve, o céu e as árvores de inverno na fria tarde clara de março. Ela levava sua mochila de enxertia, a mesma mochila de lona que usava desde os dias da avenida Hampton. Lembrou-se então com saudade da expedição à loja de ferragens com seu pai, quando tinha dezesseis anos, para comprar sua primeira faca de enxertar, do tamanho certo para sua mão, com cabo de madeira, e sua primeira lata de cera e seu primeiro fogareiro. E, quando pensou nos pessegueiros de Marina e no enxerto de um só corte que faria, pensou também em Abu Simbel, o corte limpo da faca naquela carne preciosa; de câmbio cortical a câmbio cortical, de enxerto a rizoma, e a pontada, de ansiedade e ao mesmo tempo de remorso, de ser quem induziria aquelas células a se multiplicar e unir-se, logo abaixo da casca. E em Alberto Magno, cuja pergunta de setecentos anos surpreendera e chamara a atenção de Jean numa classe sonolenta, abafada, da faculdade quase oito anos antes: uma árvore frutífera tem alma? Ela achou que era hora de ler Magno outra vez, o emocionante *De vegetabilibus*, um livro que imaginara, séculos antes de Darwin, variedades de plantas a se desenvolver de seus ancestrais silvestres, porque Magno possuía a presciência de todos os homens que mergulham sem reserva num assunto e com a intuição afiada pela humildade. Se árvores frutíferas tinham alma, o que significava a interferência do homem? Agora ela estava na casa branca de Marina, que era quase exatamente do mesmo branco da neve em torno, e Jean pensou que, numa tempestade, daria para entrar direto nela e talvez até atravessar aquelas paredes brancas, como um fantasma.

Ela bateu e esperou. Ficou parada nos degraus e continuou batendo, até aceitar o fato de que Marina não estava. Relutante, resolveu começar o trabalho mesmo assim, uma vez que não precisava de nada além da companhia de Marina. Jean contornou para os fundos da casa até o jardim transplantado de sua mãe, contido por sua cerca branca, agora também perdida na neve. Perplexa, viu então Marina e Avery, em cadeiras de jardim, cobertos com uma pilha de cobertores, dormindo sob a luz frágil do sol baixo de inverno. Ela viu também a velha pasta de couro de Avery, cheia de livros, no colo dele; ele devia ter vindo, como ela, direto de seu carro para o jardim. Jean parou no portão. O padrão florido do vestido de Marina, que ela usava por cima do casaco, subia e descia. O cabelo de Avery, batendo nos ombros agora, se movia pacificamente na pequena brisa. Como pareciam verdadeiros os corpos dos dois juntos. Ela pensou em Lucjan menino com a mãe. Pensou no gueto, os adormecidos e os mortos lado a lado na calçada. Lembrou-se da tarde em que ela e Avery deixaram o carro à beira da estrada e se deitaram juntos na relva molhada dos Apeninos, e caíram no céu. Pensou nos olhos de milhares de gamos observando a jovem Marina e o jovem William, no musgo de Jura, o casaco dele debaixo da cabeça dela.

Às vezes, havia abrigo em ficar ao ar livre, às vezes nem um pouco. Ela pensou nos desprovidos que andavam a pé pelas ruínas de Varsóvia, como deviam parar de vez em quando para deitar ao lado da estrada. As pessoas de Faras Leste subindo do cemitério para a aldeia uma última vez. Sempre, em algum lugar do mundo, há gente que carrega tudo o que possui e para ao lado da estrada. Para dormir, para amar, para morrer. Sempre deitamos desse jeito na terra nua.

Jean desejou deitar na neve ao lado da cadeira de Avery, com as grandes montanhas quentes de Marina a proteger os dois. Mas não ousou.

Que terrível se eles não a quisessem.

Essa ideia não brotou da vergonha, mas de um profundo desânimo, da crença de que a graça é a aberração, algo que se atravessa, como um sonho.

Depois de mais um momento, ela se virou como se tivesse recebido uma ordem e voltou pelo pântano até seu carro.

Nessa noite, Lucjan acariciou seu ombro até ela acordar.

— Uma da manhã — ele sussurrou. — Vamos patinar.

Ela viu alguma coisa no rosto dele e, sem uma palavra, inclinou-se para pegar suas roupas. Lucjan deteve sua mão.

— Só isto aqui debaixo do casaco — disse ele, entregando-lhe seu suéter. — E a meia-calça, mais nada. Eu mantenho você aquecida.

Atravessaram de carro a cidade branca até a borda da ravina. Janelas de luz brilhavam através da neve que caía, não havia interior que não parecesse um santuário depois de uma viagem. Junto ao rio, Lucjan estendeu um cobertor na neve e calçaram os patins.

Jean avançou, o rosto vermelho não de frio, mas de calor. Estava suando debaixo do casaco, o calor aumentando, sangue a inundar cada músculo. Lucjan a puxou para ele. Desabotoou seu casaco. Levantou o suéter e puxou por cima da cabeça dela.

Na primeira respiração, com sua pele tão quente, o ar frio mal era reconhecível como frio. Ela não conseguia dizer se a língua dele estava quente ou fria.

— Quero te contar de um jardim, um grande parque de caça de um rei assírio — Jean sussurrou depois, no escuro da cozinha de Lucjan. — Bosques perfumosos de cedro e buxo, carvalho e árvores frutíferas, caramanchões de jasmim e *illuru*, íris e anêmona, camomila e margarida, açafrão, papoula, e lírios, tanto silvestres como cultivados, às margens do Tigre. Flores oscilando no sol quente e perfumado, grandes barreiras tremulantes de perfume, uma parede móvel de aroma...

Os jardins antigos eram murados não para evitar a entrada de animais, mas para evitar que saíssem, para que não fossem caçados por estranhos. A palavra persa para esses santuários murados era *pairidaeza*, em hebraico, *perdes*, em grego, *paradeisos*. Jean sentiu o peso de Lucjan começar a imobilizá-la.

A origem da palavra "paraíso" é simplesmente "fechado".

E depois, Lucjan e Jean no banho no escuro, até, sim, era verdade, sentirem a louca ânsia de que voltasse a melodia.

— Por favor, me conte de sua filha — disse Jean.

Lucjan deitado de costas ao lado dela, olhando pela janelinha acima da cama.

— Em primeiro lugar, o nome dela é Lena. Em segundo, ela tem quase doze anos, é quase uma mulher. Terceiro, não encontro com ela desde que era pequenininha.

Jean sabia que devia esperar. Passou-se um bom tempo.

— Władka, a mãe de Lena, trabalhava com o pai no barco de maçãs deles. Dava para sentir o cheiro daquelas barcas de frutas a cinco quarteirões, o cheiro doce da cidra na brisa do rio. As barcas, carregadas até o alto com cerejas, pêssegos e maçãs, aportavam na rua Mariensztat, perto da ponte Kierbedz, levando todas as frutas das aldeias ribeirinhas para a cidade.

Eu me lembro daqueles primeiros mercados aquáticos depois da guerra, a primeira montanha de maçãs do Vístula, duras, doces, ácidas, amaciadas pelo sol, apodrecendo, fermentadas, as abelhas circundando. Władka e a mãe faziam tortas cheias de fruta e vendiam numa barraca nas docas.

Władka era tão jovem, mais jovem ainda que eu, e os braços dela, fortes, quando ela arregaçava as mangas do vestido, tinham cheiro de maçã, eram tão brancos e frios, tão úmidos e doces quanto as maçãs, e eu sentia o cheiro de maçã entre seus seios, em seu hálito, em seu cabelo.

Nos casamos no Bristol Hotel. Em 1955. Eu tinha vinte e cinco anos. Os pais de Władka insistiram no Bristol, com seus espelhos e lustres, poltronas de veludo e garçons mandões. Quando a gente fazia o pedido, os garçons discordavam e nunca traziam o que a gente pedia, mas o que eles achavam melhor. Nossa festa de casamento foi cheia de pato assado, sorvete, frutas. Me lembro muito claramente porque eu não comia tanto fazia vinte anos. Eu era louco por Władka, pela ideia de dormir com ela noite após noite, mas aquela comida me deixou muito triste. De repente eu sabia, sabia de fato, que aquelas refeições tinham sempre existido, para alguns, mesmo durante a guerra. Abriu-se uma grande cobiça dentro de mim, sentado àquela mesa. Uma grande raiva. Cada bocado suculento me enchia de desespero. Eu estava comendo o pato da fúria. Nenhum de nós fazia a menor ideia de que poderíamos comer daquele jeito de novo. A comida nos deixou a todos muito tristes.

Lucjan vestiu o suéter e desceu. Jean ouviu enquanto enchia a chaleira. Depois, ele começou a vasculhar os papéis em cima da mesa grande, os cadernos e jornais no chão.

— Tem uma foto da minha filha... Se eu encontrar no meio desta bagunça. Não gosto de guardar num lugar, nem numa moldura, para que vire um altar. Gosto de topar com a cara de Lena quando estou no meio de alguma coisa; é como levantar os olhos e encontrar a menina sentada na sala comigo.

Ele desistiu e voltou para a beirada da cama.

— Depois encontro a foto — disse ele.

E Jean sentiu humilhação: por sua própria necessidade de ser achada.

* * *

— O tempo todo a gente via pessoas paradas na rua — disse Lucjan —, absolutamente imóveis, segurando um objeto de repente inútil, o casaco dele, o livro dela, olhando para o lugar onde o ente querido tinha acabado de desaparecer. Durante aqueles anos todos, nós paramos na rua, os braços cheios de coisas inúteis, enquanto o carro passava, enquanto a fila marchava, enquanto o trem partia, enquanto a porta fechava.

Jean estendeu a mão e pôs na dele. Ele levantou a mão dela e a pôs delicadamente na cama entre eles.

— Você queria que eu contasse — disse ele.

Tinha razão em censurá-la; ela não devia ter estendido a mão. O que o seu toque podia significar diante de tais fatos; nada. O toque de alguma outra pessoa talvez, mas não o dela.

— Tem gente nesta terra que não consegue nem ouvir um motor de caminhão. E o fato de essas lembranças serem comuns a milhares de outros... você acha que isso dá a sensação de uma irmandade? É como disse o Ranger... Cada pessoa feliz — disse Lucjan —, cada pessoa infeliz sabe exatamente a mesma verdade: só existe uma chance de verdade numa vida, e, se você perde esse momento, ou se alguém desaponta você, a vida que era para ser sua desaparece. Todo dia pelo resto de sua vida você vai ser estripado por essa lembrança.

Jean ficou deitada tristemente ao lado dele no escuro.

Logo se deu conta de que Lucjan estava dormindo. A imobilidade dele era grande e sólida, uma árvore tombada. Mas ela quase conseguia ouvir seu cérebro, agitado mesmo no sono.

Numa límpida manhã azul quase no fim de março, Jean foi até Marina para examinar os pessegueiros. Então, ela e Marina almoçaram juntas. Jean estava descascando cenouras e Marina remexendo uma mistura de ovos e cebola na panela quando Marina disse:

— Dei um projetinho para Avery.

Jean olhou para ela.

— Nada caro, claro. — Marina sorriu. — Uma coisa que ele pode projetar numa única folha de papel. De fato, isso foi uma condição. Se o projeto não couber em uma única folha de papel, ele tem de começar de novo.

Entrou em alerta dentro dela um sentimento quase esquecido: expectativa.

— Só uma casinha de um ou dois cômodos, uma choupana, uma cabana, que ele pode pôr em qualquer lugar, mas achei que talvez perto do canal. Um lugar para pensar, para divagar. Um projetinho para ele fazer com as mãos nuas e a cabeça, uma coisa em que ele pode errar.

E pensei numa coisa para você também — disse Marina.

Ela levou Jean para a sala de jantar. Havia tecido dobrado em quadrados grandes, chatos, em cima da mesa. Marina começou a abrir e a sacudi-los um a um, talvez uma dúzia de estampados de cores tão absurdamente brilhantes que Jean começou a rir, formas geométricas ou flores de dez, quinze centímetros, nítidas e vivas, vermelho-papoula, grafite, mostarda, azul-cerúleo, cobalto, verde-limão, branco-anêmona, de algodão duro, grosso, que parecia ser útil para velas em algum navio fantástico.

— Descobri a loja Marimekko em Karelia — disse Marina. — É uma revolução. Tecidos assim eram inimagináveis quando eu era moça. Mulheres usando essas cores e padrões fortes, ridículos e circulando pelo mundo. Vamos fazer umas roupas de verão para você, grandes, alegres, vestidos quadrados, soltos e frescos. Com seus braços e pernas lindos aparecendo, você vai ficar magnífica.

— E você usa um também? — Jean perguntou. — Um vestido grande, quadrado, solto da Marimekko.

Olharam uma para a outra e para si mesmas; o estilo maltrapilho de Jean, com calça de plantar, perneiras pretas largas, uma camisa velha de Avery que ia até os joelhos e um suéter velho de tonalidade indefinível, cor de barro, também de Avery, com os cotovelos gastos pelo uso, solto, pendurado nos ombros estreitos de Jean. O avental plástico de pintura de Marina, a calça de lã que parecia ter sido feita antes da guerra, coisa que era verdade, bem cortada (porque tinha sido de William), mas muito larga e manchada de tinta.

— Marina — disse Jean —, você está completamente louca.

Marina pegou a mão de Jean, quase desesperada para ver felicidade de novo nos olhos de Jean.

— Não tão louca assim.

Poucos dias depois, Jean foi ao pântano de novo e deixou seu carro, como sempre fazia, na estrada principal, para poder chegar à casa a pé; para absorver a visão dela, entre árvores, agora árvores de inverno negras como tinta, traços verticais, grossos e finos, na borda dos campos. Ela bateu na porta de trás, depois viu que estava aberta, entrou. Na mesa da cozinha havia uma tigela de sopa. Havia grandes pedaços de pão amassados na tigela, encharcados de caldo. Naquele momento, ela soube que Avery tinha estado ali, talvez ainda estivesse; talvez tivesse estacionado o carro no campo do outro lado da casa. Ela nunca vira ele sair da mesa sem tirar seu prato, por dever ou por hábito, e com certeza não na casa da mãe. Jean ficou parada na porta e olhou a tigela de sopa cheia de pão. Uma tigela de criança.

Era a sua própria vulnerabilidade que ela sentia, olhando, não a dele.

Ela voltou para fora.

Da janela do estúdio, Marina viu Jean e Avery conversando, e além do ombro de Jean, a luva de Avery no ar, apontando. E ela entendeu que Avery estava começando a pensar sobre aquela folha de papel única.

Jean sentou na beira da cama enquanto Lucjan desenhava.

— Trabalhei como um escravo — disse Lucjan — na construção daquele projeto soviético, o Palácio da Cultura. Fiz todo tipo de trabalho que o operário de classe mais baixa podia passar para mim. Aos poucos, o monstro subiu, pedra por pedra; ninguém acreditava nas proporções gigantescas que simbolizavam, desde o comecinho, os tormentos impostos por Stálin. Quanto mais alto subia, mais elaboradas as decorações e os pináculos, as estalagmites pontudas, maior a profundidade da submissão que representava. Eu detestei esse trabalho, que me fascinava também. E foi lá que eu conheci Ostap.

Eu detestava tudo o que nos cercava, mas não sentia desprezo por ele. Ele tinha uma coisa, o jeito de mexer o corpo, o jeito de enfrentar um encargo com determinação como se respeitasse aquilo, o jeito de descartar os comentários de outro homem, invisivelmente, mas não invisivelmente, com suas orelhas, seu cabelos. Nunca encontrei nenhum outro homem com tamanha segurança da própria independência, com seu desdém interior. Não sei descrever direito, mesmo depois de tantos anos, acho difícil descrever essa independência que ele tinha.

Ostap gostava de citar Andrei Platónov, embora essa citação não fizesse bem para a saúde de ninguém. Ele esticava as pernas como se tivesse todo o tempo do mundo e não tivesse de se pôr de pé de novo a qualquer segundo, e recitava: "Para a mente, tudo está no futuro; para o coração, tudo está no passado". "A vida é curta, não dá tempo de esquecer tudo."

Muitas vezes, quando estávamos comendo juntos, esse russo Ostap tirava do bolso da camisa um lápis, tão apontado que era do tamanho do polegar dele ("lápis curto tem memória longa!"), e rabiscava imagens para me ensinar os nomes das coisas em russo. No começo, eram palavras práticas, *caminhão, pedra, martelo*, e depois me ensinou palavras que eram úteis de outro jeito: *raiva, idiota, amigo*. Em vez de jogar fora esses pedaços de papel, eu misturava na massa entre as pedras. São muitas palavras dessas escondidas entre as pedras do Palácio da Cultura, suficientes para contar algum tipo de história. Desse jeito eu também aprendi fragmentos da infância dele em São Petersburgo: um gato, uma ponte, um apartamento na rua Furstadtskaia.

Em troca, eu contava a Ostap histórias de lugares em Varsóvia que eu não tinha conhecido quando era criança, histórias que eu ouvi depois entre estudantes, e era inexplicável, mas só de narrar esses episódios eles pareciam passar a fazer parte de minha própria memória, talvez seja essa a razão precisa para eu ter contado, até ser impossível distinguir as lembranças que pertenciam a mim e as lembranças que não, como se em virtude da perda coletiva elas se tornassem memória coletiva. Para guardar tudo, mesmo o que não era para eu guardar.

Nunca houve um homem tão fiel a sua infância como Ostap. Depois de tudo tomado, até mesmo o pequeno serviço de chá com que ele e a irmã brincavam, aquele com o retrato de Lênin pintado em cada xicarazinha e pires, Ostap tomou a decisão de não se esquecer de nada. Ele se lembrava especialmente dos livros que tinha lido quando era criança, uma história de um porco-espinho e uma tartaruga, Carroçalenta e Peveloz, que ele comparava aos "clássicos" soviéticos, trens e caminhões aterradores com suas carrancas humanas, robôs com bocas quadradas e narizes de maçaneta, rostos feitos de engrenagens e rodas dentadas, não totalmente humanos e não totalmente máquinas. Eles me lembravam dos caminhões que rodavam pelos espaços limpos da rua Freta. Ele me mostrou um daqueles livrinhos Tsekhanóvski de imagens animadas, filminhos com crianças que encolhem e máquinas que ficam gigantescas ou locomotivas atropelando pequenos animais. Quando ele era jovem, tinha lido as traduções de Tchukóvski de O. Henry e R. L. Stevenson; *Como Kolka Panki voou para o Brasil e Petka Ershov não acreditou nele* e *Cem mil porquês*, de Evguênia Evenbach. Ele comentava isso com sua mãe, que era muito pequena, deitava a cabeça no ombro dele, mesmo quando ele tinha apenas doze anos, e que estava enterrada no cemitério da ilha Golódni, em São Petersburgo.

Ele e a sua Marina teriam algumas coisas para dizer um ao outro. Ele sabia tudo de livros para crianças, livros que nunca superou, ou talvez seja melhor dizer que ele se superou nos livros para crianças, no entendimento de seus segredos. Ele sabia quais escritores eram *stopiatnitsa*, membro do clube dos cento e cinco, aquele que é proibido de viver a cento e cinco quilômetros de qualquer cidade... e quem estava na prisão por escrever uma certa história sobre um coelho e um cabrito. Isso foi durante o reino da "Rainha Krúpskaia", cuja campanha pessoal era denunciar contos de fadas como "não científicos" e, portanto, perigosos para o Estado. "Coelhos falam? Cabritos usam roupa? O antropomorfismo de animais não é realista, portanto é uma mentira. Você está mentindo para nossas crianças." Talvez um escritor minta mesmo, Ostap concordava. Porque ele escreveu uma história em que uma pedra era capaz de se transformar em homem...

Os russos enviados a Varsóvia para construir o Palácio da Cultura dormiam em um grande acampamento junto ao rio.

Nos meses em que trabalhei lá, levando e trazendo, camaradas "caíam" regularmente para a morte e eram simplesmente abandonados para serem enterrados nos alicerces. Essas quedas foram descritas por alguém como "bebeu demais".

Lucjan parou de falar. — Espere um pouco — ele disse, saindo da cama. Jean ouviu quando ele desceu a escada e ouviu o velho fecho metálico da geladeira fechar com firmeza. Ouviu batidas.

— Não se preocupe, só estou moendo gelo com um martelo!

Ele subiu a escada trazendo uma tigela de neve regada com vodca. O frio foi direto para a cabeça de Jean.

— Alguma parte de nós é inviolável? Não. Tudo pode ser levado, catado; carniça. Mesmo assim, existe alguma coisa no homem. Não é forte o bastante nem para ser chamada de intuição, talvez apenas o cheiro do próprio corpo. E é nisso que a gente baseia a vida...

Lucjan começou a cobrir as costas de Jean com o cobertor, mas então, pensando melhor, afastou o lençol e olhou para ela.

Torceu os lençóis entre suas nádegas. Viu que ela concordaria com qualquer coisa. Soltou o lençol.

— Não ceda para mim — disse ele.

Havia um outro urso que eu conheci quando trabalhava no Palácio da Cultura. Durante o almoço, ele fumava com a boca cheia de comida; nunca vi ninguém mais fazer isso. Ele sempre fazia sermão aos mais novos. Todas as mulheres são iguais, pegue o que você puder antes que elas roubem você...

E *muzak*, você sabe como apareceu a música de fundo, por que não se pode sair para comprar um pacote de ervilha congelada sem ouvir no supermercado uma mulher gemendo o seu amor perdido, quando tudo o que a gente quer é comprar a ervilha e sair da loja o mais depressa possível? Por que não se pode comprar uma embalagem de leite, um par de meias, nem ficar sentado sossegado num café? A origem da *muzak* foram os alto-falantes dos campos em Buchenwald, os gorjeios das canções de amor que despejavam no ouvido da gente na concentração, na enfermaria, enquanto os mortos entravam e saíam...

Na vida de todo mundo existe um momento em que exigem de nós a coragem que sentimos com todas as células estar além da nossa força. O que você faz nesse momento é que determina tudo o que vem depois. Nós gostamos de pensar que temos mais de uma chance, mas isso não é verdade. E o nosso fracasso é tão permanente que nós tentamos nos convencer de que é o certo, e racionalizamos de novo e de novo. Nos próprios ossos a gente sabe essa verdade; ela é tão tirânica, tão exigente, que queremos negar de todo jeito. Esse fracasso está no coração de tudo o que fazemos, de cada sutil decisão que tomamos. E é por isso que não existe nada, no mais fundo de nós, que se deseje mais do que o perdão. É um desejo sem fim, esse desejo de perdão.

E vou te dizer mais uma coisa — disse Lucjan, cobrindo Jean com os cobertores —, essa verdade está a serviço de cada morte.

— Era humilhante andar pela primeira vez na réplica da Cidade Velha — disse Lucjan —, na praça do mercado reconstruída. Nosso delírio nos envergonhava, sabíamos que era um truque, uma lavagem cerebral, e no entanto desejávamos tanto aquilo. A memória salivava em nosso cérebro. A fome que aquilo tentava satisfazer. Estava entardecendo e a luz da rua milagrosamente se acendeu, tudo era exatamente igual: as mesmas placas nas lojas, as mesmas pedras nas construções e nos arcos... Eu tinha de parar várias vezes, para me encaixar numa estranheza tão intensa. Me acocorei de costas contra uma parede. Era uma brutalidade, uma gozação, de início completamente repulsiva, como se o tempo pudesse voltar, como se até mesmo a verdade da nossa desgraça pudesse ser tirada de nós. E, no entanto, quanto mais a gente andava, mais nossos sentimentos mudavam, a náusea diminuía aos poucos e nós começávamos a lembrar mais e mais. Lembranças de infância, lembranças de juventude e de amor. Eu olhava o rosto das pessoas à minha volta, meio enlouquecidas pela confusão de sentimentos. Havia desafio também, claro, um imenso canto de orgulho explodindo em todo mundo, humilhação e orgulho ao mesmo tempo. As pessoas dançavam nas ruas. Bebiam. Às três da manhã, as ruas ainda estavam cheias de gente, e me lembro de pensar que, se não fôssemos todos embora, os fantasmas não voltariam, e para quem era tudo aquilo senão para os fantasmas?

Jean chegou mais perto dele.

— Janina, guarde a pena para você mesma. Quer ouvir ou não?

Ele enfiou travesseiros entre os dois.

— Depois disso eu pensei que talvez tivesse sido melhor se a gente carregasse todo aquele entulho em caminhões e jogasse em algum lugar longe onde não fosse usado mais para nada.

— Vocês podiam não ter construído nada — disse Jean. — Mas... construir nada é trabalho duro também. Não construir nada pode ser mais difícil, talvez.

— Droga — disse Lucjan. — Você não entende nada.

Ele empurrou os travesseiros.

— Você podia era me agradar, já que não escuta nada — disse ele.

— Eu entendo, sim — disse Jean.

— Tudo bem, desculpe. Mas você acha que umas palavras resolvem? Acha que eu não pensei bastante nisso?

Ele jogou o caderno de desenho no chão.

— Durante cinco anos os poloneses comeram sua fruta e seu pão. O suco escorria pelos queixos enquanto a cem metros tinha gente morta de fome. Eles podiam era estender suas toalhas engomadas bem em cima dos cadáveres nas ruas e fazer ali seus piqueniques.

Jean se abaixou e pegou suas roupas do chão.

— Eu não sei de nada — disse Jean. — Você tem razão, eu não sei nada disso.

— Não quero a sua piedade. Nem sua psicanálise. Nem mesmo empatia. Quero sentimento simples, comum, companheiro. Uma coisa de verdade.

Ela começou a se vestir.

— Não tem nada em você. Por trás, você parece uma menininha. Começando a aparecer.

Ele se levantou e parou ao lado dela.

— A não ser aqui — disse, enfiando a mão entre suas pernas. — E aqui — tocando seu seio. — E aqui — cobrindo seus olhos.

Ele enrolou duas voltas do cinto grosso em sua cintura, apertou e afivelou. Olhou a carne, a carne mais suave ressaltada pelo couro, beijou-a ali e começou a desenhar.

Torceu o cinto em volta dos pulsos dela, esticou seus braços acima da cabeça, e puxou seu corpo na cama.

— Está machucando?

— Não, dá para sair se eu quiser.

— Ótimo.

Desenhou-a com as mãos amarradas nas costas e com os braços amarrados pendendo na frente do corpo. Os desenhos muito de perto, sempre a linha da carne saliente ao aperto do couro.

Em uma das pinturas de Marina, o rosto de uma criança é cortado pela borda da tela; só então Jean entendeu o sentido daquilo. A borda, o torniquete.

— Não se prende um animal com tanta força — disse Lucjan — porque se espera que o animal trabalhe. Só um homem se amarra assim tão forte, um homem cuja vida não vale nem o seu trabalho.

Ela levantou a cabeça para Lucjan. Ele olhou para ela como se estivesse suplicando, mas era a contorção de impedir as lágrimas.

Depois, ele mostrou os desenhos para ela. Era a carne dela.

Falar é só um alívio, Lucjan tinha dito isso mais de uma vez. Por mais alto que se grite, por mais pessoais que sejam nossas revelações, a história não nos escuta.

Em Jean, os remanescentes de dois rios: laceramentos. O desenraizado, o deslocado. Ela lembrou o que Avery tinha escrito em seu diário-sombra do deserto. Logo, mais de sessenta milhões de pessoas terão sido desapropriadas pela sujeição da água, um número quase comparável às migrações causadas pela guerra e pela ocupação. Enquanto o peso alterado das acumulações de água altera a própria velocidade da rotação e o ângulo do eixo da nossa terra.

Sem precedente na história, massas de humanidade não viverão, nem serão enterradas, na terra onde nasceram. A grande migração dos mortos. A guerra fez isso primeiro, pensou Jean, e depois a água.

A terra não pertence a nós, nós pertencemos à terra. Essa é a verdadeira saudade, e essa é a propriedade dos mortos. Nenhum lugar proclama isso com maior certeza do que um túmulo. Neste século de refugiados, é o nosso deslocamento que nos prende.

O sol já estava baixo, um pálido carmesim vazando por baixo das nuvens. Jean sentiu as mãos frias, mas não gostava de trabalhar de luvas. Fez o primeiro corte na casca de um dos pessegueiros de Marina e cuidadosamente começou o enxerto. Viu, no extremo do pomar, a pilha de madeira que Avery tinha mandado entregar, à espera da realização de seu projeto: uma casinha, quase toda janelas, numa proporção que Jean sabia que seria oculta pelas árvores frutíferas, e que ficaria ao alcance do som do canal.

Durante cinco mil anos, os seres humanos vêm enxertando uma variedade de planta em outra; a divisão, a pressão das duas partes, as células condutoras que selam a ferida. E durante mais de cinco mil anos (até a evolução, o acaso, ou a agressão deixarem o *Homo sapiens* sozinho na Terra), pelo menos duas espécies de hominídeos coexistiram na África do norte e no Oriente Médio, residindo no mesmo deserto.

Existe uma alma na árvore frutífera, Jean pensou, e ela nasce de duas.

— Ewa e Paweł, Witold, Piotr, nós fazíamos parte de um grupo — disse Lucjan. — Conseguíamos fazer coisas úteis. Levantávamos dinheiro para pessoas que tinham de ir embora da Polônia depressa, circulávamos informações. Ewa e Paweł faziam suas peças nas casas e apartamentos de outras pessoas. Foi quando eu comecei as pinturas das cavernas, foi uma das minhas piadas: a vida underground. Fiz as pinturas como um sinal para os outros, um aceno, apenas uma bobagem de brincadeira.

Depois, fiz os Homens do Precipício, esculturas que eu montava nos telhados dos prédios. Ewa e Paweł me ajudavam. Trabalhávamos de noite. Primeiro, eu pus uma figura no telhado do prédio onde eu morava, depois mais três no prédio deles.

Eu fazia as figuras de barro, só barro mesmo, reforçado por dentro com restos de metal. Não iam durar, e isso fazia parte do projeto; e eu gostava que fossem restos segurando a estrutura. Dava para fazer depressa, não custava caro e, por causa do barro, pareciam vivas mesmo. Ficavam olhando da beirada em ângulos impossíveis. Tirei a ideia de um livro de Ewa, uma figura da *Villa Rotonda*, de Palladio. As figuras ficavam lá semanas até alguém notar; ninguém olha para cima. Mas, quando as pessoas começaram a perceber, eu ficava na rua, observando. Gostava daquele momento de surpresa. Era um jogo, uma brincadeira de criança. Eu queria pôr algumas no Palácio da Cultura, mas Władka me convenceu a não pôr. Ela disse a coisa mais depreciativa que alguém já disse sobre as coisas bobas que eu faço: que a ideia não valia o risco de prisão.

Lucjan sentou na cama. Fez uma pausa.

— Então, uma noite, um velho ficou esperando no telhado do prédio de Ewa e Paweł no Muranów. Ele pulou da beirada. Um rapaz, estudante, estava olhando por acaso e viu uma das figuras ganhar vida. O suicida deixou o paletó do terno bem dobradinho, com uma carta no bolso, pedindo apenas que o paletó fosse dado para alguém que precisasse.

Jean sentou ao lado dele.

— Não consigo nem acreditar no que você acabou de dizer.

Lucjan cobriu o rosto com as mãos.

— Assim que eu soube que alguém tinha pulado, pensei em meu padrasto. Achei que era o tipo de coisa que ele faria consigo mesmo e comigo. Mas é claro que não era meu padrasto. Paweł e Ewa conheciam o homem muito ligeiramente porque ele morava no mesmo prédio. A mulher dele tinha ficado doente durante muito tempo e havia morrido no apartamento. Eles não tinham se separado nunca, nem uma vez em cinquenta anos, nem durante a guerra. Paweł achava que eu tinha fornecido a ele um jeito de morrer, no lugar em que a mulher dele tinha morrido.

A morte torna um lugar sagrado. Não se consegue nunca remover essa sacralidade. Aquela torre de apartamentos tinha sido construída no gueto, onde algumas das piores batalhas haviam ocorrido. Todos os mortos presos no entulho debaixo daqueles apartamentos, talvez minha própria mãe em algum lugar, tudo o que aconteceu depois. Nós já éramos um cemitério.

Jean passou os braços em torno dele. Lucjan afastou os braços dela.

— Não muito depois disso, Władka e eu tivemos uma briga feia, a pior de todas. Eu tinha tido uma conversinha com Lena, senti que ela já estava na idade de entender algumas coisas sobre o que a gente fazia, a política de ação não violenta. Ela queria saber por que eu estava sempre fazendo coisas malucas, deixar bonecas *matrióchkas* em cima de coisas altas demais, que não dava para alcançar, penduradas em postes de luz, em janelas de segundo andar, e assim por diante, então expliquei para ela a ideia de "amigos em altas posições". E ela quis saber por que os estudantes mais velhos usavam peças de rádio na lapela como se fossem joias. E eu expliquei sobre a "resistência" e que o primeiro ato de subversão é uma piada, porque o humor é sempre um grande sinal para as autoridades, que nunca entendem o seguinte: que as pessoas estavam perigosamente sérias. E que o segundo ato de subversão mais importante era demonstrar afeto, porque é uma coisa que ninguém pode regular, nem tornar ilegal.

Poucos dias depois dessa minha conversa com Lena, Władka disse que para ela bastava. Mudei para a casa de Ewa e Paweł. Logo logo ela estava criando dificuldades para eu ver Lena; ela marcava um encontro, e depois, quando eu chegava, elas não estavam em casa. Mandava Lena ficar com os pais dela, com amigos. Durante muitos meses, eu fiquei louco, seguia Władka pela rua. O guincho da manga de Władka contra o corpo de sua capa de plástico, dia após dia eu escutava esse som irritante; ele crescia na minha cabeça a tal volume que soava mais alto que o canto dos corvos, que o motor dos infindáveis caminhões que transportavam entulho, que os aviões no alto. Todos os outros sons eram abafados pelo guincho dominante daquela manga plástica. Eu olhava os homens e mulheres nos pátios de construção como se suas ações e gestos estivessem acontecendo por trás de um vidro: tudo o que eu ouvia era aquele roçar irritante, incessante, da capa de chuva dela caminhando na minha frente. Há uma coisa que eu posso dizer em favor de Władka: ela suportou essa loucura também. Seguindo o rastro dela desse jeito, eu entendi que nunca mais ia querer outro filho. Jamais vou esquecer aquele som e aquela sensação de estar preso ao ar livre. Podemos reconstruir cidades, mas as ruínas entre marido e mulher...

Mesmo antes disso, com Władka sempre acabava do mesmo jeito. Eu fazia uma pergunta, uma pergunta simples: "o que você faria nas mesmas circunstâncias?". Mas na verdade eu estava experimentando, como um macaco que enfia um graveto num buraco, em busca de formigas. Eles babam no graveto, derramando gotas de ambiguidade moral: aquele momento de hesitação, de ela não levar a pergunta a sério, ou de simples, chocante, incerteza moral. E todas as vezes me enojava descobrir o ponto, sensível como uma contusão, a linha moral que ela estava sempre disposta a atravessar, embora eu entendesse que era por um medo muito sensato. Me deixava enjoado de triunfo. Lá estava aquilo, a prova de que era bobagem, loucura, confiar nela, e de como eu chegava perto de esquecer. Aquela pontada de satisfação era quase uma sensação de segurança, um sorriso interior, enquanto o tempo todo ela continuava a acariciar meu cabelo, ou a ler para mim e eu sentia repulsa por seu toque e acabava ali, naquele momento, pela centésima vez, acabava.

Depois de um ano disso e quando facilitaram as coisas para os últimos judeus irem embora, eu fui. Paweł e Ewa estavam sempre complicados, o primo de Ewa, Witold, e Piotr, nós todos fomos embora. Depois eu descobri que Władka tinha andado trabalhando para conseguir "melhorias" para ela e Lena com certo burocrata soviético, e que esses encontros amorosos já vinham acontecendo fazia algum tempo, mesmo antes de minha conversinha com Lena. Ela era capaz de entregar qualquer um de nós, eu, Paweł, e os outros, mas não entregou. Ela queria que eu ficasse agradecido, ela me custou a minha filha, mas pelo menos não me custou a vida de meus amigos. Era bem o tipo de barganha de que Władka gostava. Inimigos se conhecem melhor, ela gostava de dizer sempre que discutíamos, porque nunca deixam a piedade enevoar seu julgamento. Era o jeito de ela me dizer que eu era uma inconveniência, nada mais, "não valia nem uma prisão".

Ewa tinha um irmão gêmeo. Eles reforçavam de propósito a semelhança. Ewa se vestia como ele. Isso às vezes me deixava triste, como naquelas baladas em que a moça corta o cabelo curto e se veste de homem para ir para o mar atrás do irmão ou do amante; havia naquilo um desespero, no disfarce. E, quando a polícia pegou o irmão e nunca mais se soube dele, Ewa não ficou sabendo, não vai saber nunca, se estavam na verdade procurando por ela. A verdade é que bastava um dos dois. Mas Ewa tinha sempre arriscado mais e ela sente, até hoje, que ela é que devia ter sido presa.

Uma vez, gastei o salário de um mês inteiro para telefonar para Lena em Varsóvia. Enquanto a gente estava falando, Władka voltou para casa e mandou ela desligar. Dava para ouvir Władka gritando. Lena disse que ia fazer ela ficar quieta. "Espere um minuto", Lena disse. "Já volto." Chamei Lena de volta ao telefone. Depois esperei. Durante vinte minutos, eu só ouvia o cachorro latindo e a corrente dele arrastando no chão. O dinheiro de um mês inteiro só para ouvir um cachorro latindo do outro lado do oceano. Isso foi anos atrás, essa conversa com o senhor Au-au. Foi a última vez que telefonei para ela.

— Nunca mais falou com sua filha?

— Não.

Jean estendeu a mão, mas Lucjan pegou a mão dela e pôs em seu colo.

Ela se virou. A neve caía, silenciosa e lenta, na janela no alto, acima da cama.

Tudo o que somos pode estar contido numa voz, se tornando sempre silêncio. E, se não há ninguém para escutar, as partes de nós que nasceram apenas nessa escuta nunca entram neste mundo, nem mesmo num sonho. O luar lança seu hausto branco no Nilo. Lá fora a neve continua a cair.

Quando Jean falou, Lucjan conseguiu enxergar a gaze da luz das estrelas sobre o rio na noite em que o menino se afogou no sonho dela, o momento em que Jean acreditou que sua filha flutuou para fora dela, sem deixar um traço além desse sonho de afogamento. Pela voz dela, Lucjan viu o morro onde Jean contou ao marido que ele ia ser pai, e o quarto nu do hospital no Cairo. Seu medo de não ter, seu medo de ter outro filho. Seu corpo abandonando o toque de Avery.

— Janina — disse Lucjan —, destemor é uma espécie de desespero, não deseje isso, é o oposto de coragem...

Durante um bom tempo, ficaram deitados juntos, calados. De vez em quando a tigela de vidro em cima da geladeira começava a vibrar e parava. Estava quente debaixo dos cobertores, Lucjan estendido a seu lado.

A ausência que tinha sido tão profunda desde a infância,

por fim Jean a sentia pelo que era, pelo que sempre tinha sido: uma presença.

A morte é o último gesto de amor, e esse tempo todo ela não reconhecera o que tinha sido nela a tarefa de sua mãe, nem de sua filha; porque o amor sempre tem uma tarefa.

Da paz do sono, Jean abriu os olhos. Ao lado da cama, suas roupas, o suéter cinzento de lã grossa de Lucjan, o bule de chá, um desenho dela. Na penumbra do amanhecer, dava para discernir a curva de sua cintura, a curva adormecida dela ao longo do papel pesado. Ela se lembrou do que Lucjan tinha dito numa das primeiras noites que passaram juntos: não existe um limite real para a carne. A linha é um jeito de reter alguma coisa à nossa visão. Mas na verdade desenhamos o que não está lá.

Ela se virou e encontrou Lucjan a seu lado, de olhos abertos. Ele estava esperando ela acordar. Passou a mão pelo cabelo dela, puxou seu cabelo firme contra o crânio, um gesto que um observador poderia tomar erroneamente por puro desejo. Então, ele baixou a cabeça na barriga dela, deslizou os braços por baixo de seu corpo e apertou-a com tanta força que ela ficou com a respiração curta. Não soltou, ficou segurando assim como se fosse cortá-la em duas, o abraço de um resgate muito doloroso.

— Por favor, Janina — ele disse, sussurrando junto ao corpo dela. — Por favor, vista-se e vá embora.

As palavras dele a deixaram fria. Mas ele não soltou.

Ele não soltou e aos poucos ela sentiu que seu desejo não estava separado do dele. A lenta, impossível rendição ao que era verdade. Ele não soltou, e nessa união sua confissão de solidão era tão próxima do amor como tudo o que havia acontecido entre eles; tão próxima do amor quanto do medo de amar.

Com absoluta gentileza, lentamente, Lucjan foi encerrando Jean em sua roupa de baixo, as meias grossas, o vestido de malha, o casaco, as botas. A cada peça de roupa, uma perda mais profunda se embebia nela.

Pararam na porta, a casa às escuras, a não ser por uma luzinha acima da estufa. Cada detalhe agora dolorosamente familiar, um mundo que era dela também.

Ele pegou no braço dela e caminharam em silêncio para o norte, passaram pelos marcos que tinham tornado seus, pela cidade, na direção da avenida Clarendon. A neve iluminava o chão. Quando chegaram ao prédio do apartamento de Jean, Lucjan disse: Eu só queria trazer você para casa, mas agora que estamos aqui, Janina, eu gostaria de ficar.

Subiram juntos no pequeno elevador e, pela primeira vez, Lucjan deitou com Jean na cama dela.

Pouco antes da meia-noite, na noite seguinte, Jean parou na porta de seu apartamento na Clarendon. Tinha passado a maior parte do dia quase imobilizada em pensamentos.

O passado não muda, nem nossa necessidade dele. O que tem de mudar é o jeito de contar.

Ela não queria incomodar Lucjan, mas talvez ele estivesse acordado também. Ela ia andar até lá para ver. Essa caminhada, ela se deu conta, era um dos presentes dele: essa cidade dentro da cidade, a qualquer hora do dia ou da noite, essa caminhada. A neve da noite anterior havia derretido e as ruas brilhavam molhadas no escuro.

Não havia nada aceso na casa de Lucjan a não ser a luz da janela de cima, do quarto dele.

Isso em si não queria dizer nada, mas Jean, parada no portão da casa, reconheceu na mesma hora o único fato que tornava a verdade visível. Ela entendeu tudo, uma recombinação de tudo o que já sabia, do mesmo jeito que a história subitamente é esclarecida por um único "h".

Ela viu, encostada à cerca de Lucjan, com suas flores de plástico enroladas no guidão, a bicicleta de Ewa.

Jean viu o que prendia Lucjan a ela e o que prendia Lucjan, com a amizade e a lealdade de décadas, àqueles próximos dele.

A palavra amor, ele dissera, não está sempre se desmembrando em outras coisas? Em amargura, desejo, ciúme, todas partes do todo. Talvez haja uma palavra melhor, alguma coisa simples demais para se transformar em qualquer outra coisa.

Mas qual palavra poderia ser tão incorruptível?, ela perguntara. Qual palavra tão infalível?

E Lucjan, para quem as palavras eram uma questão moral, dissera: ternura.

Na manhã seguinte, Jean telefonou para Lucjan e contou que tinha visto a bicicleta de Ewa no portão. Ela ouviu a angústia do silêncio dele. E ele disse:

— Por favor, Janina, quero que você entenda.

E, quase como se as palavras dele saíssem da boca de Jean, como se o tempo todo ela soubesse que ele viria a pronunciá-las, ele disse:

— Talvez Ewa possa nos ajudar.

Ela foi até a casa de Ewa e Paweł. Eram duas da tarde. A porta estava aberta. Jean olhou pela porta de tela, a casa toda até a varanda dos fundos, onde viu Ewa curvada sobre um de seus projetos. Jean chamou e Ewa levantou a cabeça.

— Jean, entre... Venha cá...

Jean atravessou a casa estreita, passou pela bicicleta florida no corredor e por uma pilha de lenços e meias-luvas no chão. Agora a parede das crianças era um campo verde com cavalos. Pulou uma pilha de jornais e saiu pela porta dos fundos.

Ewa estava fazendo pedras com *papier mâché* de jornal e tela de galinheiro. Enxugou as mãos na roupa e puxou uma cadeira para perto dela. Ewa gesticulou mostrando a varanda coberta de pedras.

— A costa da Dinamarca — explicou. — Vou gostar de arregaçar as mangas. É só mergulhar as tiras de papel na cola e cobrir a fôrma. — Ela apontou uma pilha de fôrmas de tela de arame. Depois olhou fundo no rosto de Jean.

— Ou talvez — disse, baixo — seja hora de uma xícara de chá.

Ewa pôs a chaleira no fogão e sentaram-se à mesa da cozinha.

— Você ama Lucjan — disse Ewa.

— Amo — disse Jean. — Não como meu marido, mas... pelo que ele é.

Ewa balançou a cabeça.

— Eu conheci Lucjan antes de conhecer Paweł. Quando conheci Paweł, bom, foi duro. Mas até mesmo Lucjan viu que Paweł era o homem para mim.

Ela olhou para Jean.

— Como eu posso explicar para você? — disse, com serenidade. — Nós somos... *uwikłani*, emaranhados; Paweł, Lucjan e eu. Tantas vezes nós salvamos um ao outro ao longo dos anos;

talvez seja simplesmente isso. Quando Lucjan conheceu você, Paweł e eu pensamos que, se fosse para ser alguém, seria você. Durante esses anos todos, Lucjan trouxe mulheres para casa, mas nenhuma como você. Ele conversa com você. É a sua compaixão, é tudo de você: seu rosto lindo, o seu porte. É a sua tristeza. E talvez o fato de você amar seu marido tenha um pouco a ver com isso.

Às vezes Paweł vai sentar com ele, mas é de mim que ele precisa. Da minha mão que ele precisa. Eu fico com ele até ele dormir... Tem algum nome para isso? Não é um caso amoroso, não é um romance que a gente tem, nem uma coisa psicológica, nem um arranjo, é mais como... uma tragédia no mar.

— Vocês são uma família — disse Jean.

As duas mulheres ficaram sentadas com as mãos em torno de frágeis xícaras de chá antigas.

— Eu amo Paweł — disse Ewa. — O que eu faria sem ele? E Lucjan faz parte de nós. Como eu posso explicar o que pão significa para nós, o que faz uma coisa ter significado? Aqueles anos não podem ser entendidos como outros anos.

Ewa fez uma pausa.

— Nós vivemos juntos muitas vidas.

Jean olhou através dos figurinos de Ewa, dos penteados, das plumas e das peles falsas, o rosto absolutamente adulto.

— De nós todos, Lucjan é o que mais sofre com as coisas. Às vezes, ele não consegue suportar a solidão; a solidão de alma. Acho que você entende — disse Ewa. Ela falou com tamanha contrição que Jean mal conseguiu escutar: — Nós ensinamos o outro a viver.

III. PETRICHOR

Jean tomou o trem para Montréal, a rota do *Moccasin* de sua infância. Parecia certo fazer a viagem de trem. Então trocou de linha e seguiu uma estação adiante, até a cidade de St. Jerome, e caminhou a curta distância até o cemitério que sua mãe tinha escolhido tantos anos antes.

Era um dia frio de abril. Um vento forte soprava pela relva alta entre a igreja e o cemitério. Jean ficou na frente das três pedras, olhando pela primeira vez a lápide de sua filha: as poucas palavras, a data única.

Largou a mochila e ajoelhou-se na lama. Como pôde parar de conversar no momento exato em que a filha mais precisava ouvir sua voz? Começou a se castigar, mas depois deixou essa aflição se dissipar; porque era uma verdadeira paz sentir os joelhos das meias começarem a se encharcar com a terra úmida. Ela havia tentado tantas vezes imaginar quem teria feito o primeiro jardim; a primeira pessoa a plantar flores pelo prazer delas, a primeira vez que flores foram propositalmente separadas das plantas silvestres, com um muro, um fosso ou uma cerca. Mas sentia agora, com um conhecimento quase primordial, que o primeiro jardim devia ter sido um túmulo.

No final da manhã, quando Avery chegou ao cemitério de St. Jerome, ele viu as flores de Jean. Ela viera, no primeiro aniversário da filha deles, seu instinto estava certo. Mas ele a perdera. Dirigira metade da noite e chegara tarde demais. Ficou ali parado algum tempo, sem poder acreditar.

Ele desceu a pequena encosta até a câmara, num canto do cemitério, exatamente como Jean havia descrito tanto tempo antes. Junto à edificação de pedra rústica havia um banco de madeira. Ele sentou, encostou a cabeça na parede. Olhou o campo adjacente, vazio, sem nem mesmo o cavalo preto único da infância de Jean. Ele a imaginou menina com o pai, quase como se fosse uma memória dele mesmo, lendo juntos diante da grossa porta de carvalho.

A infância de Jean, sua rede de memória e memória inconsciente, havia sido um dia seu presente apenas para ele. Agora havia sido dada a outro. Era essa a perda que mais o oprimia. Nossas memórias contêm mais do que nós lembramos: aqueles momentos comuns demais para se conservar, nos quais, por toda nossa vida, nós bebemos. De todos os privilégios do amor, este lhe parecia o mais comovente: testemunhar no outro memórias tão profundas que permanecem inefáveis, vislumbradas apenas por uma intuição, por uma preferência ilógica ou um desejo inocente, por uma tristeza que brota de um nada aparente, um desejo inexplicável. Não é a última chance que devemos agarrar de alguma forma, mas a chance que se perdeu. Ele não se dera conta de como esperara ardentemente essa data, esse 10 de abril. Agora sentia a cabeça doer por causa da viagem de carro desde cedo, por causa das seis horas de tensão, de esperança errada.

Fechou os olhos e logo adormeceu, a cabeça num ângulo estranho contra a parede de pedra da câmara. Quando acordou, voltou ao túmulo de Elizabeth e deixou um punhado de pedras. Jean tinha chorado tantas lágrimas, mas ele havia chorado só uma vez, na cozinha da mãe, por todas elas. Agora sentou no carro no portão do cemitério e chorou de novo; por si mesmo.

Lembrou-se de quando levou Jean à igreja de St. Pancras, para mostrar a ela a árvore de Thomas Hardy. O pequeno cemitério paroquial de Londres havia sido escavado, ossos e pedestais espalhados, para abrir caminho para a ferrovia. A escavação dos túmulos tinha sido supervisionada por Hardy, então um jovem arquiteto. Sem saber o que mais fazer e sobrecarregado de responsabilidades, ele juntou as lápides esparsas e com elas formou um círculo cerrado, tocando-se como as páginas de um livro de pedra, circundando o grosso tronco de um freixo.

O vento estava úmido e frio. Com o braço em torno dela, ele sentira a pele fria de Jean debaixo do cós da saia. Seus dedos ainda se lembravam daqueles centímetros de frio. O tempo e as intempéries haviam apagado todas as marcas das lápides. Não restava um único nome, nem data. Tinham conseguido ler apenas duas palavras com nitidez: Em memória. A árvore estava nua, mas abrigava os mortos.

Era o meio da tarde quando Avery saiu pelo portão do cemitério para voltar à cidadezinha de St. Jerome. O céu escurecia com a neve que se aproximava. Quando estava quase chegando à cidade, ele a viu na estrada, voltando ao cemitério, uma figura esguia, determinada, a cabeça abaixada contra o vento. Continuou dirigindo, confuso, durante mais alguns minutos.

Passaram por Montréal e penetraram na paisagem que ambos conheciam tão intimamente. Não pararam, prosseguiram. Nenhum dos dois previa o efeito de viajar de novo por uma terra que estava tão mudada, e que tanto havia mudado os dois. Quantas vezes, nos primeiros dias, eles haviam voltado à paisagem afogada do canal, tinham partido sem um destino, apenas o desejo de estar juntos quando o dia se revelasse. Viram o fantasma da linha costeira como havia sido, mesmo ao atravessarem as cidades novas.

Jean pensou em Ashkeit, e na cidade abandonada de Gemai Leste que tinha sido a segunda visão do vazio deles dois. Lá, no brilho da parede caiada, um proprietário havia pintado na fluida escrita núbia o seu poema de adeus.

Os aromas da terra natal são de jardins.
Eu fui embora com lágrimas a correr...
Deixei meu coração e não tenho mais que um.
Não foi por minha vontade que a ele renunciei...

E algumas semanas depois, quando estavam viajando para o novo assentamento em Khashm el Girba, eles viram que a esparsa decoração que havia sido acrescentada a algumas casas não representava o mundo novo em torno deles, nem formas nem padrões geométricos, mas a melancólica representação do que tinha sido deixado para trás, as plantas e bosques de palmeiras das margens do Nilo, o horizonte de mesas e montes.

Em toda a desolada planura que cercava Khashm el Girba havia apenas um morro. Era costume, contou-lhe um rapaz da aldeia, os assentados subirem aquela elevação solitária, uma distância de mais de quarenta quilômetros.

E o que vocês fazem, Avery perguntara, quando chegam ao morro?

A gente sobe, respondera o rapaz. Mas não dá nunca para enxergar a nossa terra.

Avery tinha posto a mão na barriga de Jean.

Agora, no carro, o céu do anoitecer imóvel acima dos campos, Jean se lembrou do que Avery tinha dito depois que a filha deles morrera. O momento errado, outras palavras, com a intenção de consolar, inúteis. Ela se lembrou do agradecimento com que a mão dele tinha tocado sua filha aquele dia, no novo assentamento. A filha deles ainda estava viva, naquele lugar de banimento, em Khashm el Girba; naquele lugar de começos sem esperança.

Se existe verdadeiro perdão possível neste mundo, pensou Jean, ele não é dado por piedade; nem é dado por uma pessoa a outra, mas por ambas a uma terceira: uma compaixão entre eles. Essa compaixão é o perdão.

Não devemos esquecer o que significa estar apaixonado por outro ser humano, Lucjan tinha dito. Porque isso, uma vez perdido, não pode mais nem ser imaginado.

No carro, alguma coisa se assentou entre eles. Mas não era uma paz. Ambos sentiam isso, o cru acaso. Se falassem de maneira imprecisa, aquilo desapareceria.

Avery sentiu outra vez que o peso escuro dela a seu lado era uma espécie de terra. Sentiu a familiaridade da concentração dela e, agora, a intensidade da nova experiência nela, que ele conseguia apenas dolorosamente adivinhar. Tinha sentido uma tão completa falta disso: apenas poder sentar ao lado dela, ouvi-la pensar.

* * *

Estava escuro agora, a leste de Kingston. Tinham falado muito pouco, as horas todas desde Montréal.

O aquecedor do carro estava ligado, mas Jean sentia os pés frios e úmidos nas botas. A lama do cemitério tinha endurecido nos joelhos de suas meias.

— Avery — disse Jean. — Mudar o templo de lugar não foi uma mentira.

Durante algum tempo, ele não respondeu.

— Mudar o templo não foi a mentira — ele disse, afinal —, mas mudar o rio foi.

— Desde quando você sabe isso? — Jean perguntou.

De novo, silêncio.

— Desde um quilômetro atrás.

— Você tentou me dizer isso antes — disse Avery. — Que eu tenho de pensar com mais força no meu vínculo com as coisas. Em querer fazer o bem. Só vivendo, você disse, nós mudamos o mundo, e ninguém vive sem causar dor.

Às vezes, ela pensou, não existe linha divisória entre um tipo de amor e outro. Às vezes é preciso mais que duas pessoas para fazer um filho. Às vezes, a cidade é Leningrado, às vezes, São Petersburgo; às vezes, as duas ao mesmo tempo; agora nunca uma sem a outra. Não podemos separar os erros da nossa vida; os dois são uma e a mesma coisa.

— Conheço você há tanto tempo — disse Avery — e você ainda me surpreende. Me lembro de sentir que eu conhecia a sua própria essência quase desde o primeiro momento e acho que conhecia. Mas eu não ouvia você, Jean, mesmo quando você sussurrava bem no meu ouvido.

* * *

— Quando vi as flores — disse Avery —, entendi que você tinha estado ali.

— As flores não vão durar — disse Jean. — Está muito frio. Mas eu plantei uma outra coisa. Sementes de plantas que recolhi na margem do rio, no dia em que nos conhecemos.

Por um momento Avery achou que ia ter de estacionar ao lado da rodovia. Mas continuou rodando.

— Hoje muito cedo — disse Avery — parei ao lado do São Lourenço, logo depois de Morrisburg. Andei na direção do rio abaixo. Na areia, cintilando ao luar, havia uma mamadeira. Tinha sido apenas derrubada e esquecida, mas a sensação de violência era poderosa. Eu sabia que não havia nada além de inocência ali, mas senti violência. Era uma cena que minha mãe podia ter pintado.

Nós queremos deixar alguma coisa para trás, Jean pensou, uma mensagem na mesa da cozinha dizendo que voltamos logo. Um paletó dobrado na cobertura.

O que um filho deixa para trás? Marina tinha perguntado, muito tempo antes. Nós nos apegamos às pinturas de crianças de Thieresenstadt, ao diário de uma moça holandesa, porque precisamos que eles falem a todos os filhos da guerra.

Alguns dias são possíveis, Jean pensou, só por causa do amor.

No longo silêncio em torno deles, no ruído baixo do aquecedor do carro, Avery tocou o rosto dela. Jean inclinou a cabeça para a mão dele.

Ele nunca acreditara de fato que pudesse sentir aquilo de novo, a reação de um corpo ao seu toque. Ele não ousava parar o carro, nem dizer uma palavra.

Manchas brancas de neve flutuavam, icebergs, nuvens, nos campos negros. Mas nada brilhava branco no negrume do rio, que passava por eles ao rodarem.

Avery e Jean pararam no saguão do prédio da avenida Clarendon. Eram quase duas horas da manhã. No Grande Templo de Abu Simbel havia estrelas pintadas no teto e agora, cinco mil anos depois e a meio planeta de distância, Avery se dava conta de como era antigo esse desejo. Reproduzir o céu. Tocar além do alcance.

— No cemitério — disse Jean —, perto do túmulo de Elizabeth, havia o túmulo de outra criança. Lá, alguém tinha deixado um magnífico jardim de flores de plástico. Samambaias saíam, luxuriantes, de um grosso quadrado de espuma de florista, e no meio da folhagem havia dois cachorros de louça pintada. Cada flor de plástico tinha sido cuidadosamente escolhida; rosas, jacintos, tulipas, lírios do campo. Havia amor em cada reentrância das folhas e pétalas.

Me lembro quando eu era menina de olhar as flores de plástico numa loja. Ouvi alguém dizer "Não são de verdade" e não consegui entender o que queria dizer aquilo: eu estava segurando uma na mão, claro que era de verdade.

O jardim da criança repousava em sua grossa espuma verde em cima do chão frio da primavera. Era tão real quanto qualquer outra coisa. Uma criança acharia lindo aquele jardim.

Tudo o que foi feito com amor está vivo.

Avery estendeu o cobertor no chão do quarto de Jean. Sentou de costas para ela. O deserto tinha quase desaparecido completamente da pele dele.

Ao lado de Jean havia uma xícara de água e a caixa de pintura de Avery. Ela passou o pincel na pele branca das costas magras dele.

Pesar não é o fim da história; é o meio da história.

Quando Jean terminou, ela sabia quanto tinha de ser cuidadosa. Não para apagar, mas para lavar.

Agradecimentos

Assim como os pinheiros guardam a forma do vento... também as palavras guardam a forma de um homem.

George Seferis

Durante a composição deste romance, foram consultadas muitas histórias do Egito, Sudão, Abu Simbel, Polônia e do canal do São Lourenço, mas quero agradecer a duas fontes acima de tudo: *The salvage of the Abu Simbel Temples: Concluding report* (República Árabe do Egito e Ministério da Cultura, Vattenbyggnadsbyran [VBB] Suécia) e *The Nubian exodus*, de Hassan Dafalla. Tenho uma esperança especial de que seja honrada a memória de Hassan Dafalla pelo relato que fiz aqui. Sou grata ao Museu das Cidades Perdidas perto de Cornwall, Ontário; ao livro *House decoration in Nubia* pelo poema escrito na parede; ao *Warsaw*, de David Crowley; e ao *Guardian Weekly*, onde tomei conhecimento do termo *petrichor*.

Agradecimentos especiais e de longa data a John Berger,

Joe McBride, Janis Freedman Bellow, Sam Solecki e Gareth Evans.

Muitos agradecimentos a Ellen Seligman, como sempre a editora profundamente astuta e generosa que mais se pode desejar. A Marilyn Biderman por sua acuidade e gentileza. A Liz Calder, Sonny Mehta, Robbert Ammerlaan, Roberta Mazzanti, Arnulf Conradi e Elisabeth Ruge. A Helen Garnons-Williams, Diana Coglianisi, Deborah Garrison, Anita Chong e Heather Sangster.

Agradecimentos à dra. Elaine Gordon e ao dr. S. J. Batarseh por confirmarem detalhes referentes ao tratamento de natimortos no final da gravidez, na época e local em que esse acontecimento ocorre no romance. E à dra. Lorraine Chrisomalis Valasiadis por seus conselhos.

Agradecimentos a Margaret e Chris Cochran pela excepcional excursão em Wellington, Nova Zelândia. Agradecimentos a Andrew, Wylie, Simon McBurney, Stephen e Mary Camarata, Mark Strand, Wallace Shawn e Deborah Eisenberg, Dan Gretton, Jack Diamond, David Sereda, Eve Egoyan. Agradecimentos a Rebecca e Evan. Agradecimentos a Zbysiu, Marzena, Dennis, Jeff, Luigi e Nan, à família Freedman toda, Arlen e Jan, Jane e Andrew. Agradecimentos especiais a Sheila e Robin pela inestimável dedicação de seu tempo.

As cenas iniciais do livro, situadas na casa-barco, foram primeiramente lidas em público em várias ocasiões no Canadá e nos Estados Unidos, em 1997. Meus agradecimentos a essas livrarias e festivais. E agradecimentos especiais a Elliot Bay Book Shop, a A Different Drummer Books, e a The Flying Dragon Bookshop.

Este livro relembra Rose Kornblum, Rubye Halpern, Ida Rosen, Robert Mirvish, Robert Muma, o professor Michael Dixon, e Connie Rooke. Esta Varsóvia homenageia Isaiah Michaels.

Este canal, os entes queridos mortos. E estas páginas são um abraço a minhas filhas: queridas Rebecca, Naomi Rose, Gemma, Mary, Jaymes, Viva. Possam vocês prosseguir com força e amor.

ESTA OBRA FOI COMPOSTA EM ELECTRA PELO ESTÚDIO O.L.M. E IMPRESSA EM OFSETE PELA GRÁFICA BARTIRA SOBRE PAPEL PÓLEN SOFT DA SUZANO PAPEL E CELULOSE PARA A EDITORA SCHWARCZ EM JULHO DE 2010